张艾 著

艾语

陕西新华出版
陕西旅游出版社

图书在版编目（CIP）数据

艾语 / 张艾著. — 西安：陕西旅游出版社，2019.12（2024.1重印）

ISBN 978-7-5418-3714-2

Ⅰ. ①艾⋯ Ⅱ. ①张⋯ Ⅲ. ①散文集－中国－当代 Ⅳ. ①I267

中国版本图书馆 CIP 数据核字(2019)第 034348 号

艾语 　　　　　　　　　　　　　　　　张艾 著

责任编辑：邓云贤
出版发行：陕西新华出版传媒集团　陕西旅游出版社
（西安市曲江新区登高路 1388 号　邮编：710061）
电　　话：029-85252285
经　　销：全国新华书店
印　　刷：盛大（天津）印刷有限公司
开　　本：787mm×1092mm　　1/16
印　　张：16.5
字　　数：152 千字
版　　次：2019 年 12 月　第 1 版
印　　次：2024 年 1 月　第 2 次印刷
书　　号：ISBN 978-7-5418-3714-2
定　　价：68.00 元

读一路看花听风的诗意

杨焕亭

岁末在一次文友聚会上,咸阳市渭城区作家协会主席杜芳川先生把张艾的散文集给了我,希望我看后能够为其写一点文字。受朋友之托,我自然不敢疏忽大意,但身体欠佳,读得比较慢,也许正因为如此,所以多了些细细品味的时间。及至一卷读罢,眼前就浮现出一幅色彩斑斓的画面,那是一位知识女性踩着春草,一路拾起生活的鲜花,听着清风细语,品读生活诗意的惬意和浪漫。这些文字告诉我,作者是一位多情、多思的文学寻梦者,是一位善于实现对生活审美表达的青年作家,是一位现代而又细腻的女性。

读解生活或者品味生活,这是每一个生命个体在人生旅程面对的课题。然而,对作家来说,要紧的不是读了什么,而是将生活提升到审美的高度,或者给予生活哲学的俯瞰。张艾的散文,打着新时期散文的思辨色彩,尤其带着逆向思维的鲜明特征,总是喜欢以一种个性的视角去感知审美物象。从《四月,不能只有花开》到《趣味日子》,从《李叔和他的花儿》

到《丝绸与布衣》,每一个日子、每一片绿叶,在作者的审美眼光中,都留下不同于他人的个性印记。她认为,清明是一个追远怀亲的日子,不能只有鲜花漫道,还应有纷纷的雨丝、不尽的哀思,由此对天气预报中的"雨"怀着切切的期待;面对世俗与爱情,作者发出玫瑰与大米怎样构成等价公式的诘问,从而把什么是爱,怎样去表达爱提升到文化层面,字里行间散发着文明的质感。《丝绸与布衣》是作者写的一篇随笔,实际上触及的却是文化心理问题,在各种令人眼花缭乱的世相背后,作者用敏锐的眼光透过衣着细节捕捉到"布衣"回归的履痕足音:"携带着复古和时尚的元素,体现一种新的、闲逸的生活态度。"呼吁从棉麻布衣"去体味那种有滋有味的田园惬意,让心灵归真"。这种文化解读,不仅是对"文以载道"精神的自觉传承,更是对正能量"审美精神"的坚守和传播,字里行间皆闪烁着人文的温暖。

  这是一部弥漫着悠悠乡愁的文集。叙利亚诗人阿多尼斯说:"故乡不仅是地理意义上的故乡,故乡的另一个层面是人,我更看重这个层面的故乡。从这个意义上,我认为自己的故乡没有终点,这个故乡是和诗歌、和爱情一样不断创作出来的,我的故乡永远在前方。"这是只有把乡愁当作文化去读的作家或者诗人才有的认知,而张艾就属于那种走在城市的街巷,在工业化日益占据主导地位,能够理性而又深情回眸故乡的作家。于是,我们从这些洋溢着婉丽、柔美的文字中读出绵绵春雨般的母爱。在作者笔下,母亲不仅给了自己生命,更将"坚强宽容""骨气良知"的优秀品质传给了自己,作者在文章结尾写道:"如果说人生是一本书,那么,母亲就是一本朴实真性的书。"不仅如此,在作者的绵绵乡思中,有麦子"绿了又黄,黄了又绿"的记忆片段,端午时飘着清香的粽子;打着"土墙园子"烙印的鸡鸣犬吠,留着童年记忆的"豌豆荚"。所有这些,都打着农耕文明的烙印,刻着青春的印痕。它们也许在作者"既在"的生活中渐行渐远,但它记录着土地母亲的恩泽,是生命回溯的诗意沉吟,是文化根脉的执着寻觅,是精神家园的回归。青年散文家周伟曾经发出"把散文作为生命的家园,精神的皈依"的呼吁,这正是基于工业时代的大乡愁理念。因此,我不赞同有些评论家将乡恋散文看作"怀旧"或者面对现代化的"幽怨"呻吟,在生命诗学的层面,它回答的是我从哪里来,将到哪里去的哲学命题。诚如美国著名评论家杰姆逊说:"过去不仅仅过去了,而且在现在时仍然存在……在历史那里就是传统,在个人身上就表现为记忆。"而任何个人记忆,都是作者奉献给民族母亲的圣果。

这也是一部汇集了一个知识女性心灵絮语的文集。张艾是一个思维活跃的女性,她对美的敏锐感知,对新事物的殷殷追求,都使她的散文在选材上更趋向于对心灵的探秘,在结构上更显示出自由的开合转承,在语言上更突显出当代女性的智慧和灵动。一组讲述夫妻日常生活的文字,读来妙趣横生,而对夫妻称谓的"念旧",让人想起咸阳的梁鸿、孟光"举案齐眉"的故事。文中更时不时有精彩的话语动人心扉,如"岁月是把杀猪刀,剐了女人的青春,男人的相貌""美好的时光总是容易溜走,一壶老酒没有见喝,完了;一肚子的话没有说够,月亮已爬上了树梢",又如"相伴朝朝暮暮,写意春花秋月,车轮在风雨中碾碎了生活的沉闷,更承载着彼此用心经营带来的幸福",从中不难看出她阅读量的宽泛和广博。

祝愿张艾的文集早日出版!

2018年3月22日

(本文作者系中国作家协会会员、原咸阳市作家协会主席、咸阳师范学院兼职教授)

纯真化觉心　清芳著香魂

——浅谈铃兰散文的美学思想

马有常

读铃兰的散文,恍惚看见山中清水流淌,又若见高空飘浮的云朵,我的感情依着她的文字飘行,沉醉在她散文的意境中。静心深思,不禁感慨大西北的妮子不简单啊。

铃兰本名张艾,20世纪70年代生在陕西省咸阳北塬的农村,泥土的芳香滋润她成长。铃兰现居古城咸阳,城市千姿百态的生活好像没有启发她的创作思路,她始终依恋着故乡和那些消逝的岁月;依恋着她曾走过的每一寸土地、每一段历程。铃兰对时光飞逝、人世沧桑的本质从多角度思考,将其感悟书写于作品中。

文学创作的道路是清苦的,而铃兰却乐此不疲。铃兰的散文无论是抒情、追忆、叙事,笔下的人、物、景皆有气韵、神韵、风韵。她的《青丝悟》风格清逸、语言清美,主题鲜明,全文未拘泥于一个"悟"字,却意走禅音,妙在有声似无声,着力于宇宙人生,我自感此文已非泛泛的"禅",泛泛的散文了,应是她散文创作的转折点。

《紫藤花开》素气静雅,"花开有人观,却难得知花人",亦如"人生旅途好景多,高山流水知音难"。文末转折自然,提出了值得思考的现实问题和社会问题。

走近《远方的寂静》便发现铃兰心境高雅。我们不能随心走到远方,思绪可任意遨游,落在一处没有尘嚣的世界。《一个人的河流》《秋日河畔》《远方,始于足下,静于诗中》等文章都是她灵性的天空,是她开垦的乌托邦。

铃兰生在农家,亲人的苦难,自己艰苦的成长历程,故乡的田园风光是她人生旅途中最深的记忆。《岁月带不走的记忆》是铃兰为读者描绘的一幅田园画卷。

"是母亲那双勤快的双手牵着我的小手,一次一次走过那金色的麦田时,就已传递于我一种精神——农人的好日子是靠勤劳的双手劳作出来的。""而我正是从那纯朴的厚实的黄土地走出来的女子。"具有感染力的话是最真切的表达。她的文学修为和人生行为源于内心的纯朴真诚。

《四月,不能只有花开》,将以外婆为主的亲人们深重的苦难写得凄楚动人。文学要表达真情,这样才能抓住读者的心。这篇作品通篇没有制造让读者痛楚、心酸的格调,却不得不让读者感受那凄风苦雨的一幕一幕。她的《母亲》及上述作品体现了她的人生历程,同时也代表了她的文学里程。

世俗的爱若轻描淡写便索然无味,《单车上的幸福》体现了铃兰的爱情价值观。《趣味日子》写出了她和先生生活的动力所在,这种动力呵护着她和先生的爱情,让他们彼此珍重,书写爱情的心曲。

铃兰身为母亲,她希望子女以学业为重,珍视人生每一寸时光,珍惜美好年华。《告儿女书》《奋斗的青春》看似为寄语,实则表达了她对孩子深切、严正的爱。

酷爱大自然的她在游记散文里,写景未流于走马观花,她的笔下无浓墨重彩、工笔打造的文字,唯有素雅的文字,把自然风光描绘得旖旎清秀。她的语言像生着翅膀,随心飞动,随笔走意,将自然风物描绘成一幅幅情景交融的画,由此构成铃兰游记散文清新生动的格调。

《九嵕山下的袁家村》《找回乡村的文化和诗意》是她游记散文多种写法交错运用的力作。她在《苗乡行记》中却改变了写作方式,用纯真的情愫着力描写自然神韵和人与人的情感,畅抒她内心的感悟;"立于高处看整个寨子笼罩在一层薄雾下,呈着睡意迷蒙的恬静之意,薄雾轻成丝丝缕缕,像谷底升起的青烟,又像是天上飞落的白纱,整个寨子就成了悬浮在云雾里的仙地……"

在铃兰的文学语言里,没有狂啸的风声,也没有咆哮的海涛,舒缓平和的叙述中颇显特色,有些箴言隽语随意产生,使作品熠熠生辉,某些绵绵细语,乍读似言自己的心声,仔细品析,是人生处世的格言,实为"清灵的素语"。

铃兰散文风格多样,以清灵、纯朴见长。纯真是其特殊魅力,悟性觉心也是一种魅力。她没有丰富多彩的情感世界,如一泓清纯透澈的山泉水。常见的生活片段,经她妙笔一书,小中见大,寓意深远,引人入境,回味无穷。

散文的美学境界归根结底是作者生存境况的展示和文化心理的外化。一个作者在生活中综合修养和行为有多美,其作品就有多美。

2018年5月7日书于甘肃平凉

序一　读一路看花听风的诗意

序二　纯真化觉心　清芳著香魂

　　　——浅谈铃兰散文的美学思想

第一章　烟火人间

访贾平凹先生	2
父母的金婚	6
四月,不能只有花开	12
母亲	17
岁月带不走的记忆	22
大嫂的时间	25
告女儿书	28
奋斗的青春	39
手机风波	43
冬阳	47
单车上的幸福	50
好好生活	52
趣味日子	54
端午粽情	63
土墙园子	66

豌豆的味道	69
李叔和他的花儿	72
一个渭北汉子的一跪三拜	77
从土地到大地——怀念红柯	80
秋夜桂花香	82
苗乡，有个女子叫胡幸福	88
也说幸福	98
剪刀手	101

第二章 看花听风

青丝悟	104
紫藤花开	106
远方的寂静	108
纪念日	110
秋日河畔	112
错过一场花开	114
一个人的河流	117
空了自己	119

丝绸与布衣	122
看花	125
窗外	128
山中月夜	130
雨后小景	132
你若喜悦，花自喜悦	134
一场雾散去，便是秋色深深	137

第三章 水云之上

远方，始于足下，静于诗中	140
苗乡行记	142
白鹿原上三人行	154
找回乡村的文化和诗意	161
神禾塬上，顺着墓碑的方向望去	165
彬州速写	169
九嵕山下的袁家村	173
冬游南五台	186
鹰嘴崖之秋	189

古道秋色	192
花海寻梦	194
天境祁连	195
我是北方的特产	199
新城小镇	206
蜀中行·南部	211

第四章 半卷闲书

我妈说我不懂蒜	216
虾趣	219
一张标签的启示	223
新时代的乡村	227
白云深处品百味	229
八月的玉兰花	233
我们应该给土地下跪	236
一方庭院深幽处　半卷闲书一壶茶	241
——记画家秋苇	

后记　行走在文字的黑洞里	247

第一章
烟火人间

人生是一趟无法回头的旅行，

这趟旅行中，

最美的就是有情相伴。

有了情感，

人生才有了温度、感动和感恩。

艾 语

访贾平凹先生

　　立夏刚过，天高云淡，随三位师友去省城拜访贾平凹先生。对先生敬慕已久，只是无缘面见，昨日接到师友邀约，甚是高兴，有点幸福来得太突然的感觉。

　　先生写小说多，我却独喜先生的散文。每读先生的文字，如与先生对坐，一字一句不紧不慢，真切、厚实，字里行间都藏着思想、藏着道理。先生的散文集《天气》，我读了一遍又一遍，就像是在与先生进行一次又一次的交谈。

　　我们到时，先生正在楼上会客，我们便在楼下等候，这恰好给我一点缓解紧张情绪的空隙。

　　先生家中摆设稠密，多而不乱。屋中散发着淡淡的檀香，书籍堆垒，古物满屋。古物有盆盆罐罐、佛像及各式动物摆件等，又以陶器、石雕、木刻居多。身处其间，只觉着有种气势从四周扑来，人就不敢高声了。山岚老师说那是气场。对的，是气场，那是从满屋子的老物件里散发出来的灵气凝聚而成的。那气场摄人。

　　小心地四处看了看，那些古物立着、坐着、前后靠着、左右拥着，满满一屋子，屋里只留出能够走动人的地方。惊叹先生的屋子就是一座藏宝阁，也可以说是小型历史文化展示区。这样的屋子，日日居其内，阁主不添几分灵性都不可。

　　屋子正面墙上挂着一幅横匾，上书"耸瞻震旦"4个字。忽然记起在哪里看过关于这4个字的解释，也知道这4个字是巴金百岁生日时，先生写后专门送去上海。先生解释："耸"就是耸肩，"瞻"就是看，"震旦"是中国的古称，"旦"是太阳也是天。先生还顺便解释了复旦大学的"复旦"2字就是第二个太阳之意。当时就钦佩先生真是博学，不想今日竟有幸来先生家目睹了原作。正这么想着，听到木梯上传来脚步声，是先生下来了。我们速速起身，先见二位客人下来，先生随后，彼此寒暄后，先生送客人出门，回身招呼我们随意就座，便提壶煮茶去。先生说猴魁茶泡过三遍味就淡了，得换新茶。山岚老师曾在文里写过，先生家但凡有客人，他必亲自烹茶、倒茶。今日来拜访，就吃了先生亲手煮的茶。先生今日看起来气色很好，比去年秋季受邀去咸阳参加某新书研讨会时气色好了许多。先生言语随和，面露悦色，无半点名人架子，融洽的气氛消尽了我紧张的情绪。

先生煮好茶，以小碗倒之，一一递送到我等手中。端小碗，见茶青绿明澈，闻之淡香扑鼻，吃一小口，清香入喉。再仔细瞧那茶碗，本色老瓷，淡红色碗底，淡墨色碗边，碗身缀几笔线条，清雅不俗，甚得人喜欢。先生后来说，那茶碗已有五六十年了，看来是他喜爱之物。也怪，在我看来，那茶碗咋就那么适合先生呢，它淳厚不张扬，质朴无铜气，竟和我初见先生时的感觉一样。常说人与人相识看缘分，人与物相遇又何尝不是看缘分呢。佛家也说，世间万物皆随缘。且说这小小茶碗，还有这满屋子的古物，哪一件不是有着数十年数百年甚至千年的年头，辗转偏与先生相遇，与他共居一室。所以说，先生所藏之物都与他有着注定的缘分。这缘分或许就是先生骨子里有老物的质，而老物里藏着先生的品，不知我这话说得对不对，暂且放着吧。

董信义老师与先生谈了今年咸阳文学界计划出一套《"知慧"散文丛书》的事情，得到先生的认可和鼓励。先生说，"知慧"一名取得好。说话间，他好似想起了什么，停顿片刻后问山岚老师的书名定了没有,若定了今日就一起写了吧。又转过来问阿芳,你的书啥时候出呀? 先生说得突然,我们竟有点受宠若惊,阿芳更是激动地笑着说回家赶紧写。行内人都晓得,先生的字难求,今日却十分爽快,这是我们来前不曾奢想的事。董老师顺势说那也把他的下一部小说《袁家村》的题字也写了吧。先生拿起纸笔一一记下后说,吃了这杯茶就上楼去写。

二楼是先生的上书房。山岚老师说他来过3次了也不曾上过楼,而我头次来就可观看先生的上书房,他说我很幸运。小木梯左右宽约一步,隔一个台阶上两边就摆放着小物件,仅留出半步多的空间给人上下,得小心地走。先生在前,我们陆续上楼。

进了上书房,见左边是写字的桌案,桌后有背柜,柜面上贴着数张尺寸不一的字幅,自然都是先生的墨宝,中间一小幅上写"藏寿"二字。阿芳便问先生是何意。先生解释:人年纪大了,就要少过生日,得把年龄藏起来。众人顿悟。

右边也是先生的字画,高处的、低处的,装裱的、没装裱的占了半屋子,想必这些都是先生在写作闲暇时,以书法消遣,舒缓心情之作吧。我不懂书法,但看那些字画张张都顺眼又舒心。我说这外行话定是低看了先生的笔墨,可一幅字画如果外行人看着都不顺眼、不舒心,又咋能算是好字画呢。在这些作品中,有几幅素描很抢眼,画风素雅,构思新颖,主题是提倡人类与自然和谐共生。先生说这是他女儿在国外上学交的作业,孩子要他装了框子放在他的上书房。父亲著书写字,女儿画艺不俗,可见艺术是有遗传性的。

说话间,先生已提笔落墨,"知慧"2字跃然纸上,就觉着字里透着厚重、拙朴。真是字如其人。作家靠写字,书法家亦是靠写字。而这写的背后,便是耐得寂寞,耐得枯燥,更是超出学子们苦读10年寒窗毅力的磨炼,方可呈现出世人喜好之作。如此想来,人说先生惜字如金当属正常。

人在心情愉悦的时候，精神状态自然好，做什么事也都觉欢喜。写好董老师和山岚老师的书名后，先生说，还有几片纸，写给谁呢！看来，今天真是个好日子，先生心情极好。开朗的阿芳赶紧说写个"芳华岁月"吧。董老师补充道，那还有铃兰的书名呢。于是，我们都得了先生的馈赠。

先生性情不但随和且风趣，他边收拾笔墨边说："今天几万元又不见了。"引得上书房里笑声朗朗。

于先生家吃茶、写字，不觉已是下午6点了，先生说请我们吃汉中热米皮，并说那饭吃着舒服。初夏，在古城长安的一家小店里，坐着一位文学大家和几个文学爱好者，吃着简单的饭菜，说着陕西方言。

返回途中，想着先生的言行、先生的文字，忽就想起一句话：看山还是山。人生路，先生已走到了一个境界。

艾 语

父母的金婚

　　50年前的正月里，一对年轻人结为伉俪，在当时艰难的环境里，一个新家庭的建立带给普通老百姓的不仅仅是喜气，还意味着将会有更多的负担。这对年轻人在婚后的生活中，经历了诸多艰难，承受了太多辛酸，但是，他们依然用两颗坚韧的心撑起了一个温暖的家，用责任和爱为我们营造了一个幸福的家，他们就是我至亲的父母。

　　我的父亲，是个总不愿意踏踏实实当农民的地道农民，他宽厚仁善，大度明理，脾性却耿直倔强。不过，这脾性才符合陕西人的特性，八百里秦川宽阔厚实，早已将耿直纯厚融进了北方汉子的骨子里。

　　父亲生在20世纪40年代初，童年经历内战；少年见证了全国解放；青年遭受"文化大革命"。父亲的一生充满坎坷，但他所经受的苦难并未摧垮他活下去的意志，因为父亲是个有责任、有担当的男人。

　　穷人的孩子早当家，这种情况在父亲那一辈人中算不得稀奇。父亲兄弟姊妹7个，他是长兄，爷爷种了一辈子地，没啥手艺，养活一家人便成了沉重的负担，因此，父亲高中没上完就辍学回家，分担养家的担子。为了大家小家，父亲这辈子没少折腾，也没少吃苦。虽然他没有踏踏实实当个好农民，但他始终深爱着生养他的土地，时至古稀之年仍然忙碌在他深爱的土地上。

之所以说父亲不是个踏实的农民，那是因为在我的记忆里，父亲和村里那些"日出而作，日落而息"、面朝黄土背朝天的男人们不同。听母亲讲，他们结婚时，家里人多劳力少，分的口粮不够吃，为养活一家老小，父亲便时常趁夜偷偷出去，骑自行车倒卖粮食、电线、棉花等，只要能赚点儿钱，不管是行几十里还是上百里他都不嫌累。

父母婚后一年多，就遇上了"文化大革命"，因为父亲偷偷地做小生意，被定为"投机倒把"，连累爷爷一起被批斗。那段岁月是坚强的父亲第一次看不到希望的时候。父亲怕毁了母亲的一生，就让母亲离开他回娘家去，而他新婚的妻子却坚强地陪他度过了那段苦难岁月，也才有了我们现在幸福的大家庭。

后来土地分配到家，父亲承包了村外的土地，办起了砖厂。那可是十里八乡第一个厂子，一下子满足了我小小的虚荣心，觉着父亲真有本事，比小伙伴们的爸爸强好多。

我上初一时，砖厂因故停工了，父亲在外考察了多次，于1987年又在礼泉唐王陵（昭陵）以北的叱干镇新建了砖厂。那时我年纪小，哪管转办厂子是什么原因，也体谅不到父母的难处，只知道此后我和弟妹们就得留守在家，成了没爹娘管的娃娃。小弟那年才一岁多，大姐在西安上学，家里就剩下我们弟妹四个和爷爷，连个做饭的人都没有。母亲无奈，叫来外婆照顾我们，自然外爷也得来，一家三代3个老人、4个小人实在不像个家。从那时起，13岁的我便学会了做所有家务和农活。

自时间将我的青年岁月带走后，我就明白了人生是条单行道，容不得回头，而每个人所经历的喜乐苦忧都是成长的调味剂，那段留守的年月虽让我们姐弟过得恓惶，但它恰恰又给了我们坚韧的毅力和自立的能力。

父母在外一待就是10年，叱干镇虽离家不远，却因交通不便，就算母亲再怎么念家，每年也只能回来几次，而父亲则是在

艾 语

过年或家里有大事时才回家,回到家的父亲还和以前一样,几乎不与我们说话,更别说与我们玩了。童年的印象中,父亲严厉暴躁,叫我们畏惧。记得母亲有一次说,你们个个没良心,你们父亲出去半个多月了没一个人问一声。母亲这么一说,我们才想起父亲真的许久不在家了。

那些年,虽然和父亲不那么亲,心里也有过怨气,嫌父母丢下我们,可直到自己嫁人当了母亲后,才理解了男人做事的不易,理解了父母养家的不易,才体会到父母当初丢下爷爷和我们,在他乡承受的苦痛和煎熬。

如今,父母从礼泉回到家已有20年了,这些年里,父亲和蔼多了,每次回家也爱和我们拉家常了。闲不住的父亲仍然在外做点生意,也在田间劳作。一个农民对土地的爱是发自骨子里的,因此父亲总不愿意离开土地来城里和儿女住。

2018年夏天,大姐搬新家,换了四室的大房子,为父母备了宽敞的主卧。于是,姐弟几个轮番开导,让二老来住,好说歹说父母只答应来城里过年,可是,母亲硬是拖到过了小年才肯离家。大姐开车接来了二老,还有父亲养的一对鹦鹉和母亲的好些花儿。

北方有个风俗,嫁出去的女儿不能回娘家过年,所以我们姊妹三个自从结婚后,从未与父母一起过除夕夜。没电话的年月里是无奈的,后来电话出现了,每逢年三十就可以在电话里给父母拜年。今年父母能来城里过年,对我们来说已经是惊喜了。尤其是母亲干活麻利,到谁家谁就享福,做饭洗衣从不闲着,只是那急躁劲像极了记忆里的外爷。

母亲年轻时是个标致人儿,个子高挑,五官清秀,人勤快,手灵巧。我认识的人里,见过母亲的都说我随了母亲,这种优越感时常让我偷着乐。母亲至今没离开过农村,但她身上没有乡土气,到现在鬓角虽添了白发,却依然有一副好身材,那气质不比城里老年时装队的模特差。

母亲继承了外婆的善良勤劳、坚强宽容。我曾在《母亲》一文中写道:"母亲兄妹5个就她一个女孩,要是在如今可算是掌上明珠了,可在那个观念传统的年代,她并未被优待。"当时外爷家穷,外爷为了能让大舅一直读书而断了母亲的求学路,所以母亲只上到小学二年级。她的少年时代是在挖野菜、给大舅送馍馍中度过的。

外婆手关节不好,不能做针线活,一大家子都要吃要穿,十四五岁的母亲不得不早早学会了纺线织布,一家7口人的衣服鞋子都出自她的一双巧手,即使后来出嫁,也依然如故。每每听母亲讲起她的经历时,我都会替母亲惋惜,惋惜她生在那个悲催的年代,本该美好的少女时光却被贫穷和偏执遮去光彩。而今,看看我们的孩子幸福的生活,再回望那个观念落后、生活困苦的时代,它不仅夺取了一个少女的快乐和自由,更打压了一个女人的追求和梦想。

母亲小父亲6岁,外爷为了几斗粮食的彩礼把母亲许给了父亲,尽管那不是母亲心里所想,但她顾全了大局。18岁的母亲和父亲结婚后,为娘家和婆家两个大家族操碎了心。奶奶在我3岁时病逝,父亲的几个弟妹还没成家,爷爷也未再续娶,是母亲这个嫂娘任劳任怨帮助一个个弟妹成家。老张家娶媳妇嫁闺女都是母亲细心操办。在物资匮乏的年代,每件大事背后人们的难处岂是几句话能说得透。后来爷爷突然去世时,父亲在外未能赶回家,也是母亲扛起重担,和几个叔父尽力把爷爷的丧事办得风风光光,因此父亲一直赞赏和感激母亲。

苦难的年代有谁不曾苦难重重,只是我的父母所经历的远比寻常人要多,而今写下这一纸的肤浅文字只是触及皮毛,哪能诉尽双亲所经历的点点滴滴。

母亲好强心性高,遇事总是亲力亲为,这么多年,在婆家,

艾 语

可以说她是个好儿媳、好嫂子、好妈妈；在娘家，她更是一个好女儿、好姐妹。父亲也一样，在我们老张家，父亲是个好儿子、好兄长、好爸爸；在外爷家，亦可说他是个好姑爷，几个舅舅成家娶妻哪一个都没少了父母的补贴。父母赐予我们姐弟生命和幸福的生活，这一世能做二老的子女，是我们几辈子修来的福气和缘分。

流光易逝，岁月难回，眼看着自己的儿女们个个长成人，不由得嗟叹时间的飞逝。蓦然回首时，却不见了父母的满头青丝。得知今年是父母结婚50周年，我的想法与大姐不谋而合：得为二老隆重操办下，举行一次像样的庆典。

我们提议时，父亲是高兴的，看起来他很满意这个安排，只是母亲始终为儿女们着想，不愿意铺张。我们便宽慰母亲，结婚是你们的事情，但金婚就是儿女的事情了。

私下里问过父亲，庆典那天，二老交换礼物可否。父亲说他送母亲礼物就好，自己就免了。于是，我和大姐背着母亲替父亲完成了心愿。大姐特意叮嘱父亲，送给母亲礼物时还得说几句。后来父亲照着大姐的话做了，他做得极好，好到惊艳到了我们。

正月十二年未尽，喜气祥和春到来，世人皆盼执子之手与子偕老，欣慰我苦难亦幸福的双亲相扶相伴五十春。

金婚那天，在亲朋面前，父亲亲手给母亲带上一个铂金指环。指环是我和大姐替父亲选的，很适合母亲那双操持了一生、多肉又多茧的手指。指环闪亮的光芒多么像父母沉淀的情感在经历岁月洗礼之后散发的圣洁之光啊！

父亲拉着母亲的手，用地道的陕西话意味深长地说："老婆，今天是个大喜的日子，这50年来，你跟着我风里来雨里去，酸甜苦辣都尝够，现在好了，你看儿孙满堂，真幸福！咱俩要好好活着，老婆，我爱你！希望你越活越年轻，咱们直到百年，永远幸福！"

母亲是个性情中人，父亲的一番话，叫她感动又惊喜。我知道，母亲怎么也不会想到，自己认为一辈子不会说动听话的丈夫竟然会对她说这些话，这些忽然让她觉着自己虽然老了却依然像个公主一样的"情话"。母亲的嘴动了动，似乎要说什么，但终未张口。

那一刻，我看见一个妻子激动得落泪，她用一双手紧紧地握着丈夫的手；那一刻，我眼含泪、心泛酸，在想，没有恋爱又吵了一辈子的父母却也相互关爱了一辈子。人们常常在追问什么是真爱？真爱，莫过如此吧。

表弟故意问父亲说这些话是不是想了一晚上，父亲风趣地回答："自打 50 年前的今天就想到现在了。"

父亲不是个矫情人，那番惊倒我们的话饱含了他对妻子的感谢和深深的爱，也隐含着他们大半生的不易。莫说母亲感动到无语应接，就是我们做晚辈的也非常感动。一辈子耿直倔强的父亲，和母亲吵了 50 年的父亲，原来心里也藏着满满的柔情。一句"老婆，我爱你"是两个人用五十年的酸甜苦辣陈酿而得，是用一万八千多个日子垒砌而得，对父母来说，它贵重到没有任何东西可以置换。母亲作为一个女人是幸福的。

我似乎得重新认识我的父亲了，把那个打小就立在心间的严厉、生疏的父亲推倒，就在这一刻，一个可爱风趣、开朗多情的父亲在心间巍然立起。

艾 语

四月，不能只有花开

离清明还有两天，母亲领着我们姊妹 5 个去给外婆、外公上坟。天气晴好，伴有微风，天气预报说清明那天会下雨。有雨就对了，清明就该是雨纷纷的日子。

今年春暖，老家的桃花、梨花已开。自从前些年村民开始种果树，村外那些原本种小麦和玉米的土地就换成了果树，每逢春暖花开，那粉的、白的花儿，像是给土地穿上的漂亮花衣。人走在园子里，就有蜜蜂在身边上下飞舞，人忽然就成了开着的花儿。外婆、外公的坟就在那开满粉色、白色花的南坡上。

古人智慧，把祭祀先祖和祭奠亲人的时间定在春光明媚、草木吐绿的时节，似乎也寄托着生命重生的美好愿望。坟地上的小草已冒出了嫩芽，新绿盎然却不能激起内心的一丝欢喜。脚踩在枯草旧叶上发出沙沙的响声。这响声是多么熟悉呀！那难忘的年少时光。

北方的冬季冷，充满智慧的先人们就在屋里盘土炕取暖，但烧炕就需要柴火。童年时，我家和外婆家的村子还没有开始种果树，庄稼少得可怜，柴火刚够平日做饭用，烧炕用的柴火是村外树林里的枯叶。背回来的枯叶和麦糠搅在一起，才能保证有足够的柴火过冬。所以每年秋季树叶开始落时，外婆就开始一点点地积攒落叶，待到深秋，落叶厚积的时候，我和弟弟、妹妹便会去帮外婆搂更多的树叶。如今想来，那时之所以满心欢喜地去做某件事，好像不全是出于爱劳动，而是那项劳作中必有着平日里少有的乐趣。

在村外的树林里,我们抱着可以摇动的小树挨个晃,唰啦啦……唰啦啦……飞落的叶子像仙女洒下的花瓣,滑过肩头、胸前。我站在树下,将头仰得高高的,张开双臂转几圈,感觉自己就像个公主。蓝蓝的天空有小鸟在飞,也幻想自己就是自由的鸟儿。

树林里有槐树、桐树、椿树,桐叶大而蓬松,槐树和椿树叶细小密实,我们都喜欢搂桐叶,几笆子下来就是大大一堆,显得很有成绩。外婆说,可别看碎小的槐树叶,它和麦糠混在一起才是煨炕最好的柴火。外婆还说,桐树叶看着大,不经烧,就像有人长得好看啥也不会干,有人长得不算好看但勤快能干。几个小脑袋似懂非懂地点着头。

我们玩得差不多了,就赶紧把搂好的落叶装进背篓,外婆说压瓷实,可以多装点,能少跑几趟。

竹编的背篓口大底小,像采茶女背的那种小背篓。那时我八九岁,背篓立起来比我高。装满树叶的背篓又高又沉,外婆瘦小,还有一双小脚,所以背着背篓走路很吃力。我们会抬着背篓底跟着她一起走,以减轻外婆肩部负重。外婆不要我们抬,说娃小不能用劲太多,会长不高的,我们信以为真。长大后才明白,年少时幼稚只觉得搂树叶有趣,哪里能体会到当时外婆家的清贫和外婆对我们的疼爱呢。

外婆背着竹篓往回走,我看不见她的头,只看见背篓和背篓下那双三寸金莲在向前移动着,每一步都是那么沉重。长大几岁后,那画面总会让我的视觉和思维错位,认为那就是个长着一双小脚的大背篓,行走在深秋。

不管时光走得有多远,我依然怀念那片树林,怀念林间的沙沙声响,因为它所赋予我们的不仅是土炕的温暖,更让贫瘠的心灵有了臆想的空间。

艾 语

外婆、外公的坟前已摆有水果点心，应是舅舅或者表妹来过。坟前的那棵柏树长高了些。柏树是三舅几年前栽的，三舅细心，在树下修了小渠积雨水，但柏树不好活，两棵只活了一棵。

大弟在坟头上压了黄纸，然后跪在墓碑前点燃了纸钱。南坡上风很大，母亲每放一沓纸钱就会被风吹走几张，二弟用树枝挑拨着没有烧尽的纸钱，我们姊妹三个跪在母亲身后。母亲像往年一样，边烧着纸钱边对外公、外婆说着话，可没说几句就哭了。母亲的哭声里传递的是女儿对父母的思念。我能感受到，因为我的眼眶也是湿润的，心里也思念我的外婆。外婆离世的十多年里，很多个清明节和寒衣节时，她总会来到我的梦里，不言也不语。那佝偻的身影、慈祥的面孔，与我若即若离，而我每每都是在欲喊无声地急切中惊醒。

我多么希望，在梦里再听到外婆说我是个有福之人；我更想再听外婆讲她的坎坷故事。最好还是儿时的夏日，外婆摇着蒲扇，我靠在她的腿上，双手摸着她柔软细腻的胳膊，感觉好舒服。外婆本是小家碧玉，战乱时，从河南渡过黄河逃到陕西。

那年外婆十四五岁，日本人侵略到她的家乡，男人们组织起来保护女人和孩子出逃，外婆的母亲给她和她的嫂子备了盘缠和干粮，让她们渡过黄河去逃命。脸上抹着锅黑的外婆哭着告别了她的母亲，她和嫂子抱着正在吃奶的小侄子，跟着乡亲们离开了村庄。他们前脚刚走，日本人就杀进了村子，听见枪声和哭喊声，他们不敢继续走，就躲起来等天黑再走。在惊恐的躲藏中，外婆亲眼看到自己的家人和乡亲被赶到村外的麦场上。一阵机枪的扫射后，她的亲人们都躺在血泊里。外婆说她当时被吓得浑身发抖，已不会哭了，嫂子怕小侄子哭出声来，边流着泪边将奶头塞进孩子的嘴里。

为了逃命，外婆只带了她母亲留给她的一对银镯子，是多股

第一章　烟火人间

银丝拧成的麻花状的那种镯子，将其余的细软埋在了一堵墙根下，并做了记号，心想着等回来再挖出来。那时候年龄小又单纯的外婆哪里会想到，与家乡一别竟是一生。（后来有条件回乡探望，但因为外婆当时年龄小没记住具体地址而无法找寻）后来和外公成家后，为了一家的生活，外婆将唯一的嫁妆——那对银镯子，也变卖补贴了家用。至今母亲说起来还感到惋惜。

外婆和嫂子随着逃难人流到了陕西咸阳城，她们栖身在城北的破窑洞，那里是难民的聚集地。后来，纺纱厂来破窑洞招工，为了生存，外婆谎报年龄才进了厂子。虽然纱厂干活累，吃住也不好，但总比在破窑洞风餐露宿好。几个月后，等她回到窑洞，发现嫂子和小侄子都不见了，此后再没联系上。外婆说她的嫂子多半是带着小侄子嫁人了。于是，在他乡异地的外婆成了个孤女。

进纱厂后没几年就有人给外婆介绍了外公。外公祖籍山东，也是父辈逃难来到陕西。外公兄弟三个，家住在咸阳城北北蟒山下的一个村子。外公个高，脾气直，有着山东人的特点。

在那个苦难的年代，一个外地人，尤其是外地女子，要在城市里生存是不易的，若在乡下好歹有土地饿不死人。于是外婆决定离开城市，离开纱厂，为了活下去就嫁给了大她好几岁的外公。后来就有了大舅、母亲和三个舅舅。外婆说她跟了外公后没少挨打挨骂。打我记事，外婆总是温和慈善的样子，外公虽然脾气直但秉性善良。我始终无法想象外公和外婆在缺吃少穿的年代，是如何将几个孩子拉扯大的。这些母亲是知道的，但我不愿意再提及那些往事使她伤心。

一股风吹过，纸灰随风飘向远处。母亲说，外婆从没去过她的梦里，也许是怕她难过。每次提起外婆，母亲都会说这话。外婆是爱母亲的，就她这么一个女儿，又怎会不思念。也许外婆一直就在母亲的梦里，只是母亲不曾记得。

艾 语

  我知道，陪母亲一起给外婆上坟的机会会随着母亲白发的增多而越来越少。总有那么一天，我也会像母亲这样哭在我的母亲坟前，而我的儿女也会跪拜在我的身后，哀伤地想念他们的外婆。虽然明白人生就是这样一代代地延续，谁也躲不过逃不掉生离死别，但是，当那些不敢触及的画面在我脑间晃过时，心就会绞痛，让我时常感到惧怕。它们似乎很遥远，远得像外婆离开我们已快20年了；却又似近在咫尺，近得好像昨天外婆还在教我做馍馍。

  人这一生会经历很多，需要铭记的人和事也很多。外婆说人活着要实实在在地做人，踏踏实实地做事。我听了外婆的话，铭记这一生需要感恩的不仅是赐予我生命的父母和我血脉相连的至亲，还有珍惜我和我珍惜的朋友。

  人生一世，草木一秋。每来南坡，总见添新坟，那些黄土堆上或长草萋萋，或柳枝斜插，而每个土堆下，都埋葬着曾经鲜活的躯体。那一堆堆黄土，堆砌的也是隔世的思念。四月里，不管周边那些粉、白花儿开得多鲜艳，不管雨天晴天，这冷冰冰的黄土堆，总使那些花的艳带着哀愁。

  人，其实就是世间的一粒尘，不论飞得高低，不论活得长短，终究都得归于尘土中。表弟小鹏那年刚结婚，二舅家喜添新人，不曾想，1个月后又办了丧事，表弟出车祸走了。遗传了外公身高基因的二舅像被抽了筋瘫倒在床；嫁到陕西二十多年还带着川音的二舅妈更是心痛成疾，瘦得没了人样，几年缓不过劲来。如今，表弟在这已经伴着外婆、外公快10年了，他就躺在二老脚下。每年祭拜完外婆、外公，我定要给表弟烧些纸钱，他的模样我还记得清楚。

  后天就是清明节，但愿预报的那场雨能来，清明就该雨纷纷。

第一章 烟火人间

 母 亲

暑假时母亲打来电话,说她在家闲来无事给孩子们做了几个布娃娃,让我抽时间回家拿。我打趣地说布娃娃满大街都有卖的,自己做也不嫌麻烦,再说孩子们都大了,早已过了玩布娃娃的年龄。母亲坚定地说不信孩子们不喜欢她做的布娃娃,回来看看就知道了。我淡然笑应。

趁女儿休息,便一起回家看望父母,还有母亲的杰作——布娃娃。秋高气爽,走在充满乡土气息的路上,心情是舒畅的,也是亲切的,回家的感觉真好!从乡村走出去的人,即使离开再久,依然爱恋着田园的安宁、祥和。

快到家了,远远就看到父母站在门口等候。每次回家,看见父母脸上的笑容都是温暖、慈祥的,一股幸福感瞬间充盈我的心房。

女儿迫不及待地跳下车,拉着外婆先去看那个她牵挂许久的布娃娃。我还未进屋,就听到女儿声声地喊:"外婆,外婆,我爱死你啦!"果然如母亲所言,孩子们喜欢外婆做的布娃娃。女儿跑出屋,16岁的她怀里抱着个布娃娃,奔到我跟前,直嚷嚷喜欢得不得了。那兴奋劲儿便是孩子的天性,不管年龄多大,她总喜欢这些玩物。母亲站在房门口满脸笑容。

我从女儿手里接过布娃娃,认真地端详着它。它的确很可爱,黑色纽扣做的眼睛亮亮的,似有几分灵气;手绣的小嘴红红

艾 语

地微翘着,似带笑意。 小人儿的尺寸裁剪得当,碎花小裙和毛线做的头发搭配得体,就连一双小靴子也是用顺眼的花色布所做。

母亲年纪大了,眼睛开始不好使了,可这针线活依然细致。岁月虽然在母亲的脸上刻下了深深的皱纹,可母亲的爱未老,只是在儿女们飞离身边后更多了几许牵挂,她用细密的针脚,缝起对孩子们美好的祈盼和深深的惦念。 疼爱,永远是母亲牵挂儿女的那根线,永远珍藏在母亲的目光中,哪怕视线模糊了,也不曾褪去。

年近70的母亲是个勤劳贤惠的女人,她家兄妹五个就她一个女孩,要是在现在可算是掌上明珠了,可在那个观念传统的年代,却并未被优待。 当时外公家穷,外婆、外公为了能让大舅一直读书而断了母亲的求学路。 她的年少时代是在挖野菜,给大舅送馍馍的路途中度过的。

母亲常说很遗憾自己没读很多书,如果像大舅那样读大学,有文化,那她就不会和父亲一起吃那么多苦,所以一直希望我们能有出息,不再重复他们的坎坷路,好在我们现在都还生活得不错,也算是对母亲最好的安慰了。 我曾问母亲这一生什么事情最值得她欣慰,就像所有母亲的回答一样——儿女。 看到儿女们一个个生活得好就是她的幸福。

人常说:一个儿女一条心,这点也只有自己做了母亲后才深有体会。 的确,母亲把那颗完整的心,毫无保留地分给我们姊妹五个,却忽视了自己。 从小,对母亲依赖,认定坚强能干的母亲可以战胜任何苦难,永远是我们身边遮风挡雨的那棵大树,所以,一直忽略了母亲也需要关心、呵护。

母亲从小心灵手巧,外婆在世时曾对我说,自打母亲懂事后就不愿求人,遇到什么不会做的就自己琢磨,而且看什么会什么。 那时她不曾学过裁剪衣服,为了让邻家婶婶帮忙裁衣服,看尽了脸色。 有一次在求人不成后,好强的母亲瞒着外婆关起房门，把旧衣服拆开叠在布料上剪下来，然后再把新旧衣料重新缝合。母亲很有智慧，新衣服做好后很合适，外婆还以为是邻家婶婶帮着裁剪的，母亲当即说："今后咱有事不求人。"打那时起，一家老小的衣服都由母亲做，没有缝纫机，全是一针一线手工缝制。在那个年代，外人看了母亲做的衣服都夸母亲手艺好。那时，我穿着母亲做的花裙子和细腿裤，被同学们羡慕不已（我上学时大家穿的都是宽腿裤，母亲总是用她的旧裤子改成细腿裤给我穿，省钱又好看），那时起母亲就是我的骄傲。

母亲的心灵手巧不止于此。早些年，农村人都是自己做鞋，但要有鞋样儿。母亲只需看一眼脚，就知道此人穿多大的鞋，剪刀转一圈能剪出一副美观合适的鞋样。街坊邻居的婶婶嫂子们经常叫母亲帮忙剪鞋样，都说母亲是个巧媳妇。母亲做的疙瘩鞋底更是有名，绳结大小一致，横竖整齐，穿着很是舒适，用现在话说，那叫民间艺术。当年，就是这样一双双千层底伴着大舅进入大学的校门、踏上工作岗位；也就是这一双双千层底伴着三个小舅成家立业，更伴着我们走过童年的路。那难忘的千层底，它让我们踏实地走好自己的人生路。

但凡好强的人总是有志气的。母亲嫁给父亲时年龄小，还不到20岁，不会擀面条。虽然在娘家时没享受过特殊的待遇，但外婆也疼爱母亲，看着母亲要操持一家老小的穿着已经够忙活了，所以外婆就不让她做饭。嫁给父亲后，奶奶对母亲不会做饭这件事颇有微词，家里来客人时就要小姑去叫嫁到邻村的大姑回来做饭。这样让母亲很自卑，发誓一定要学会做饭，再说总不能一辈子要大姑帮忙。好强的她学会了做饭，尤其是面条擀得最拿手，就连大姑也夸母亲擀的面条细薄筋光。

母亲继承了外婆的美德，善良勤劳、坚强宽容，为娘家和婆家两个大家族操碎了心。我3岁时奶奶去世，父亲是长子，底下的弟妹都未成家，是母亲这个嫂娘任劳任怨地帮一个个弟妹成

艾 语

家，又精心伺候爷爷直到终老。当年爷爷突然去世时，父亲在外地不能赶回，是母亲坚强地扛起重担，和几个叔父尽力把爷爷的葬礼办得风光，对此父亲一直很感激母亲。自打我成家后，便常常提醒自己，为人妻当如母亲贤惠；为人母，亦应如母亲般坚强。

母亲说人活着要有骨气和良知，走路才会挺直腰杆。

在"文化大革命"中，我的父亲遭到迫害。父亲为了不拖累母亲，让她回娘家去，不要再回来了。后来，母亲说，是外婆告诉她，嫁给张家，生是张家人，死是张家鬼，咱不能在人家有难时就脱身，那不厚道。母亲听了外婆的话，陪父亲一起度过了那段艰难年月。那时他们结婚还不到一年。如今，每每忆起那段心酸往事，母亲的眼里都是满满的泪水，但她说不后悔自己的决定。

女儿在院里玩她的布娃娃，我则坐在母亲身旁，阳光透过树叶洒在了母亲的发上，忽然发现母亲的鬓角有了不少白发。才恍然，岁月无情，已把母亲年轻的容颜侵蚀，把往昔的利落消磨殆尽，曾经清秀干练的母亲，已成为我心中的影像。母亲掏出满腔的爱，供我们吮吸，灌注我们成长，而她却在渐渐地老去，就如风中的一棵老树，枝叶在不知不觉中掉落。看着儿女们一个个飞得更高更远，她很骄傲，即使骄傲的背后是寂寞的背影。

如果说人生是一本书，那么，我的母亲就是一本朴实真性的书。我们从她身上学到做人的素养，在她的言传身教中成长。母亲和天下的母亲一样，对儿女们爱得无私，乃至爱到无力，她用平凡诠释着母爱的定义，用柔韧的双肩为我们撑起一片温暖、幸福的天。她用勤劳的双手营造一个普通的中国式的家庭——温情、和谐、美满。有母亲在，家就永远是我们疲惫时可以憩息的港湾。

母亲的故事几天几夜也写不完，正如母亲所说如果自己会写字，就把自己这一生的苦难和幸福写成一本书，一本厚厚的书，记录她这一生看似平凡却不平凡的经历。惭愧自己不能完成母亲的这个愿望，只有用这肤浅的文字，记录下母亲众多故事中微乎其微的故事，来恒久地感念母亲的恩情。

当我就此搁笔时，抬头看到了那个布娃娃，将她抱在怀里，与那双黑色的充满灵气的眼睛对视，恍惚中我清晰地看到：干净的小院里，茂盛的核桃树下，母亲带着花镜，一针一线地缝着布娃娃，仿佛是在缝合她那颗为儿女们操碎的心。

我的眼睛湿润了……

艾 语

岁月带不走的记忆

六月，麦子又熟了，金黄金黄的，有蝴蝶在麦浪上飞舞；有紫色的刺蓟花亭立在麦田间；还有一串串打碗碗花，粉粉地开在阳光下，像娃娃的笑脸。我似乎听到了它们快乐的笑声……

那是一眼看不到边的麦田，风吹过，金色的麦浪波动。麦田间的小路上，有一高一低两个身影。高的是个年轻的少妇，端庄秀丽，修长的身材衣着素净。她怀里抱着一个小女孩，六七岁的样子，白净瘦弱。在少妇的身旁跟着一个身穿红色上衣、三四岁模样的黑黑的小丫头。小丫头胖乎乎的小手扯着少妇的衣角，甚是可爱。她们走在麦田间，那醒目的小红衣在金色的麦浪中忽隐忽现。年轻的少妇边走边说："爱呀，姐姐身体不好不能走长路，妈只能抱一个，乖，自己走啊！到了外婆家有好吃的给爱吃啊！"小丫头看看姐姐，又瞅瞅妈妈，很懂事地点着头，听话地跟着妈妈一路走到五里外的外婆家。那一路她就像麦田间的蝴蝶停停歇歇，却不曾喊一声要妈妈抱着。

那个年轻的少妇正是我年轻时的母亲，那个白净瘦弱的女孩就是我的大姐，黑黑胖胖的小丫头便是儿时的我。幼年时，母亲常带着我和大姐去外婆家，两个村子之间蜿蜒的小路上留下了我们最欢乐的童年时光。如果花儿有记忆，它会记得有个年轻的妈妈很美；如果风儿不曾忘记，它也会记得那对小姐妹快乐的笑声。

因为小时候很乖巧，母亲不止一次提及此事，以至于不曾记住的画面，却因母亲多次的描述而牢牢地刻在我的脑海里，不论多久都不会模糊。

那日，母亲生日，全家欢聚一堂，大家东拉西扯地闲聊着，又说起姊妹几个的童年时光，母亲再次提起麦田旧事。当母亲高兴地叙说时，我在想，母亲在怀念我们童年时光时，她有没有怀念自己的年轻岁月呢？

从母亲那里知道大姐是个早产儿，生下来气弱脉虚，声若蚊蝇，看起来是很难活下来的。20世纪70年代初的农村，在那个医疗水平落后的年代，一个早产儿就只有听天由命了。年老的长者们都说看娃的造化了，能活下来就是命大的。

母亲那时候年轻，没有带孩子的经验，面对随时都可能断气的孩子，真是束手无策。当时奶奶患病，于是只好由外婆负责照顾大姐。对于大姐，那时家人都抱着死马当活马医的态度。母亲说，整整一百天，大姐都是睡在外婆的怀里，她是被外婆的体温暖着活过来的。外婆说大姐命大，躲过了一劫，必有后福。如今大姐的活法也正印证了外婆当年的预言。

大姐在外婆的精心呵护和家人的关爱中度过了危险期，捡回了一条小命。也正是如此，父母和爷爷奶奶都护着大姐，重话不能说，重活不让干，打小就滋生了她"霸道"的大小姐脾气。自从她安康地活下来后，弟妹们就成了她发号施令的对象。我们四个从小到大谁都没逃脱过被大姐教训的命运，比如，小妹的长发被她一剪刀剪掉，我的耳朵当年被她拿着掏耳勺弄到流血等。这些给我们稚嫩的心灵留下了一个又一个"不可磨灭"的记忆。所以，外婆说大姐有后福，我们都说她是会"欺负"人。不过，话说回来，如果当年大姐真的没能躲过那一劫，丢了小命，那如今我们一大家人的爱也就不健全了。感谢上天，我们能够相伴一生。

艾 语

小时候的我生得黑黑胖胖的，属于那种憨厚型的孩子，连奶奶都说我是给大姐垫背的（意思是说我生来就是替大姐干活的）。人常说三岁看老，那年我正是3岁。奶奶的话总结了我的一生。垫背就垫背吧，这辈子能为大姐做的事情就尽力去做，因为她是我们的大姐。

麦子绿了又黄，黄了又绿。母亲牵着我们走过了单纯快乐的童年，又指引我们走向成熟。成长的路上，在一次一次走过那金色的麦田时，母亲就已传递了我一种精神——农人的好日子是靠勤劳的双手劳作出来的。而我正是从那纯朴的、厚实的黄土地里走出来的女子。

如果，时光可以倒退，我情愿用我的年华换母亲的青春年华让她温暖的手再牵着我和大姐，走在那片金色的麦田中，看蝶儿飞来飞去，看打碗碗花张开笑脸……

第一章 烟火人间

大嫂的时间

迟子建在《时间怎样地行走》一文中写道:"我终于明白挂钟上的时间和手表里的时间只是时间的一个表象而已,它存在于更丰富的日常生活中。只要我们在行走,时间就会行走。我们和时间如同一对伴侣,相依相偎着,不朽的它会在我们不知不觉间,引领着我们一直走到地老天荒。"

是的,时间存在于丰富的日常生活中,它一直引领着万物在行走,引领着每个人在行走,自古至今,它从未停歇。在行走中,时间把一棵小树走成了大树,把河流送到了江海,把蒙蒙细雨凝成了片片雪花,它的每一步都流露出催生万物的痕迹。那些痕迹也留在了人的发间、嘴边和眼角。

与大嫂初见,她三十出头,年华正好,文雅、和善。相处后知她贤淑、知礼,感受到了一个人如果持有宽容、包容的心,她的爱就如同阳光必带给身边人温暖。大嫂是我认识的女性中具有水一般情怀的女子。

这些年,从我眼底走过的大嫂的时间大多都刻在我的记忆里,而她自己可能毫无察觉。某一日,看到大嫂,脑海里忽就冒出"行至将老",那一刻,我惊叹时间公平了,就显得无情了!

大嫂原本乌黑的头发间有了丝丝白发;那些讨厌的细密的皱纹和褐色的小斑点,不知何时也黏在了她原本细白的脸上;那鱼

艾 语

尾一样的花朵也开在了她的眼角。这些都是时间在行走中留给大嫂的痕迹。尽管，时间能改变一个人的表象，但大嫂温和的笑和骨子里的善良，时间是束手无策的。

套用一句流行的话，大嫂的时间都去了哪儿？我想她大抵是没有好好算过的。

我和大嫂成为一家人时，她的孩子已经8岁了，她每天骑着单车在单位和家之间来回跑，好几里地呢，刮风下雨都如此。她将一天的时间分为两份，工厂放一半，家里放一半，到哪边手脚都不闲着，白日时间不够用就借用夜晚的时间。这种状况一直持续到大嫂的儿子结婚。

当我得知大嫂的母亲在她少年时离开人世，我就知道她不得不提早开始她忙碌和自立的人生，除去上学、做家务，一定还有其他很多琐碎的事情。因为我的少年时期也经历了父母不在家的忙碌。当然，没娘的孩子内心有很多不为人知的心酸。她的细心、任劳任怨，还有隐忍，都是那时候所得吧。

有了后妈后，大嫂的父亲就住到了后妈家里，她跟着奶奶和哥哥生活。后来为照顾两个同父异母的弟弟，大嫂被迫辍学。父亲年老后身患重症，大嫂在两个家和医院之间来回跑，样样事情亲力亲为，中年的她比陀螺转得还欢。后来父亲去世，丢下了白发的后妈，尽管后妈比较多事，大嫂仍不计前嫌隔三岔五去帮后妈打扫卫生、洗衣做饭。80多岁的婆婆患脑梗近10年，其间摔伤了两次。第一次伤了腰，在床上躺了一个月；第二次摔跤后致使病情加重。这期间差不多半年时间，都是大嫂在悉心照顾她的婆婆，喂饭、洗澡、按摩，胜过亲生女儿。熟悉的人都说婆婆有福气，虽说没有女儿却有个比女儿还亲的儿媳妇。

常说时间就是财富，大嫂愿意把自己的财富毫不吝啬地分给他人；最长情的告白是陪伴，她用时间告白亲情。

我生女儿那年，我妈不在身边，婆婆说害怕去医院自然也不在，是大嫂陪着我。我在产房内外折腾了十几个小时，大嫂寸步不离地陪着我。孩子出生她第一个抱着，所以我的女儿最爱她的大娘。4年后，我的儿子出生，又重复了四年前的场景。人们说，生孩子是女人的大难，我的两次大难，大嫂给我的不只是她的时间。

大嫂的孙子出生后，她伺候媳妇坐月子，比亲妈还周到。去年夏天，大嫂的儿媳妇脚踝骨折，大嫂是医院家里、楼上楼下跑，将儿子、孙子、儿媳妇个个照顾周到。她常说："人家娃嫁到咱家，就不能亏待了娃。"大嫂没女儿，在她心里，儿媳妇就是女儿。素来以宽容、慈悲的心胸接纳生活的她，近些年，又信奉佛教，应恰是归了她骨子里的佛心。我虽不是佛家信徒，但总认为人善结善缘。

据说广州白云山能仁寺中有一副对联："不俗是仙骨，多情乃佛心。"何为"不俗"？淡泊名利，懂得取舍而坦然处世，便是骨子里脱了俗；何为"有情"，佛说世间为"娑婆世界，有情众生"。有情者，指一切有感情、意识的生命，并非是普通的"情"，而是爱心、慈悲心、欢喜心，有了情，也就有了众生。

时间是引领者，在前行中，每个人的时间一天一天在减少，若能把自己的时间花的有价值，便将时间的生命价值体现了出来。

英国作家西蒙·范·布伊曾说："事实上，时间什么也不是，重要的是其中蕴含的事物。"

那么，26年前第一次见大嫂时，她年轻、和善、贤淑、知礼的模样，以及她所具有的品性和人格魅力就是蕴含在她的时间里最令人难忘的品质。

艾 语

告女儿书

> 那日闲暇，趁着有暖暖的阳光整理书籍，无意间从一本书中掉落了一封信。捡起来翻看，原是女儿上小学四年级时写给我的信，便想起当时之所以一直保存着这封信，就是想等到女儿长大后将我的回复一并交于她领悟。现在再看这稚嫩的笔迹，理解着孩子当时的心境，遂想如今该给女儿回一封信了，因为她已经长大了。
>
> ——题记

一

亲爱的妍，你还记得上小学四年级时，你写给妈妈的那封信吗？ 也许你早已不记得了，但妈妈记得很清楚。 它就像你的童年一样深深地印在我的脑子里。

那是 2004 年的深秋，黄叶纷飞，天气已经很冷了。 我忙完一天的工作，带着一身的疲惫回到家时，看到桌上你的那封信，那是你写给妈妈的第一封信。 当我细细地读完信时，在暖暖的房间里，我捧着你的任性和埋怨，感觉自己就像孤立秋野的蒿草，被寒冷侵袭。 对于你的不理解我虽然有些伤感但没有生气，因为妈妈小时候对你的外婆——我的妈妈也曾有过抱怨和不解，只是当时不曾给我的妈妈写过一封信。 因为我的妈妈不认识很多字，也因为那个年代为生活忙碌的我的妈妈无暇顾及我的信，所以我只有把很多的不乐意藏在心底。 随着年龄的增长，我不再抱怨我的妈妈，也逐渐消化了那些小心思，因为长大使我明白了父母对儿女的用心。 今天你也长大了，我想，当你再看到这封信时，也便能领悟爸爸妈妈的一番良苦用心。

你在信中首先责怪妈妈因你和弟弟吵架而动手打你,妈妈承认当时因气愤也许做得过激,伤了你的自尊心,事后我也后悔不该动手打你(你没发现从那以后你再没有挨过打吗)。但作为妈妈,我知道对人不对事的评断是多么的不公正,所以只能是有过者受罚。不过,背着你我也好好地教训了弟弟,告诉他不能不尊重姐姐。只是你不知道而已,却说妈妈偏心。傻姑娘,你和弟弟都是爸爸妈妈的心头肉,又怎会特意偏向谁。只因你是姐姐,你要做出尊老爱幼的榜样。一个人在成长的道路中,即使不能成才也要学会做人,而做人首先要心中有爱、有善。身为家长,我有责任和义务引导你们走向阳光,而不是自私自我的独断专行,孟子尚且说:"老吾老,以及人之老;幼吾幼,以及人之幼",何况你们是姐弟,若从小手足都不能和睦相处,长大了又怎能与他人交往,与他人共事!当年的你是不会想到这些的,所以只为自己挨打受了委屈而责怪妈妈,我能理解所以我不生气。但愿妈妈对你从小的引导,能够让你在现在和将来对任何事情可以看得更深更远,而不片面狭隘。

你抱怨我对你约束太严,给你自由太少。小小年纪玩心太重,你想要什么样的自由,像小三毛一样四处流浪?像鸟儿一样随心所欲地飞翔?妈妈知道,每个孩子都喜欢玩,我在儿时也曾渴望着自由,但还是让厚厚的书包压制着,所以,我不能对你的贪玩任性毫无约束,让你浪费了学习时间。你是颗幼苗,在成长的过程中需要匡扶和修剪,我若任你横枝疯长,你怎能挺拔于林;你是个学子,需要时间去学习生活和掌握知识;我若给你自由,你定会像井底的青蛙一样沾沾自喜:一洼井水也有一弯清月相伴,又怎能晓得大海的胸怀可以博纳山川河流,可以托起日出月落;我若给你自由,你定会像雀鸟一样自满地穿梭在林间枝头,又怎会知道雄鹰的眼底是苍穹无限。正所谓:"玉不琢不成器,人不学不知义。"所以对你们的约束和管教我丝毫不敢

艾 语

懈怠。

　　有一段时间我懒散了，你是自由了，可家长会的训斥让爸爸面红耳赤，你更是胆怯地不敢提及考试成绩。妈妈只有自责，没有过多说你什么，更没有打你，因为我知道你是个懂事的孩子，只是暂时顾及了玩耍而忽略了学习，所以考试成绩让你明白了鱼和熊掌不可兼得。于是那个学期的期末考试"三好学生"的奖状贴在你的书桌上。而后你蜕变成大家赞誉的乖乖女。奶奶总说你比弟弟乖得多。瞧，得到夸奖是多么高兴的事情呀！

　　亲爱的妍，人生是一部包罗万象的书，就算活到老也有学不完的东西。女孩子要有一颗慧心，那比美丽的容貌更持久于人心。你要懂得做人要如梅兰静雅，不攀牡丹富贵态，自重自爱不骄不躁，要学会取人之长，补己之短，切不可因外来赞美而飘飘然。花儿在春天开得美艳，那是因为经历了寒冬的磨砺。人生的路亦是如此，得一步步踏实地走，只有不断付出，才有收获。

　　这个秋天你将步入高三，这是你努力奋进的一年，是决定你能否实现梦想的重要关口。记住，"书山有路勤为径，学海无涯苦作舟"。学业的殿堂不是懒惰者可以进入的，只有靠努力和艰辛，才能攀上理想的高峰。未来的路还很长，也会有很多坎坷，需要你奠定足够的基础知识去应对。雄鹰之所以能翱翔长空，那也是在风雨中不断坚强了羽翼。所以你现在付出多少，将来就会收获多少。

　　每个父母都希望自己的孩子有个美好顺心的人生。为你人生的美好，爸爸妈妈无悔做你的调色板。你可以全身心地投入，用智慧和画笔绘制你的人生蓝图。不管这份蓝图旁人如何看，只要是你全力以赴用心去绘制，爸爸妈妈就很欣慰。关于你的人生，妈妈希望你更灿烂于我、轻松于我地活着。我想那是必然的，因为青出于蓝而胜于蓝。

　　宝贝妍，这是相隔8年后回复你的一封信，在这8年中，妈妈看着你从儿童成长为青少年，你的思想也在一点一点地成熟，我想此刻你能够领悟我所说的一切了吧，并且我深深地希望你，不，应该是坚信你，像小时候捧回"三好学生"的荣誉一样会捧回你的学业荣耀。

意大利有句俗语说："母亲的心是女儿最美的天堂。"中国也有句俗语说："女儿是妈妈的小棉袄。"于此，我为你营造最美的天堂，而你带给我最贴心的温暖！ 那么，一起努力吧！ 你向着目标进军，我们为你铺平道路。 共同奋进的征程上，我有你相伴，温暖！ 你有我支持，努力不懈！

二

姑娘，看春暖花开，柳新草绿，又是一年三月到。 这个春天对你来说不寻常，是个重要的转折点，对家人来说也是满心欢喜的季节，因为这个春天你18岁了！ 看，多美好，多阳光！ 人生中花一般的年华悄然到来。 睹你清纯芳华恍若又见我曾经的青春，不由深深感触，流光易逝，年华一去不复返！ 姑娘，你要谨记：珍惜时光莫虚度！

春天是美好的开始，在这万物复苏的季节里，你的人生路已启程，未来充满不可预知的惊喜，也潜伏着意料不到的坎坷，等着你去发现，去化解。 前方的路上妈妈期许你一路顺畅，希望你不轻易言败，愈挫愈勇。 于此，寄语一帖，祝愿我的花儿开到心悦。

3月15日，是个特殊的日子，一个离高考只有两个半月的日子。 就在这一天，从理论上讲你已成年，而对这个喜悦的到来你是那么的平静，正如你所说："当十八岁遇上高三，还有什么比考上大学更重要呢！"听到这句话时，妈妈是真心高兴。 我的姑娘淡定、理性，有着积极向上的良好素质，知道事情孰轻孰重。

姑娘，告别17岁，你真的真的长大了！

从你出生的那天起，妈妈就一直期盼着你长大，可今天当你真的长大时，却让我措手不及，好像是在我毫无准备的时候，一切来得这么突然。 在父母眼中你永远是个孩子，可今天以后，你

艾 语

就会展开你丰满的翅膀朝着你的梦想飞去。你还能在父母的怀里停留几许时光！

时光虽逝记忆不褪，永不忘。18年前的初春，你来到爸爸妈妈的怀抱，你是上天赐予我们的花朵。你的一声啼哭，唤来了洁白的雪花，那也是上天赐予你的圣洁之花。你的到来也填补了家族两代无女孩的空缺，从此，无须多言，你得到的是掌上明珠般的疼爱，每个亲人都用浓浓的爱包围着你，你快乐成长。回首成长的路，你并没有沉溺在亲人们浓郁的爱中，始终持着纯真和懂事的样子，这让家人们很欣慰。

从稚嫩年少到寒窗苦读，从生活无忧到繁重学业，你曾哭过，也曾欢笑过；曾懒惰过，也曾躁动过。因为前路的迷惘我们有过争执，但为了美好的将来，我们最终朝着同一个目标前行。

妈妈陪着你一起思索，在学海里苦觅航向。丹青——茫茫学海中的风向标，她点亮你梦中的灯塔，以她独具的智慧挖掘出你的艺术潜力。你紧握手中的画笔日琢夜思，全力以赴，整整8个月。我想，这一段不长不短的日子，将是你学业中记忆犹新的时光，因为她让你对艺术有了更深的解悟和更高的追求，敢于对将来有满意的定位，而优异的成绩则是这段日子里，你付出的汗水和艰辛最好的诠释。在此，我们感谢丹青，感谢所有教给你知识和传授你为人处世道理的师者们！

距离高考两个多月的时间，是分秒必争的，是铁杵磨针的紧要关头。每每看到你苦读到深夜，看着灯光里娇小的身影，妈妈心疼，常暗暗担心你能否吃得消，然而，为了18岁的绚烂，这苦你得吃，我知道聪慧的你明白这个道理。

18岁，如花的年龄，充满朝气，它的到来意味着你将从懵懂的少女变成思想较为成熟的青年，你的思维必须从依赖转变为独立，明确人生的意义和追求。

那么妍，揣着一颗青春火热的心，去书写你风华正茂的篇章，以阳光的姿态迎接人生挑战。

此夜，暖暖的春风吹进房间，飘来丁香的花香，我执笔写下满满的疼爱与祝福，祝愿你生日快乐！期盼我的花儿争妍在盛夏，待到他日金榜题名时，方可笑到最后，笑得最美！

（注：丹青是西安一个很有实力的美术专业培训学校，通过丹青的集训孩子们大多都走向了各大美院和好的综合类大学。）

三

亲爱的妍，在丁香花开的季节，我许下了心愿，期盼你灿烂在盛夏。当向日葵昂首走向梵·高的画架时，你也结束了高中的学业，以我们满意的成绩敲开了大学的门。

十年寒窗磨一剑，直指金榜题名时。十二个寒来暑往我们一起走过，看春花秋叶，听月夜书吟，也曾笑过，也曾哭过，但值得欣慰的是，你的努力终于带给我们灿烂的笑。

人生有不同的阶段，每个阶段都有不同的责任和收获。成长需要与求知并肩，当你双脚迈入大学的门槛时，就意味着在今后的路上需要付出更多，为了你将来的人生路程更洒脱，你必须用智慧的头脑和手中的画笔把征途上的风景描绘得更秀美。

在你即将走向新环境、新起点的时候，妈妈有些叮嘱，希望能给你指引方向。

（一）要择善人而交，择善书而读

一个有思想的人要学会先做人再做事，只有学会这一点，才能在将来的生活和事业圈子中产生一定的影响力。

世人都知道，走进大学是走向知识的更高层次，但妈妈觉得除此之外，大学时期更是学做人的好时候。此时的你刚刚步入成年人行列，对生活和人生开始有了自己的见解，但还没有成熟的经验，也就缺乏可为与不可为的判断力，所以大学时代对求学做人都有着最直接、最有力的影响。

环境是会造就一个人的，或好或坏；所交朋友的行为更会影响你的行为，或小人或君子。所以要择善人而交，择善书而读，

艾 语

择善言而听,择善行而为。我想近朱者赤近墨者黑的道理,你在小学时都懂。

生活很像一潭水,或深不可测,或清澄见底,这正如人性,或善或邪,你要学会用眼睛和心去分辨世间的黑与白,而这首先需要自己拥有一双雪亮的眼睛和清澈明亮的心去衡量。

女孩子要自强自立,不攀附别人,不矫情柔弱,要活出自我的价值,才能人格独立和受人尊重。更要自重自爱,懂得保护自己,不被利诱,不被金迷,凡事谨慎从之。当遇到无法决定的事情时,记得有父母和师者是你坚强的后盾,切莫自作主张一意孤行,以免带给你不必要的麻烦,我不想我的花儿受到一丁点儿伤害。

(二)要尊师重道,团结互助

师者,是传播知识传授经验、传承人类文化的功臣。父母带给你生命,师者带给你知识。只有用知识武装起来的灵魂,才能体现出生命的意义和价值。

三尺讲台粉末轻扬,红烛燃尽挥洒汗水。师者,呕心沥血育桃李遍天下,所以要时刻心存感恩,师者的恩情应深同生命之恩。一个懂得尊敬他人的人会得到一个备受尊重的人格,一个懂得感恩的人会赢得一个丰硕的人生。学会了感恩你就拥有了生活中的大智慧。

大学,可以说是步入社会前的最后一道门槛,在这里你将会认识更多的来自天南海北的同学。学习中,优秀的同学是自我鞭策的榜样,良好的人际关系也是和谐相处的前提。在将来的工作中,拥有一支优秀庞大的群体,那将是社会关系最扎实的铺垫,而这个群体也许就是你的大学同学们,你们会是彼此工作后的第一批社会关系网,对将来各自的发展都会带来很多协助作用。所以希望你和同学们坦诚相处,团结协作,共励共勉,为将来的自己,为社会尽一份力。

有句话说,轻霜冻死单根草,狂风难毁万亩林。人是群居物种,社会也是群体社会。不管在哪里,一个团队失去一个人,团队还是团队;一个人失去一个团队,他就只是一个人。

(三)要积极上进,精进求成

一个人能飞的时候就不要停下来,不要让惰性羁绊梦想飞向更高更远。

仔细想想,在这世上包括亲人在内,有什么东西是真正属于自己的? 是才学吧! 是装进脑子里的知识,那才是真正属于自己的,它能让你享用一生,谱写出属于自己的生命之歌。

在学习中要奋进、要超越,更要不耻下问,取他人之长补己之短。 最重要的是,不要认为走进大学的门,人生就一帆风顺了,继而荒废学业挥耗光阴,天真地认为拿到那一纸文凭就可以一剑走天下了。 要看清充满竞争的社会里,只有不断地填充自己,掌握足够的知识,才不会被时代的浪潮吞没。

能学习的时候就不要惰性,不要做困难的俘虏和自己的敌人。 你更应该懂得"业精于勤荒于嬉",所以切莫放纵自己,要提高自律性,充分利用这四年的时光把自己打造成一个德艺具备、秀外慧中的女子。

抬头看看太阳,每天都是崭新的,崭新地为每个灵魂而升起,就看哪个灵魂能读懂那金色之光的生命力。

回首再看,光阴的长河在源源流淌,流淌过每个生命,就看哪个生命能珍惜光阴的美好和珍贵。

(四)要谦和宽容,乐观豁达

美好的事物总会带给人愉悦,在学习和生活中要懂得羡慕与欣赏的区别。 羡慕也许会让人心生缺憾与嫉妒,而欣赏则会带给你享受和动力。

人常说吃亏是福,所以与人相交切不可斤斤计较,谋求小利,那样只会让你的路越走越窄。 做人要大度宽容,而不能吝啬狭隘,但也不能失去自我原则,这些道理随着你年龄的增长,待你将来步入社会后逐渐就会明白。

寄语

妈妈相信你会做得更好，因为你一直在这样做着。送人玫瑰，手留余香。

"请把我的歌带回你的家，请把你的微笑留下……"听过这首老歌吧！

生活只有充满歌声与微笑才是阳光的，而歌声与微笑则是来自积极乐观的心态。快乐的眼中四季如春，悲观的眼底春色也萧然。

这个世界是多彩多姿的，就像你笔下的线条，你可以让它不只是灰色，它的绚烂来自你眼中的七色光，它的跳跃来自你心中的明媚。

很多时候我们会听到他人的抱怨，抱怨工作、学习负担重，抱怨生活压力大，当一个人心生抱怨时，不妨抬头看看吧，看鸟儿的翅膀虽小，但不会因为风雨而停歇；看叶子会干枯，但不会因为凋落而感伤。我们没有鸟儿坚强吗？我们没有叶子高大吗？不是的。那是因为我们缺少一颗飞翔在天空的心，那是因为我们不愿意把自己化成一棵树。所以，当你开始走上漫漫人生路时，就带上一双慧眼，裁一幅心境，放大一朵花开的声音。其实生活，美好还是多一些的！

妍，这个夏天你玩得很疯，笑得也很灿烂，也许这是12年来甚至今后，你最最轻松快乐的时光了，好好地将这快乐收藏着，再继续前行，就像花儿绽放后再去经历严冬的孕育，在下一个春天开得更美。

那么，带上妈妈的叮嘱，希望今后你能以此为参考，顺利地走完大学时代。带上更多的祝福和关爱，开始新的启程吧！

还是那句话：揣着一颗青春火热的心，去书写你风华正茂的篇章，以阳光的姿态迎接人生一个个新挑战。一起努力吧，我们共同奋进的征程上，我有你相伴，温暖；你有我支持，努力不懈！

四

妍，上次提笔给你写信是在四年前你走进大学校门时。那时

第一章 烟火人间

妈妈为你所写的每句话，现在还记忆犹新。时间过得真快呀，一晃眼，四年的时光已走到了我们身后，我们不必叹息时间走得太匆忙，因为只有在时间的行走中，你才能有所得、有所悟。而时间所赋予你的精神财富，是亲人所不能给予的。

这四年里，你没有虚度时光，以自律和勤奋不断地充实自己，为你的人生打下了坚实的基础。也许，你不曾感觉到，在这四年的光阴里，在不知不觉中，你已将自己填充成一个秀外慧中的女子，这是妈妈最初的愿望，也是现在最为满意的结果。

这四年里，你懂得了大学不只是学业的殿堂，更是学做人的良好平台。你的成长我看在眼里，喜在心里。许多年前，我可望而不可即的事情，现在你完成了，并且是满载而归。我虽欣慰，可我不能说你的满载而归是替我完成了心愿，因为这世上，每个人都是一个独立的个体，有自己的人生规划和自我修行，而不是为谁而活。即便你是我的孩子，那也不是替我完成愿望，所以你的优秀是为自己青春的负责。而我，只是站在你身边欢喜地欣赏你、祝福你，就像用心欣赏一朵花儿，从孕蕾到开花，那是一段焦虑也喜悦的过程，幸运的是，这个过程在时光的行走中，我们顺心地走完了。

今天，当我再次为你提笔写下这些心里话时，你即将身披学士服，头戴学士帽告别你的大学时代。我常在想，人的成长好比爬山，每登高一段，就会看到不同的景色，眼界和感悟也就不同，正是这些不同才驱使那些心中有想法的人，不断地向上攀登。那么学习也应该如此吧。

你是一个有思想的女子。当你站在大学的平台时，又为自己立下新的目标——备考研究生，开始攀登新的高度。

这一年多的刻苦，妈妈未在你身旁，但心里清清楚楚，书不是好念的。啃透那一摞摞厚厚的书，得熬多少个日日夜夜，费多少汗水和心血呀！欢喜的是，你用汗水和心血将你的青春喂养得

艾 语

肥硕。我一直认为，一个人的外表不必多高大，只要有一颗强大的心和持之以恒的精神，就没什么做不到的事情。丫头，你这一程走来也有同感吧！

现在是盛夏，凌霄花儿开得正盛。人说要灿如夏花，可夏花的灿烂是短暂的。所以丫头，我不愿意你有短暂的艳丽，咱就学常青的树，从容自信、沉稳淡定。如今日，当你告诉我拿到了研究生录取通知书时，我的心里不是久久的激动，更多的是平顺，因为行动的持久相比激动的瞬间要难得多，再说了，在我心里，这个结果是必然的，一直都相信我的丫头厉害着呢！

妍，有一点你必是知晓的，且知你也一直在认真地对待，可我还是忍不住再多言一次。这世上公平的事情不太多，但时间对每个人绝对是公平的。时间给足了每个人成长的日月之光，至于是珍惜还是挥霍，那就看各人对时间的认知了。你看此时，夏天多么火热，可很快就会过去了，初秋就会到来，那时，你又将步入新学堂，再次开始一段新的攀登。从母亲的角度出发，我首先希望我的孩子每一步走得踏实顺心，安康愉悦。在学业上，你可量力而行，不虚度青春，素养有成就是收获。

还记着四年前送你的话吗，有些话可适用一生，记下了就好。今日先就说这些，留些话下次再说吧。

奋斗的青春

去西安给儿子开家长会，是联考前重要的一次家长会。会前老师播放了学校录制的采访花絮，看到视频后，爸爸们将沉重和焦虑都压在心里，而妈妈们则哭得稀里哗啦，自然我也是如此。这不是矫情，是正常现象，女人是水做的嘛，感性是上天赋予她们的特性，动情则是爱的释放。

儿子上高三了，再有半年时间，就要经历他人生第一个重要性的考试了。高考，目前是我国新生选择大学和进入大学的唯一途径。而大学的差异也关乎学生后期的发展，所以高考，无论对学生还是家长来说都是相当重要的一场考试。

关于艺考生和联考在这稍做解释，艺考生就是所有艺术类考生；联考就是全国艺术联合考试，是指目前国内比较权威、教育部备案的各大艺术类院校，或者各大综合院校的艺术系对高中三年级艺术类考生，在高三第一学期期末举行的一次综合的专业考试。艺考的时间一般在每年12月底到元月初，也就是说艺考生必须先全力以赴应对专业联考，然后才能集中精力应对高考。所以，艺考生并没常人想象得那么轻松，而是比普通考生更辛苦，精神压力更大。

儿子学习美术，也是受他姐姐的影响。而女儿学习美术则是无心插柳的结果。

记着女儿上小学四年级时，出于给孩子培养个爱好的目的，

艾 语

就让她在舞蹈和绘画中选择，在学习了3个月舞蹈后，喜静的她选择了绘画。于是从小学到中学，从儿童画到水墨画再到素描，她兴趣不减，亦不曾中断。上高中后，我们达成共识，走艺考路线，女儿的目标是西安美术学院。高二暑假开始休学8个月，在西安一家名为"丹青易考"的美术集训学校进行强化学习。那8个月是汗水浸泡的一小段时光，也是历练思想和自立学习的一段时光。女儿后来说那是她一生都不会忘记的珍贵经历。

在丹青的每一天都是紧凑的，联考前的两个月更是魔鬼般的集训，孩子们每晚画画到凌晨一两点，那时候，是那么担心她瘦小的身子吃不消。好在，女儿没有辜负她的青春。联考后，她的成绩排名全省第71名，并以优异的专业课成绩通过了西安美术学院的校考。

这并没有让我们感到轻松，接下来是高考，只有不到4个月的时间了，女儿的文化课还停留在8个月前。

3月份回到学校后，女儿压力如山。记着回校第一次月考，女儿的成绩比休学前下降一百多分，她伤心地哭，把自个关在房里不理任何人。我只能安慰她不管谁停课这么久成绩都会下降的，没关系，我们还有时间，你能行的。

有思想的人能够想通很多事情，有上进心的孩子也知道自己该怎么去做。第二次月考，丫头成绩提高不少，才见她脸上有轻松的笑。如果说在丹青是魔鬼的集训，那么，高考前这3个月对丫头来说就必须是自虐，因为，她要把休学落下的课程赶上去。这就是艺考生区别于普通考生之处，既要学习专业课，还要抓紧文化课，这是身体和心理的双重考验。

现在好像都想不起来女儿高考前的3个月是怎么熬过来的，只记得她白天上课，晚上复习到深夜，一直到高考前每一天重复着这样的生活。做父母的看在眼里疼在心里，但又帮不上什么忙，只能尽量做些可口的饭菜，也刻意制造轻松的氛围，让孩子身心得以缓解。每每心疼孩子学习到深夜，多少次从门缝里看见她疲惫的身影而让我睡不踏实。

说实话，那时候，不管孩子心里咋想，我是有些怨恨高考的，我首要的心愿是希望我的孩子健康快乐，但那只是一个母亲的心愿。为了将来能有更好的平台，孩子们必须为高考而奋斗。

3年前的那个夏天，是老张家最开心的夏天。一切如愿，女儿收到了西安美术学院的录取通知书，她成功地跨越了为青春奋斗的第一道门槛。只是至今我有个遗憾，一向矜持的我没能给丫头一个拥抱。

女儿是个有志向的丫头，她懂得珍惜年华，知道怎么去提高自身修养。在考大学难上大学容易的纷说中，女儿的周末几乎都是在书本里度过的，假期也被她安排得满满，不是参加学校组织的采风活动就是在校外学习。2015年即大三时，她决定考研，再一次拿起冲刺高考的精神，日夜苦读。2016年圣诞节恰是考研初试，对丫头来说是她人生的第二次跨越，希望一切都顺利，也容我弥补四年前的遗憾，给丫头一个深深的拥抱。

如今，儿子也踏着他姐姐的步伐在为自己的艺考而努力。

十六七岁是花季，也是雨季，这个年龄的男孩子嘛总会有小小的叛逆心理。性格有点浮躁的儿子是个猴屁股坐不住，所以在学习画画中有过惰性，甚至想要中断，后来看到姐姐考上了西安美术学院，才转变了态度，开始积极认真地对待画画。那年他上初三。

我常常激励儿子，你不能比女孩子逊色，他则顽皮地答我："我姐是谁呀，乖乖女呢！"

自从今年7月份去了西安青卓美术教育学校后，儿子变了，从开始的抱怨变得顺和宽容，态度也很端正，每个月成绩都有提高。上个月的模拟联考成绩虽然没有达到他预期的高度，但他说自己不紧张，发挥得很正常。家长会和班主任老师沟通，班主任

艾 语

说模拟联考调班后，儿子的进步很大，尤其素描。这就对了，考试能够正常发挥，有所学有所悟就是收获。

元月六日就是联考了，所有的艺考生和老师们，都在做最后的冲刺。前几天有新闻报道，艺考生每天平均画画18个小时。虽然青卓学校规定的上课时间没这么长，但早上7点上课，晚上下课后孩子们自学到凌晨2点休息是很正常的事情。因为女儿当初如此，儿子现在亦是。

对于艺考的辛苦和高考的压力，我也无须过多心疼儿子，人家娇小的女孩子都能扛过去，他一个男孩就更应该扛过去，并且不辜负自己的青春时光。那么，只有在心里为他加油了。

青春，是激情的，是活力的；青春，是可贵的，是必须珍惜的。只要为青春奋斗过，才是不负人生的最好时光。

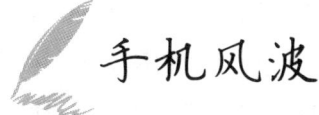# 手机风波

中午,正在吃饭,手机来电,是个陌生号码,准备说声"您好"。话筒里先传来女儿的声音,委屈加点小气愤的语调,说是手机又没了!自己也不知是丢了还是被偷了。闻言,便心塞的没了胃口。唉,都说女儿随妈,还真是,这丫头看似细心,可丢三落四的毛病不比她妈差。

上个寒假时,丫头去她姨妈家,把手机当成小费留给了出租车司机,够大方吧!通讯录和学习资料随同手机都没了,心疼得她伤心了大半天。手机丢了得再买,在外上学,没手机联系,当妈的也着急啊,于是,2015年给她的生活费是按十四个月给的。

新手机里通讯录少了一半,丫头信誓旦旦,今后一定小心小心再小心。结果呢,还是没小心得了。

2016年暑假,丫头校外补课,没回几次家,娘俩靠的就是手机视频联系。临近收假,补课结束,丫头说26号下午回家,在家待几天再回美院报名。一家人就等着她回来团聚几天。

今年奇怪,已入秋好些天了,天气还燥热得不行。今日却突来暴雨,一下舒适了好多。正在想着丫头今天回来,晚上给她做啥好吃的呢,这不电话就来了,得,手机又丢了!亏得暴雨降温,我才没肝火烧心,只能电话里叮嘱她回来再说。

收拾完后坐等丫头回家,说是2点多回来,眼看着都4点多了,还不见人影,这雨一阵接一阵地下,泼也似的,想去接她也

艾 语

没法联系啊！

快 5 点时，听见开门声，狗狗朵朵先蹦到门口。门开了，朵朵见了丫头，比丫头见到亲妈还激动，哼哼唧唧扑得丫头鞋都没法换。我说咋才回来呀，丫头就哭了，偏过头说差点都回不来了，换了鞋子就奔她房里释放情绪去了。

母亲在厨房烧水，丫头在房里哭唱："我咋这么可怜了，手机丢了，身上就剩一块钱了，又是大暴雨，下地铁还没车回咸阳，哼……啊……"

她在那哭唱了，我听着心里倒是轻松了，先声明，这个轻松并不代表我不是亲妈，只是觉得好几年都没见过丫头哭鼻子了，这一年学习太紧张，趁耍小脾气之时释放下压力，也挺好。

走到丫头房间一瞧，我就没法轻松了，本以为她哭喊几句就没事了，没想丫头还真伤心了，眼睛都哭红了，想必一路上心里都是委屈。朵朵不停地舔她的手，还够着添那小脸呢，不知朵朵有没有尝出丫头眼泪苦不苦。瞅着那委屈劲，当妈的心就疼了，伸手摸着丫头的头：

"哦吆，瞧把我女子可怜的，没钱咋坐车的？没车咋不借个电话告诉我去接你啊……"从育儿经验所得，妈妈一开口，娃就更伤心了。果然，丫头眼泪更多了：

"和同学上街没来得及取钱，手机没了就借同学二十块钱坐车了，等到了后卫寨连一辆公交都没有，都是这破雨闹的，路面积水车过不来，后来好不容易等到一辆私家车拼座绕了一大圈才回来的，就剩一块钱了，嗯……啊……"

"看这折腾的，都大三的学生了，还没学会随机应变啊，借电话呀！"

"我倒是想了，可是没人借啊！"

"回来就好，不伤心了，手机没了再说吧。"

"啊——我的手机，新新的，妈呀——我是不是太糟糕了，一学期一个手机，哼……"

"自己想吧，我去做饭了。"

厨房里，我边做饭边想，如今偷盗行骗猖獗，弄得人们不得不心存戒备，一个面相可爱善良的小姑娘借个电话都借不到，你说这人都敢相信人嘛！说到戒备之心，我这一双宝贝都缺乏，儿子今年开学要上高三，暑假就在西安上美术课。上月放假，儿子从西安回家，也是在后卫寨地铁站，遇见一个中年妇女，说没钱回家，儿子给了20元，又过来一个男的说两人20元不够，儿子又给了十块，他到家就剩3块钱。舍了三十块钱，证明儿子那句"我都多大了还不放心我一人出门。"纯属初生牛犊不知天高地厚。不过，儿子虽缺乏戒备之心，但也拥有一颗善心。想想只能怨自个了，教出的一对娃娃对人和社会戒备心弱，也不能全怪娃娃了。

丫头回来两天就得回校，所以买新手机的事不能拖。晚饭后，娘俩商议明天先复制卡号再去买手机。

临睡前，心里嘀咕，养个娃娃大小都淘神，瞧这一天闹腾的，不是花钱就是劳心。想生二胎的，你就想好了再生啊，嘿嘿！

第二天一大早，家里座机响了，是丫头同学马兴打来的，便喊她起来接听，瞧那迷糊的样就知她昨晚睡得也不安稳。电话那头，马兴说啥了不知道，但听丫头惊叫："我爱死你了，你真是个天使！"

没准手机有信了！我在想，要不这会能有啥事叫她这么兴奋。

"妈，手机找到了，马兴今早打通我的电话了，是个男的接的，说让她明天去取，哈哈哈，我太高兴了！"瞧她变脸似的，哭得动情笑得开怀，挂掉电话就喊。

"还真是，这是咋回事呢？"

艾 语

"她昨天下午打我电话一直关机,不知我咋了,今早又打,结果打通了,是个男的接的,互相说了情况,她才知道我手机丢了。"

"那这人还不错,愿意还给咱,估计是捡的,要是被偷了,哪有还回来的。"

"哪呀,那人就没打算还,我昨天打一直都关机,马兴早上打过去的时候恰好开机了,那男的说他媳妇回家训斥他了,要他还回去,但是手机被他刷屏了没法联系,恰好马兴打电话,他顺便就说还了。"

"哦,那她媳妇觉悟还挺高,那男的也算心地不坏,告诉马兴找个伴一起去拿手机,不管咋的得谢谢人家。"

"我就说嘛,我是个好娃娃,咋会老是倒霉呢,只是我手机里的好多东西又没了!"

"呵,还贪心,这已经是最好的结果了。"

……

第一章 烟火人间

 冬阳

夫喜欢垂钓,我则喜欢亲近大自然,于是,就有了"夫唱妇随"。午饭后,便趁着好天气,与夫同去渭河南岸的鱼塘,也带了狗狗朵朵,让它也放放风。

入冬第一场雪后,温度回升,北方处于暖冬状态,今日阳光还好,只是风稍大些,但没有影响到我们的出行。

冬天的河滩绿色褪去,树木呈着骨感美,一些树上挂着的零星枯叶在风里摇曳。干枯的芦苇也随风摇摆,轻盈如羽;远望渭河,如陈年的土布,随意平铺于大地上,尽管有些灰朦单调,但奔流的气势不为季节而减。冬天的河滩,一切似乎都在沉睡,只有阳光比城里的阳光更活泛、更贴身。城里的阳光被高楼大厦撞得没了锐气,而河滩的空旷可以让阳光尽情灿烂,呼呼的西北风也可以更狂野。

鱼塘里垂钓的人不多,三两个,很清静。帮夫把渔具整理好后,他开始坐钓,我则四处走走看看,朵朵兴奋地乱跑。

天空很蓝,清清的池水也染成了蓝的,想起了蓝色的青海湖,虽然没有可比之处,但在灰秃干燥的北方,能看到一池蓝亮的水也是叫人欢喜的。风吹过,水面粼光闪闪,似银色的珠子,一波接一波滚向对岸。有鱼儿忽地跃出水面,这边"扑通",那边也"扑通"……水面上就荡出许多圆圈来,那滚动的珠光便被搅碎了。

艾 语

北方的冬天很冷,候鸟都飞去南方过冬了,留下的就是些不怕冷的鸟儿,如常见的麻雀、灰喜鹊等。它们无论体型大小都如毛球一样,蓬松厚实的羽毛能够让它们温暖地度过冬天。

鱼塘边落着水边常见的小鸟,我叫不出它们的名字。它们体型不大,黑头黑背,腹部白色,细长的尾巴灵敏地上下翘动着,红红的尖嘴一张一合发出细脆的声音,毛茸茸的小家伙很机灵,左右扭动着头,不等淘气的朵朵靠近,"噌"地就飞走了。

远离城市的地方,环境就比较原生态,对岸竟有几只像白鹭一样的大鸟,也不能确定它们的名字。那鸟悠闲地在水边踱步,雪白的羽毛,优雅的步子,加上这蓝亮的水,脑间映出了"天鹅湖"的美丽画面。大鸟们忽而飞起,张开的翅膀变成了灰白色,一对对在水池上空盘旋,不时地鸣叫几声,那叫声似乎在唤着春天赶快醒来。

鱼塘边有个农家院子,院子里传来鹅的叫声,还有猪的哼哼声。屋檐下的水泥台上,一边晾晒着金黄的玉米棒,一边晾晒着红红的萝卜。萝卜叶子还是新绿的,看来是刚挖的。院子外的果园里一只白毛红冠的大公鸡,领着一群清一色的"娘子军"在园子里刨吃食,偶尔,它会伸长脖子昂着头打鸣一声,好像在炫耀它有多威武。冬天的土地是肥沃的,母鸡们能从中刨出土鸡蛋需要的元素。

只顾看了小院的农家美,一转身,竟不见了朵朵,唤之,见其与塘主的两只土狗在远处玩耍,狗儿有伴了,更是撒欢得不行。

来时带了铲子打算挖点荠菜,转了一圈后,发现没有荠菜可挖,倒在塘边采了些返青的嫩白蒿。白蒿是个好吃食,既清淡美味又有药理作用。几年前,母亲就说她吃不了味道重的饭菜了,总觉着清淡食物可口。那时不解,近两年,自己也有了同感,便想这口味与年龄真是有关系的。

提着白蒿转回垂钓处，见鱼护里已有两三尾鲫鱼，色青白、个大，甚喜。夫却说战果不好，有风影响垂钓。看来，还是没钓到姜太公的境界哦。

　　冬日的阳光真好，暖而不烤，亮而不刺，我便坐在鱼塘边，拿出顺带的书，不浪费这暖暖的好时光，开始了阳光下的阅读。忽然想起，以往看书都是在家或是书城，如今天这场景中看书倒是初次。

　　阳光、池水、鸟鸣、鸡叫，此情此景，读白落梅的《岁月静好现世安稳》竟觉着是最好的。

艾 语

单车上的幸福

车子在红灯前停下，斑马线上的人流像五线谱上的音符，在绿灯的闪烁中匆匆而过。熙熙攘攘中，一辆蓝色的单车勾住了我游离的目光。骑车的是位壮年男子，他脸上的表情难掩内心的喜悦，男子双脚卖力地蹬着脚踏板，后座上坐的是一位清秀的女子，稍黑的双臂挽在男子的腰间，脸上泛着笑意，满脸陶醉地将头贴在男子的背上。这个画面如果稍留心，马路上很常见，但两人的表情和神态，在时下匆忙的、麻木疲惫的路人中是很难捕捉到的。

随即，对夫说："看那辆蓝色的车子，车子上的那两人，熟悉不？"夫的目光顺着我手指的方向望去。他稍思顿悟，笑曰："唉，时间过得真快，老了，再也没有当年的那股劲头了，不过现在倒是很怀念那辆车子了。"

是了，光阴如梭，岁月如歌，当年夫单车上的青春女子，如今已是陪他走过二十多个春秋的半老徐娘了，而那辆单车和单车上的日子，不但夫很怀念，我也尤为想念。所以，常常在碰到如刚才一幕的时候，勾起沉淀的记忆。

20世纪90年代初，流行变速单车，色彩时尚、轻便快捷，但价格也不菲，一辆车子就算便宜的也得三四百元。夫告诉我，他那时的月工资才102块，为了钟爱的车子，自个缩食节衣半年，买了一辆他喜欢的单车，并且精心装饰一番，终于拥有了可以炫酷的坐骑。我们认识后，第一次回他家拜望他的家人时，夫就是骑着那辆单车载着他未来的幸福，兴奋地蹬了几十里路，脸上喜滋滋的。车圈上五颜六色的彩珠在车轮的飞转中，叮咚作响，像一首欢悦的歌儿。从那个秋天起，在黄叶地飞舞中，便喜欢上了单车和彩珠的欢歌，更恋上了单车上的日子。

朝朝暮暮，写意春花秋月，车轮在风雨中碾碎了生活的沉闷，更承载着彼此用心经营的幸福。奋斗的生活总有更替和舍弃，大凡世间物件也都有寿命殆尽之时，很感激那辆单车，是它带给了我们此生难以忘记的美好记忆，而关于它的所有点滴全深藏在记忆里。

曾经看过一个故事，也是关于单车的故事，一对相恋四年的大学生，在单车上度过了他们最甜蜜最美好的日子。然而好花不常开，好景不常在。毕业后，各自都有了工作，女孩的工作环境胜于男孩的工作环境，加上自身条件较出众，女孩很快得到上司的赏识，于是她慢慢地变了，不再是之前纯净的她了。而男孩依旧蹬着脚踏车拼命地工作着，仍旧为梦想而努力。但最终女孩对男孩说了一句话："我依然爱着你，但我宁肯坐在轿车里哭泣，也不愿意在单车上辛苦地笑，忘记我吧！"这个故事不管是真是假，对人触动却深。很多年了，那个故事和我们单车上的那段日子，相对峙地并存于我的脑中，时刻提醒着我幸福的真正意义是什么。

现在的人们活得都很辛苦，金钱、地位，还有名利的诱惑，就有人宁愿撞见鬼也要走邪路，违心地放弃自己心里真正的追求，堕落于物质享受或迷途的捷径中。于是，紧闭的轿车内，有多少人看着窗外幸福的戏，却独唱着忧伤的歌，又有多少单车上的幸福经不起风雨的打磨而被丢弃。

很欣慰红灯下那一对年轻的情侣勾起了我暖暖的回忆。在这物欲横流、充满诱惑的现实中，祝福他们将单车上平淡的幸福进行到底。

艾 语

好好生活

和永团一起上学时，我好像和他没说过话，但是对他还是有印象的。其实，回想那时候和班里其他男生好像也没咋说过话，原因是20世纪80年代的农村校园流行男女有别，连课桌上都画着"三八线"，我又不爱言语，顶多是回应"三八线"外的男生几句。中学毕业后，各奔前程，那阵子，手机还未诞生，离校就意味着断了音讯。直到几年前，在城里遇见其他同学，就这样联系上了永团。同窗一别，小20年，再相聚时，不见了当初的少男少女，满堂皆坐娃儿爹妈，举杯叙旧，忆当年时光，叹时光苒苒，永团话仍不多。于我印象里，永团善良、实诚、稳重。

2014年冬干暖，日日见阳光，倒是同学之间久未见面。昨日放光同学来电，说要给大家送猕猴桃，便约到了三五人小聚，就有永团。席间，三个男人借着一壶老酒，话便稠了起来，那些难忘的同窗旧事又被翻了出来，且越说越多，就如杯中老酒越喝越有味。大家兴致高涨，却也嗟叹时间过得飞快，又老了一代人。就听永团说道，他这辈子就是个鸡娃命，刨一点吃一点，心里踏实，等把房贷还完了再把车换了，这叫有压力才有动力。有人提议，为此喝一杯。永团继续说，以前他光想着干活，现在只要能抽出时间就想和同学们坐坐，喝喝小酒，谝个闲传，今天下午放光一叫，他赶紧从泾阳赶来，这辈子咱能走到一块都是缘，你们没听凤凰传奇的玲花唱歌时，曾毅就在旁边一个劲地唱着"看见的看不见，看见的看不见的……"其实，（这世上）看见的看不见的都是缘，这辈子走到一块了就要好好珍惜，好好生活，能多见一次就多见一次。这话一说，大家都笑到爆，说永团有意思，凤凰传奇的歌词经他这么一解说倒有了深度。我说，永团熟透了。

无锡太湖边有座灵山小镇，叫拈花湾，取自佛教中佛祖拈花一笑的典故，是一座以东方禅意为内涵的"净空、净土、净水"的小镇。小镇的一屋一巷、一山一水、一草一木、一花一叶皆充满禅意。拈花小镇向人们传递的是一种心灵纯净、无欲无求、坦然自得的心态，就是告诉人们在繁乱纷杂的尘世间要好好地生活。小镇的宣传口号正是"好好生活"。不想今日，永团同学竟一语点破禅机。

岁月是把杀猪刀，剐了女人的青春、男人的相貌。上学时，永团一头黑发，现在他的儿子上了大学，还是国防生，10岁的女儿也快比他高，他的发际也快退到了头顶。永团说媳妇说他还没当公公呢，就像个小老头。说完他站起来，有意把头仰起，两手从额头上向头后一抹，抹完了说："就算头发掉秃了有啥嘛，郭达么，哈哈哈！"坐下后，永团又说年龄就是钟表，那表在他们身上一刻不停地走，到我这咋就停了，问我得是把电池抠掉了！哎呀妈呀，他咋就有这么奇妙的想法呢！连一向能说会道的郝总同学也没想出来，这永团，一下子把大家乐得仿佛年轻了10岁。

美好的时光总是容易溜走，一壶老酒没见喝，完了；一肚子的话没说够，月亮已爬上了树梢，为了生活，明日还要各自忙碌，即便不舍也得散场。临别了又想起郝总同学常挂在嘴上的一句话，见一次少一次。话虽有些凉凉，可理没错，人生苦短，命数有限，如今天一聚，彼此相见的机会便少了一次。再说人活在世上，各种缘分皆有可能，同窗便是一缘，这缘值得珍惜。所以，永团说能多见一次就多见一次，是有道理的。

人的本性是天生的，但情趣会在年龄的增长中，因了环境和经历而多少改变些，比如，现在的永团同学仍然善良、实诚、稳重，可是不再寡言了，平凡的生活使他变得风趣且不失智慧，他活得明白，活得自在，算是人生好状态了。

艾 语

趣味日子

　　如果你认为生活是一部书，那么每一天就是写满文字的书页，你的日子就饱含智慧；如果你认为生活是一首曲，那么每一天就是跳动的音符，你的日子就充满动感；如果你认为生活是一日三餐，那么每一天就是品尝和吞咽，你的日子就是酸甜苦辣咸……你有多少种认为，生活就有多少种姿态。生活的姿态在于不同的心理、不同的环境以及不同的年龄，每个人对生活不同的感受，这也正好体现了生活是丰富多彩的。不过，生活也是被动的，被动到它不能改变你的所有认为，所以请给生活一个良好的、悦己的姿态吧，而这个姿态来源于每个人的心理。

一　玫瑰与大米

　　关中男人大多务实，实在得就和他们脚下的黄土地一样，一脚踏不出个坑来。他们心里能想到的就去做，不会拿好听的话糊弄人。关中少小女人，多是女汉子。也有如此现象，遇见个外表看似娇柔的小女子，可一开口，那就是豪爽的女汉子，一做事，那更是大气的女汉子。这没法，一方水土养一方人嘛。

　　夫自然也不例外，会务实不会浪漫。若遇见特殊日子，想让他说句"情话"，他就像吃了一嘴糨糊，咋也张不开口，可他不死板，风趣，好歹肚里还存着几万个冷幽默的细胞，若趣意来了笑死人不偿命。

第一章　烟火人间

有年 2 月 14 日白天，街上的花店门口摆满了红色的玫瑰花，包装精美，极有诱惑。各类女士用品商店里也是人头攒动，以女士居多，想要找见个长胡子的简直太难，因为关中男人不仅务实还内敛。当然，一些黄金珠宝点里还是爷们多，因为那地方爷们去了自然，手脚都放得开。也许还有个原因，就是去珠宝店显得爷们都大气。

到了晚上，街道上啥状况我不清楚，不过，按往年情形可以想象到，一定是成双成对的多，且女子手里几乎都拿着玫瑰花或者巧克力，不是拿一枝玫瑰花就是捧着一大束玫瑰花，脸上都洋溢着甜甜的笑。不用说也是年轻人多，这是一定的，因为只有年轻人才有激情去过洋节日，有点年纪的大抵都在家中待着，如我和夫就安心地窝在家里看电视呢。

电视里多个频道都是关于洋节日的话题和节目，要说如今这媒体也真是，一个洋节要如此炒作吗。你看今天这，什么"情人"啦、"异性闺蜜"啦、"互送礼物"呀，真是装了一电视机，看多了就觉着惹眼又无趣，就不停地换台。遥控器在手里按来按去，心里就冒出一个小点子，便对着躺在沙发上的夫开了口，于是就有了下面的对话：

"娃他爹，今天也算是个节日吧，这节日来中国好多年了，也没见你借用一回。"

"它来中国多少年跟咱有啥关系，过好咱的日子就行。"

"咋没关系，只要是男人和女人都有关系！"

"那是爱面子的人玩把戏，也是年轻人胡骚情。"

"那你也玩玩那把戏！骚情骚情呗，咋样……"

"玫瑰能当饭吃吗？"

"那倒不能。"

"那不就对了，50 块钱整几枝花，还不如五十块钱送你一袋大米，咱一家子还吃一阵子呢。"

艾 语

人家对答如流，无懈可击呀！说完还有点嘲讽地冲我一笑。

我是个反应慢的人，30秒后才反应过来，结果是被他这个新鲜的等价换算笑到肚子疼。玫瑰、大米！神啊，我竟是头一次听到这两者之间的关系还可以这样！

二　杀鱼

夫喜欢钓鱼，这是我比较欣赏并赞同的一个爱好。因为钓鱼既能养性，还常有鲜鱼可吃，真是一钓多得呢。

回想我怀着女儿的时候，夫还没爱上钓鱼。那时我们年纪轻，也不懂得孕妇需增补营养，加上当时经济也不宽裕，自己也不好好吃饭，就只满足了寻常的一日三餐，故女儿生下时只有五斤重，黑瘦干巴，不像是从暖润的娘肚里出来，倒是像被风吹了十个月，不过还好，出生后被我的奶水喂养得很圆润。后来，怀着儿子的时候，好食肉，尤其好吃鱼，一周不吃一次，就馋得慌。于是每周都和夫去一次附近最大的菜市场，买许多菜也买肉，自然不能少了一尾鱼。鱼买回家，夫就快刀杀鱼，然后边做边教我如何做鱼，我做鱼的手艺也是那会学会的。

就像杨绛先生说她怀孕时一样，她吃饭菜，女儿吃她。我也就敞开胃口吃，儿子也就美美地吃我，生下他时，比他姐姐足足多了1000克多。后来儿子开始加餐时也喜欢吃鱼。我想，那些被我食进肚里的鱼是起了不少作用的。如今，儿子已经18岁了，健忘的我却想不起来，夫是哪时开始喜欢上钓鱼的，是不是我怀着儿子的时候开始的呢。

夫的钓具慢慢地多起来，钓技也在长进，与钓友们相比就是长进稍慢，不过，每次钓回的鱼够我们丰富伙食，还会多出可送亲朋好友。每回出钓回来，夫就像是抗洪归来的战士，裤子和鞋上满是泥巴污渍，身上更是鱼腥味浓重。他顾不上收拾自己，先把鱼兜里的鱼放进大盆里，再加上水，然后问，今天吃不吃（鱼）呀，要吃就趁着衣服脏杀一条。如此数年。

今年的一日,他像是被菩萨点化了一样,忽然对我说:"人家某某钓鱼,钓多钓少都是他媳妇杀,你也学学杀鱼嘛。"

我一听,心里窃笑,便说:"跟上杀猪的翻肠子,跟上当官的坐轿子,咋也没听过跟上钓鱼的就得拿刀子呢!"

他听了后,就说我懒。

哈哈,懒就懒呗!

自从夫说了第一次后,每次吃鱼就唠叨都是他杀鱼。一次,我便怼他说:"想要不杀鱼你可以不钓鱼呀。"

嘿嘿,就知道,对他,烟可不抽,但鱼不能不钓,所以,他唠叨完了,家里吃鱼照例是他洗杀,甚至去他老丈人家带的鱼也是他洗杀。

前一阵,正杀鱼的时候,我在一旁说:"知道我为啥不杀鱼吗?"

他说:"你修善,杀生都归我么。"唉,这木头人。

我说:"你看哦,你总说我好强,今天就说给你听听。在外面,我若不强那必是无能,你愿意你老婆被人说无能吗?在家里,咱是两口子,我有必要强吗?你想想,我从不叫你洗衣做饭,拖地洗马桶,是吧。再说了,你也不是细心之人,这些事要是叫你做了,我多少得重做一次,与其那样,还不如自个一次做好,也省了你累着。可是,不叫你做吧,又不能体现你在家中的用武之地,恰好你爱钓鱼,那洗鱼杀鱼虽不是天天有,却也是少不了的,这活也像男人该做的活,我就不插手了,也叫你觉着老婆也有依靠你的时候,所以,我不杀鱼是在向你示弱,懂不!"

我一口气说了一箩筐话,夫就回一句话:"哦,就这原因啊,我咋觉着你就是给我戴高帽子呢,其实你就是懒呗。"

嘻嘻,不木呀。就当我懒呗,不过,目前这状态不是挺好嘛,他杀鱼,我做鱼,一家人吃鱼。我们家年年有鱼,多好。

三　那是你我

初秋的一日，早起看天气晴好，恰逢每周花市之日，便与夫一起去附近的花市闲逛。

"花市"是我的叫法，听着有美感，也悦心。其实一直都叫"狗市"，顾名思义就是买卖狗的市场，属于地方叫法，其他地方有没有，有的话又叫什么没研究过。随着经济的飞速发展，大小市场已丰富多样化。如今的"狗市"已不再是纯粹意义上的买卖狗的市场了，一些规模小的市场上反而没有狗出现了，则多了花和鸟，还有吃的用的，形成了一种很接地气的大众交易市场。

走近市场，依然是摊位比邻，人如流水，想这做生意的人来得早，逛的人也来得早，都是勤快人。

挤在人群里自然就走得慢，好些日子没来了，慢走顺便可以细看。我俩随着人群挤到了卖花的小道里，这是我最爱来的地方，女人天性爱花，我就属于逛花市比逛商场来劲的那类人。见了花就走不动，说只看看，可每次都不会空手而归。这次也不例外，走到一堆多肉摊位时蹲下就起不来了，家里虽然已经有好多多肉了，可还是忍不住挑了"一片肉"。没法子，就是喜欢多肉的精致、可爱和肉感。

出了卖花的小道后，又转到了一个卖菩提手串的摊位前，轮到夫走不动了。他喜欢这些东西，各种菩提、花梨木、崖柏等，见了就要看看摸摸，不过这些文玩物件不像多肉那么易购，得谨慎下手，所以，每次看后，夫都是空手而回。而这时，我就会说句："逛就是逛心情呢，带不带东西都没关系。"

快中午了，我们就往回转悠，到饮食区的时候，夫看到路边的小吃摊，顿生馋意，就叫我一起吃点东西，可我肚子还没饿，便坐一旁陪他。夫吃着煎汤的羊血饸饹，我目光游离，观望熙熙攘攘的人群，像水中的鱼儿来回穿梭着。

夫是个不善言谈之人，沉稳中不乏幽默与细心。当食过一半时，他拽我衣袖，我回过头看他向我示意，并且嘴角上扬，就顺着他的示意看去。

邻桌上有两位老人，都是白发苍苍，脸上满是皱纹，一看就是走过风雨的老来伴。老头也在吃饸饹，吃得满嘴喷香，老太太坐在一旁看着老头吃。我看出那目光中全是疼惜和关爱。老太太静静地等着老伴吃完后，把手里的纸巾递过去，老头边擦嘴边说很好吃，下周还来吃。

目送两位老人走了，我忽然明白，人到暮年后，还能够看着彼此吃饭，那是多么幸福啊！

我回过头对夫说："那是咱俩。"

夫说："能活那么老吗？"

我说："能。"

然后我把手中的纸巾递给他。

四 汽车和自行车

20年前夫就学会了开车，可10年前，我们才买了第一辆汽车，是二手的北斗星牌汽车，成色还不错，我和夫就把它当成新车一样爱惜，毕竟是我们的第一辆车嘛。有车就是方便，回娘家再也不用拖儿带女、大包小包地挤大巴了。

北斗星开了两年后，因为生意需要，换了一辆尼桑车。虽是新车，可没有开回二手北斗星时的高兴劲。新车磨合期，夫拉着我去了一趟乾陵，车外阳光炙烤，车内空调凉爽，来回路上心情是极好的。

我和夫向来是各自忙碌，加上夫偶尔懒病复发，就觉着自己不会开车真不好，许多事都不方便，就说去考驾照。夫便笑我，电动车都不会骑，又是个路盲，还想学开车。

他这么一说，我就不服气了，这世间事情都在人为，他人学

艾 语

3个月，我就当一年学，还不信学不会了。接下来就是忙乱中挤时间，在热浪里来，冷风中去，还真是折腾了一年多，终于把驾照拿到手了。

有了驾照，夫就不再是我的司机了，升级成教练了，尼桑车也功劳大，练就了我娴熟的驾驶技术。夫说，会开车就是长腿了，这下跑得更欢了。还别说，自从学会开车，真就体会到自驾的自由和优越了，更不用央求谁给我当司机了。果然是谁有都不如自有，老话就是可信。

2013年，天赐机缘，我们又添了一辆较好的车，这下可好了，两人也不必为错不开车而麻烦了。新车比较大，内部宽敞舒适，又是自动挡好驾驶。有一次，我和夫还有大侄子一起出去办事，夫开着新车，侄子坐在副驾驶位。路上看到好车，叔侄俩就聊起来。二十出头的侄子说他大能行，都换了好车，他将来还不知道能不能达到他大这样的成绩了。

夫说："你急啥，我像你这么大时才骑自行车，现在条件比原来好多了，你们的平台和机会都多，你要到我这年龄，肯定比我现在混得势大"。

侄子又问他大今后还换车吗？恰好对面开来一辆白色的三个轮的老年代步车，夫说，换就换它，能接送孙子上学就可以啦。

我说他还性急，娃才上高中，都想到孙子了。三人好一阵笑。

提起换车我就想起一件事，那会我的驾照实习期还没满，有次姊妹几个在一起吃饭，说到将来，大姐说将来有钱了要先换大房子。大弟说他需要的太多了。夫说，他将来要是发展得可以了，就买辆50万的车给老婆开，他骑自行车。

我们都大笑，没当回事，全当是酒话而已。只是大姐说不管能不能实现，话听着舒心。

如今，五六年过去了，夫在酒后说的话成了现实，可他却没骑自行车，我们选择走路的时候多了。

五　女人挣钱不容易

　　人吃五谷得百病，那是从前的说法，但是从前好像没有那么多的病。现在，人吃五谷少了，多了精粮细粮，按说应该得病少了，可实际上，病更多更可怕了。以前听见什么重症、癌症，感觉很遥远很遥远，就像是听到了月亮里嫦娥的声音，惊奇都不算啥，简直就像是梦里的事。现在呢，听过没听过的，什么要命的病都可能有，而且，离每个人都很近，若身边有人不治而亡了，就不由得叫人忧虑和迷乱一阵儿，会凄凄地担忧厄运哪一天会降临到自己身上。

　　朋友的丈夫得癌症去世了，还不到40岁，她家人财两空，只留下两个年幼的孩子和看病欠下的债。她婆婆承受不起老来丧子的打击，也住进了医院。真是福不双至，祸不单行，叫人心里难受，想她今后托老的带小的咋生活呀！

　　因为都是同龄人就想到了自己，一个下午都在胡思乱想，想着想着都不敢想了，心情很沉重。晚上，夫接我下班的路上，忽然问他：

　　"如果我得了坏病，你说治不治？"

　　夫没加思考地说："能治的就治，不能治的也要治。"

　　又问："如果你得了坏病，你说治不治？"

　　夫想了会，说："能治的就治，不能治的绝对不治。"

　　他说完又问我好好的咋会说这个话题。我说朋友丈夫今天去世了，是癌症，丢下她和两个孩子和一大堆欠债。夫听后也沉默了。

　　沉默了会，我又说："今天想了一下午，想明白了，如果是我得了治不了的病，我就不治，也不要给我治，省得人财两空，叫你和孩子们负债受苦；如果你得了治不了的病也不治，我更不

艾 语

愿意看见无用的治疗带给你痛苦,我会带你去旅行或者住在山里,把最后的日子过得自在……"

话没说完我的心像是被扔进了一坛老醋里。

夫听完很沉静,缓了一会儿说:"要是真有那么一天,你得了治不了的病,我就是想尽一切办法也一定要给你治,就算花光我们的钱也没关系,因为我有能力挣钱,而咱家不能没有你;可如果换作我,就不要白花钱了,把钱留给你和娃们,因为女人挣钱真的不容易!"

夫的回答一时叫我说不上话来,我转过脸深吸一口气,吐出了心里的那股子酸劲。回过头对夫说:"不想那么多了,这只是说如果,我们不都好好地活着吗,不会那么不幸的,只要我们有健康的身体,其他的都不重要。"

夫接我下班的那个夜晚是多年前初春的夜晚。清寒的时光已过去了许久许久,那晚的话音还在,如今每每想起,心里酸过了总还有暖意。

第一章 烟火人间

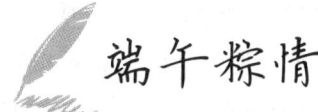
端午粽情

粽子,形体玲珑,味道甘甜,作为端午节代表性的物什,承载着数千年的饮食文化;作为传统食品更是深受大江南北人们的喜爱。

每逢端午,总想亲手包些粽子,一来可以缓解一下紧张的生活节奏,为生活增添点花样;二则自家包的粽子新鲜,可馈赠亲朋好友,收获一份分享的喜悦。

说起包粽子的手艺,还是儿时跟着母亲所学。记得小时候每年端午节前夕,勤快的母亲便会给我们包粽子,还会手缝一些五颜六色的香包,挂在我们的衣服上辟邪驱蚊,然后在地头拔一撮艾草插在门窗上。那样传统的端午节一直是童年最深的记忆。

那时候,母亲白天要忙农活,只有晚上才有时间包粽子。昏黄的灯光下,母亲一双灵巧的手铺开几片提前煮好的芦叶,然后抓一把米,放两颗红枣,轻巧地翻转几下,缠着五彩细线的棱角分明的粽子就跃然眼前。这样一个看似简单而有趣的过程吸引着我,不由得也想伸手小试一把,便央求母亲教我。于是母亲放慢动作,我仔细看着,从不成形到有棱有角,我包的粽子得到了母亲的表扬。从那时起,母亲教给我的不只是包粽子的技艺,更是受用不尽地美化生活和经营生活的方式。

又临端午,那天和孩子们去超市购物,看到琳琅满目的粽子,不由得心又痒痒,想包粽子。将这个想法说给女儿,娘俩一

艾 语

拍即合，并且提议不买粽叶，而是到渭河边去采新鲜的芦叶，来一次真正的自制绿色食品。

由于近期高温，待到晚饭后天气稍凉才和女儿出门。傍晚的河边公园，纳凉散步的人很多，却很少有人走到河滩，因为那里是蚊虫聚集地，我们毅然全副武装地走进芦苇丛。

河边，清风迎面，晚霞落入河里，水面上好似洒满了金币，泛着金色的涟漪，归巢的倦鸟划破余晖……眼前的这一切已无须用华丽的辞藻去修饰，而这些景致使一颗浮躁的心，在夏日的热浪中缓缓平静下来。

风吹过芦苇荡，绿浪起伏，唰唰声响。这声音和这小路，还有淹没人迹的芦丛忽然勾起我一段回忆，于是边走边说给女儿听。

上中学时学校离家比较远，要途经几个村子和大片的庄稼地，每次经过庄稼地总是提心吊胆。尤其在秋天玉米长得一人高时，即使是中午太阳正好，三五结伴走在田间小路时，也总觉得身后有什么东西跟着，若遇到风将玉米叶子吹得唰唰响，只要谁使坏喊一声："狼来了！"吓得大伙一个个撒腿就跑。女儿听后却说那有啥可怕的，都是自己吓自己了。

女儿当然是不会害怕的，因为她一直生活在阳光明媚、灯火通明的环境里，不曾走过夜路，更不曾独自走过荒地。现在的孩子真是幸福！

人一忙活起来，时间就过得飞快。天色已渐黑，眼见袋子里的芦叶已经采得不少了，再看女儿外露的胳膊腿已被蚊子叮了很多包，好生心疼！于是赶紧往上走。就在我们返回的路上，迎面还碰见一家三口，女人见我们提着芦叶就抱怨来得太迟，视线不好，无法采芦叶。我原以为只是我发神经采芦叶包粽子，看来有此情趣的大有人在。

新鲜的芦叶很脆，易折裂，所以要先用清水泡一会儿，再用沸水煮约半小时，这样不但可以使芦叶柔韧还可以起到杀菌的作用。煮熟的叶子散发着清香，而后备好米馅，就可以动手包粽子了。

在案板上铺几片芦叶，折成一个小三角形，塞入米和红枣，翻转一圈扎上鲜艳的彩线，一个精致的香粽欣然成形，碧翠玲珑，三两个串在一起，甚是好看。

女儿像当年的我一样，试图亲手操作，聪慧好学的她，用生拙的手法折叠层层芦叶把零散的米粒竟也包得很严实，看起来虽不是棱角分明，但起码有粽子形状，她喜滋滋地说："原来包粽子没想象的那么难嘛！"我笑着说："包得可以，只不过粽子被'五花大绑'了！"心中却暗喜：嗯，遗传基因真是强大！女儿的确聪慧，打小看什么会什么，比她的娘亲还能干。

我和女儿演绎着当年妈妈和我的故事。不管是当年还是现在，我想这包好的粽子里都藏着妈妈的爱，还有女儿美好的愿望。

煮粽子的时候，房间里弥漫着浓浓的香气，引得肚里的馋虫咕咕直叫。女儿急于见到她的杰作，看时间差不多了便关火揭锅。掀起锅盖的瞬间，米香、叶香扑鼻，待热气散开，汤清粽绿，个个粽子饱满诱人。

剥开粽叶，米馅晶润剔透，黏而不散，闻一下"香"，咬一口"甜"。女儿直喊好吃，比买的好吃！还说要带给她的老师尝尝。我说："怎么样，自己动手丰衣足食吧，与人分享自己的劳动成果更是一种幸福吧！"

其实，在生活中，很多时候之所以愿意安静地做一件事情，并不只为最终的结果，也许是要唤醒某一个或近，或远的记忆，抑或是让流动的烟火多出几个跳跃的音符。

艾 语

土墙园子

自打记事起，离村子二里远的南坡下就有一片果园。那园子在邻村地界里，四四方方的有好几亩地大，四周是土夯的厚厚的墙，墙头上有狗尾巴草，冬季干枯，春来生绿。土墙上还有多处豁口，那豁口不大，人稍纵身就可以跳进去。园子四周之所以有墙，那是因为20世纪80年代初，咸阳的北塬上都是庄稼地，苹果树是个稀罕物，所以得圈起来好看护。不像如今的果园多，有墙倒是多余了。园子的西墙处有个栅栏门，门内有个小土屋，看园子的人在屋里吃住。土屋旁有个木桩，差不多一人高，碗口粗，像一棵无头树，挺着硬朗的身子。这木桩除去冬天时是空立着，其余时间总是拴着一只大狼狗，所以木桩低处一截被铁链磨得光滑无皮。那狗见生人走近，便龇牙咧嘴，凶得像只狼，是个看门户的好狗。平日里，若听见狗叫，土屋里的人就出来看看，见是熟人带着娃娃来园子里串门，便呵斥狗。那狗倒是听话，主人一声"甭叫了"，它便收住叫声，温顺地趴在地上。娃娃却还是害怕，躲在大人身后溜着走，眼睛却不离开狗。

麦子熟的时候，苹果还没有核桃大，满树的绿，不细看无法发现藏在叶子里青绿青绿的果儿，可娃娃们的眼神好，那些藏在叶子里的绿果总能被他们发现，像是发现了宝贝似的开心，便会常常偷趴在土墙的豁口上，眼巴巴地盼着果子长大。娃娃们也有忍不住的时候，偷摘几个绿果子，吃一口酸涩，方才会老老实实等着果儿变红。

秋天了,树叶开始变黄,苹果就红了,满树的叶子遮不住苹果的红脸蛋。这时候,馋猫样的娃娃们就变得勤快,常往地里跑,说是去拔草。

园主和他的大狼狗在园子里转悠的次数开始多了,娃娃们就在土墙外侦察,墙上的豁口处时不时地露出个小脑袋,若被园主发现,就会迅速蹲下。不等第二次抬头,便听见墙里喊话:"看把你们这些碎怂馋的,去,拿去吃吧,不准胡乱糟蹋。"待娃娃们小心地站起来看时,就有几个红红的苹果放在土墙光溜溜的豁口上,而园主已走远,那条大狼狗跟在他的身后。

高兴的小馋猫们拿起红红的苹果,左看看右瞧瞧,先吞下口水,然后在沾着土的衣襟上将苹果擦一擦,一人咬一口,多汁、脆甜。

熟透的苹果摘完了,主人带着狗就离开了园子,狗窝和土屋就空了,西墙栅栏门上也挂了铁锁,那锁一直到来年春天才打开。没了果子的树轻松了,枝条都伸直了;墙上的豁口也不再光滑,落了一层厚土。没有主人和狗的园子就寂寞了。很快,冬天就来了。

几年后的一个春天,不知啥原因,园子里的苹果树忽然都没了,换成了刺玫瑰。刺玫瑰开的时候,土墙外都是香的,于是便引来了一群采花的"小蜜蜂"。

在玫瑰盛开的日子,常有两三顽童被看花人撵得爬上园子东墙的豁口,顾不上手脚被刺扎得疼,先把手里的花扔给墙外的女娃娃,然后跳下墙,一起跑出一段距离后,忽地停下,回头看看有没有人追来,几个捣蛋鬼便拿着折下的玫瑰花,仰着一道汗、一道土的花脸嬉笑地朝着土墙里的看花人示意,还噢……噢……地喊上几声,然后扭头跑掉。

看花人则站在墙内说上一句:"又是这些碎怂们,这花又不

艾 语

是苹果能吃，折它做啥！"说完便拿头上的草帽扇几下后又戴回头上，然后转过身往土屋走去，身后便落下几句老秦腔，还跟着那条大狼狗。

红色的刺玫瑰拿回家，孩子们以为大人也爱花，却换来一番训斥："园子里的刺玫瑰是人家专门种的，用来做点心里的青红丝，不是给你们糟蹋的，以后再去，小心打断你的碎腿。"

"噢，知道了。"小人们嘴上答应着，心里却想，原来玫瑰花还能吃呀！一顿饭后，大人好像忘了饭前的事，有心眼的娃娃就再问一句："那青红丝咋做的呀？"

"用刺玫花瓣和白糖做了，问这干啥！"

"噢，不做啥。"说完赶紧溜出家门。

于是，悄悄地，一个传一个，将玫瑰花瓣用刀切成丝状，夹在馍馍里，再撒上白糖，吃到嘴里又香，又甜，以为这就是青红丝的味儿。那香甜的味道和红苹果的脆甜味道一样，都种在了心里。

后来，天凉了，树叶都落了，玫瑰花也不再开了，人和狗还有花都没了，园子里又清静了。那看花人和大狼狗就像花儿开了落了，落了开了，来回行走在季节中，期间娃娃们也在渐渐地长大。

再后来，某年春天，有人发现园子的土墙没了，玫瑰花没了，土屋和狗窝自然也就没了，南坡下又有一片平坦的庄稼地。那以后，种过苹果树和刺玫瑰的土墙园子就再也找不回来了。

豌豆的味道

春节前购回两包生蚕豆，储存在冰箱备用，哪知存货太多，竟将蚕豆忘记了。待前一阵整理冰箱时，才发现蚕豆已生芽，赶紧打开包装将发芽的蚕豆倒入小盆里。看着已发芽的蚕豆，真是弃之可惜。

正在踌躇时，忽然想起小时候母亲用瓦罐泡黄豆芽的情形，便想既然黄豆可以泡在盆中生芽，蚕豆一定也可以的，何不水培一盆蚕豆苗试试。于是用清水洗净芽豆放在盆内，再捂上一层湿毛巾放在暖气旁，将毛巾每天用清水洗一次，保持水分。一周后蚕豆苗已有四五厘米高了，芽茎也长出细小的须根。接下来挑出一些长势良好的豆苗，将其整齐地放入玻璃杯中（玻璃杯透明，可直观须根成长的过程），而后倒入水，水不可过多，没过根茎就可，依旧放置暖气旁待其成长。

接下来要保持玻璃杯中有水，豆苗便可旺盛成长，待豆苗长出杯身时就成一盆清新的观赏盆景了。在春暖乍寒的时节，这样鲜嫩的一簇绿丝毫不亚于一束鲜花，既养眼又养心，从中看到了春天的气息和活力，还使我闻到了淡淡的青草味。咦，这味道好熟悉啊！

熟悉的味道来自那一片碧油油的麦田，麦田里传来银铃般的笑声和喊声。

在农村，4月底5月初时麦子已抽穗扬花，微黄的絮状的麦

艾 语

花若即若离地附在麦穗上，像一层薄薄的黄纱。水渠边的蒲公英撑开一朵朵嫩黄的小花伞，那醒目的黄色丝毫不逊色于成片的黄灿灿的油菜花，田间小路边也开满了野花，一切都散发着浓浓的田园气息，可是这些纯朴的美并未吸引孩子们的注意，因为他们心有牵挂。

下午放学后，看太阳还高，孩子们就三五结伴奔向那一片麦田，像兔子一样钻进麦浪中，若谁发现白色或紫色的花儿就高兴地呼喊，像是发现了新大陆般惊喜，其实那紫白色的花儿是豌豆花，因为豌豆属一年生攀援草本且在小麦成熟前摘收，所以老家人就把它种在麦田里，让其依附麦秆生长开花结果，在一片绿色间若发现了紫白花儿自然就会有豌豆荚。

5月的豌豆荚已生长饱满，可生食。如今的孩子生活优越，平时有各种水果零食，也许不会对豌豆荚感兴趣。而我们小时因为经济条件和农村环境的限制，除了自家种的瓜果蔬菜外，几乎很难吃到其他零食，但是孩子们大多都是馋猫，总会想法子满足小馋嘴，于是在瓜菜还未成熟的时节那片豌豆地便遭了殃。

孩子们一个个从麦田里钻出来就地坐在路边，擦着满头的汗水，笑嘻嘻地掏出口袋里的豌豆荚先比比谁摘得多，然后津津有味地开始享用。剥开豆荚，圆圆的豌豆像绿色的翡翠珠子整齐地嵌在碧玉盘般的豆壳上，鲜嫩的豆子吃到口里甜甜的、脆脆的。

豌豆荚浑身都是宝，脆嫩的豆皮也可以食用。把豆皮从中间折断撕下外面那一层透明的膜，就可以吃了。而最有意思的算那层透明的膜了，撕得好了是整张，衔在唇间轻巧地吹，就会发出声音。声音好听于否，就看各自技艺了。用劲过小、过大都会无声，甚至会把膜吹破，所以好听的声音是不容易吹出来的。听着伙伴们吹得那么好听，可自个就是吹不出美妙的声音，那真是郁闷呀。伙伴们都说像我这样的笨丫头是学不会的，结果，豌豆荚吃了几季，吹豆荚皮的本事却一直没学会。

如今，在市场看到那鲜嫩的豌豆角总有一种别样的情感，购回家，依旧像小时候那样生食，却完全没了当初的味道。随着时光的流逝，儿时的伙伴早已各奔东西，那片曾经带给我们快乐、洒下我们童年欢笑的豌豆地，如今早已变成了果园。但那些美好的记忆，年少的无忧与纯真就如眼前这杯青翠的蚕豆苗，在喧嚣和霓虹灯下仍旧散发着清新、纯净的气味。

艾 语

李叔和他的花儿

因为喜欢花，所以每隔一段时间我就会去位于渭河南岸，咸阳高速公路出口旁的花圃走走，随意看看，至于买不买不一定，只是很愿意把闲暇时光浸在绿色之中，似乎在那里才能够感知到生命的丰富多彩。去的次数多了，便与几户养花的主人熟悉了。每次除了看花，也会与主家们东拉西扯地闲聊，顺便再讨教一些养花的经验和方法，若能遇见喜爱的花儿也会顺带回家。屋里能见着光的地方全是花盆，这样挺好，在每个平淡的日子里，可以享受花儿带来的怡悦。

在诸多的主家里，有个70多岁的老者，姓李，满脸胡茬，中等个，不胖不瘦，言谈和善，来人都叫他李叔。李叔在棚里干活的时候手里拿个小铲子，坐在小木凳上侍弄完一盆花后继续侍弄下一盆，动作轻微又仔细，好像那些不会言语的花儿就是他的孩子。他坐下来歇息时，手里的铲子就换成烟杆，那烟杆是竹子做的，长度如今也少见了，得有30多厘米吧。在我的生活中，见过最后一个使用竹烟杆的人是我爷爷，不过，我爷爷在世时用的烟杆的长度也只有李叔烟杆长度的一半。且李叔的长烟杆是没有加装铜烟锅的那种，用竹子接近根部的那段的细处为烟杆，根部较粗处雕刻成烟锅头。那烟锅已被熏得焦黑，一看就有年月了。那焦黑使我想起了小时候母亲要清理锅黑时，将大铁锅反扣在地上，就见铁锅上被柴火熏得厚厚的锅黑，但那锅黑不如李叔烟锅上的焦黑油亮。这样特别的竹烟杆，简朴、原生，像极了它的主人。

　　李叔拿烟杆就像捉笔写字，只不过他是左手拿烟杆，闲着的几根手指和手掌间夹着一个小铁盒子，盒子里装着烟丝。但见李叔伸出右手的三个指头捏起烟丝塞进烟锅中，使劲摁一下，然后再加点烟丝，再摁一下，一锅烟就算装好了。

　　李叔点着烟后，就吧嗒吧嗒抽上了，他狠吸一口烟，在嘴里压会儿，像是要将那烟味吸入骨，过会才会吐出一口青烟。接下来，就有说不完的话和讲不完的故事了，仿佛那火点燃的不是烟丝，而是他的思绪。

　　第一次去李叔的花房是2014年冬天。那日天气阴冷，风飕飕地一个劲吹，我却极不愿窝在家中。一般讲，人的心一旦走了，脚便跟着走了，就算天上下刀子也挡不住。而寒冬里可以随心散步的地方，于我，只有一处，那就是渭河南岸的花圃。

　　我搓着手进了花房，一扇门就是两个世界。户外天寒地冻，了无生气；室内却温暖如春，绿意盎然。进门那会，李叔正在干活，看到他拿着铲子正在拍打一堆土，他并没有注意到有人进来。于是我上前与他打招呼，说来看看园子里的花儿。李叔抬头看了眼，说随便看，然后继续干他的活。在园子深处，我见到了好多叫不上名的多肉植物和仙人掌，好奇地问李叔它们叫啥名怎么养。也许李叔觉着我不像是个无聊之人，便放下了铲子走过来，我问他答，且还答得蛮细致。顺着园子转了一圈，把李叔的宝贝看了个遍，期间向他讨教如何养好花，在李叔的讲解下我又学习到了许多养花知识。临走，李叔送了我几瓣多肉植物的叶片，说让我拿回家养。叶片有两种，但回到家时我只记得其中一种叫"初恋"。

　　第二次去李叔的园子是2015年开春。3月的天气已渐暖，柳树也泛起了一层薄薄的鹅黄色。脱掉厚厚的棉衣，身着长裙轻

艾 语

盈如燕，春天的暖阳是最舒服的，怎好错过那一抹明媚。于是我便一个人顺着咸阳湖漫步，湖水像是刚苏醒的女子，略带惺忪之态，粼波间又泛着魅感，实实诱人！在柔美的春光里，不觉走过了渭河桥。过了桥便想起了李叔和他的花园。

李叔这次还是手拿铲子，但不是在碎土，而是在整理盆花，见我进来说："来啦。"我问李叔还记得我不，李叔回答："记得。"心想，老人家记忆力真好。

春天是生命复苏的时节，李叔的花也不例外。冬天虽说温室里也暖和，但花儿们总缺少了春天里的精神，春来就不一样了，园子里一派新生气息。

李叔放下了手里的铲子，端来一个小木凳，邀我坐下来聊会儿。不好推脱一个老者的盛情，何况本就是来花房消遣，我便顺然坐下。李叔坐定后，就拿起他的长烟杆，装烟，点火，娴熟地完成了连贯动作后，吐出一口青烟，我们的闲聊就此开始。

李叔说他年轻时脾气倔，随了老先人，他的老先人跟随李自成打江山，而他跟领导闹对立，只因看不惯领导的做派而离开了工厂。幸好他喜欢养花，于是，就有了他的花房。起初在家里小规模养殖，后来随着苗圃的兴建有了规整的园子，越做越入行，发展到现在的专业化养殖。他说，自个也没想过，一做就做到了满头白发。李叔说虽然养花没有带给他可观的经济收入，但做了自己想做的事情，活得就值。如今年龄虽然大了，可要是不来园子里浑身就难受，家人也只得随他性子去了。

李叔丢不下园子的心情我能够理解，就像我的父亲，一辈子离不开他的土地。

说话间，李叔又吸了口烟，其实那烟锅里已经没了火星子，那习惯性的一吸，是一个老者思绪的延续。他看着满园的花卉，说他养的这些仙人掌西安都有不少人来买，还有人把仙人掌开花的照片发到花卉类的网站上，引来其他养花者的赞叹。李叔说这话时很满足，也很有成就感。

李叔说过了清明后，仙人掌就会陆续开花，颜色、形状多样，很是好看。还说，仙人掌花不但好看，还具有防癌治癌的作用。要不是李叔说，关于仙人掌花我还真是知之甚少。也正因了这个神奇的功效，李叔养殖的一部分仙人掌老株不卖，只采集花苞，或自食，或外卖。看李叔的精气神蛮好，想是他常吃这仙人掌花的缘故。

我静心听李叔讲他的故事，在他的故事里看到了生命的平凡和寻常，也看到了他对花儿的感情。那感情像父亲对孩子的疼爱，又像恋人间的相守。

在门口的墙角上，我看见挂着的几个空的鸟笼，便问李叔是否养过鸟。李叔说养过，养了好多年，后来有孙子了怕吵着娃就不养了。他认为一个完整的家应该是由人、动物、植物组成的。中央电视台有个节目叫《人与自然》，夫和我都喜欢看。人、动物、植物都是大自然的群类，三者之间平衡了，大自然也就和谐了。那么延伸下，家庭作为社会的基础份子，和谐自然是第一，李叔的想法有高度。

末了，李叔说平日在园子里虽然接待的人多，但除了买卖外，不屑与人多聊的，倒是今日与我竟絮叨了许多，原因有两点：其一，我的声音和他孙子的妈妈的声音极像。这是他的原话。有这巧事，怪不得只见了一次面李叔就记住了我。其二，他觉得我的悟性高又热爱生活，与我交谈不累，这夸赞倒叫我不好意思了。原是因了这两点，我才没有被他"不屑"，嘿嘿，有意思的李叔。其实，我也不屑与人多话，尤其不熟悉之人，而仅是见了两次面的李叔于我却是个例外，大概源于我们都喜欢养花吧。

那日离开园子时，我给李叔留了话，说清明过后一定会来看仙人掌花开。

昨日去超市看见包装精美的绿豆糕又堆成了小山，真是节气

艾 语

推着日子走,清明刚转过身,端午又临近,忽想起开春时与李叔的花儿还有个约会,怎么都丢到脑后了! 唉,俗人俗事,一忙起来就把某些事忘了。 而此时去必不会看到满园花开,但不想使自己成为负约之人,还是去了李叔的花房。

这次,李叔坐在园子门口与人聊天,手里还拿着他的竹烟杆。 我说来看仙人掌花。 李叔说该早些来的,前些日子那叫开得美。 待我进到园里,的确是我预料的那样,正开的花儿没几朵了。 和李叔说了几句后,我便径直走到那仅开的几朵花前,蹲下身仔细看花儿。 瞧这仙人掌浑身是刺,长得要么粗壮要么纤细,竟也能开出这般贵气,似睡莲般雅致的花。 就像一个看似粗犷的人,骨子里却隐藏着几分柔美和雅气,而那盛开的花朵正是它的内涵所在。 文学圈常说文如其人,养花又何尝不是,在我看来,外表粗犷内心细腻的李叔养殖仙人掌是再合适不过了。

花有开就有落,人总是希望四季走得慢一些,花儿也许更希望春天能够长久些,但那仅仅只是个希望,谁也改变不了花开叶落。 在匆忙的人生旅途中,我们往往顾了这场花开,却错过了另一场花开。 但我们能够做到的还有珍惜,珍惜每一天的阳光,珍惜每一朵花开,更要珍惜美好的相识。

在洒满阳光的花房里,我将那仅有的几朵仙人掌花和李叔那张刻着岁月痕迹的脸庞一起收进相机里。 搁笔时,心想还是李叔好,做了自个想做的事,可以整日和他的花儿们在一起。

一个渭北汉子的一跪三拜

从前的南朱刘村房子烂、路烂，人也穿得破，用村民的话说，就是"人难住，客不留，茅草房里数星星"。所以，南朱刘村成了远近闻名的"烂朱刘村"。这烂名一叫就是几辈人，一直到 2002 年 12 月，在镇干部和南朱刘村村民的一致推选下，村里一个企业家担任了村党支部书记。在新支部书记的带领下，南朱刘村慢慢地把村子的"烂帽子"摘了下来。

企业家名叫朱建平，我虽然没见过本人，但他的事迹却听了不少，也看见多家电子报刊对他个人事迹的报道。说他早些年在外打拼，发展得好，成立了公司，后自己掏钱给村上修路、打井、装路灯、建学校等。提起他，十里八乡认识他的人都说他人好心善。村民们更是夸赞朱建平对南朱刘村的付出。

年末，受北杜街道办邀请参加一个企业的爱心捐助活动，到了镇上才知道，建平集团董事长就是南朱刘村的企业家朱建平，而这次的爱心活动正是他为村上 70 岁以上老人发放津贴。此次来得凑巧，可以见到那个令人好奇，心善的企业家。

走近南朱刘村，见街道笔直平坦又干净，两排都是楼房，家家朱红大门，白瓷砖贴墙，门前留有空地作菜地或绿化带。此时虽是冬季，但那些树木依旧青绿，生机盎然，使冬天里的村子不那么灰秃。

在镇宣传科侯主任的指引下，我见到了朱建平，他个子不高，微胖，一看就是个实诚的渭北汉子。

艾 语

暖暖的冬阳下，65岁的朱建平麻利地走上台，一张口就喊道："爷、婆，我叫大的、叫妈的，瓜娃回来咧！"听这一声声叫得多亲切！一句"瓜娃回来咧"，道出了农民儿子的心声和对家乡父老的爱。

在喜庆的红色背景台上，朱建平旧事重提，情绪激动，在场的人亦为之动容。一片掌声中，朱建平忽然一跪，又三拜！我想，这一跪于在场的人是意外的，但于他，不突然。因为这一跪也许是沉淀在他心里大半辈子的感谢，那三拜是拜生养他的皇天后土，是拜帮扶他的南朱刘村的父老乡亲们，是拜求老人们幸福安康！

在冬日的寒风里，朱建平这一跪三拜，叫我热泪盈眶。

从一个土生土长的关中农村娃，到事业有成的企业家，朱建平的成长经历了说不尽的苦难，从小时候一年到头脚上没有穿过袜子，没有放开肚子吃过一顿饱饭，到25岁时为了吃一碗红烧肉，跟人打赌，背100千克的麦桩子累到吐血；从打工创业到借钱给乡党发工资等，这些都是他难以忘记的隐痛。但是，父老乡亲曾经对他家的照顾和帮扶却是他难以忘怀的恩情。

当年，朱建平的妻子生娃大出血，生命危在旦夕，当时村里的路大坑小洼，别说没车，就是有车也开不进村，是街坊邻居徒步几十里土路，用门板把他妻子从北塬上抬到了塬下的市中心医院，第一时间救了他妻儿的命。还有那些早年间资助他钱粮的乡亲们，每一个人的恩情他都铭记于心。朱建平给老人们发放津贴，不是偶然的想法，而是真心实意地年年发，至今发出去的钱已不止20万。冬天北方冷，有心的朱建平就带着曾帮助过他的恩人们去三亚度假，所有花费全由公司承担。老人们都说，建平是个打着灯笼也难寻的好娃！

爱心是冬日的阳光，它使贫寒交迫的人感到温暖。南朱刘村的父老乡亲是善良的，是纯朴的，他们当年也是在不富有的情况下，给了朱建平阳光和温暖，而朱建平富裕后不忘家乡人，以他的善良纯朴回报父老。

生命是一场火花，如果能在燃烧的岁月里为他人、为社会映射一点光亮和温暖，那么，即便火花逝去，那温热也会暖在人心。当朱建平把一份份装着津贴的红包挨个送到老人们的手中时，我们不能定义他无私给予他人的只是金钱。古人云："老吾老，以及人之老；幼吾幼，以及人之幼。"中华民族的传统美德在美丽文明的南朱刘村得到了传承。

人常说，赠人玫瑰，手留余香。可"赠"的前提是得有一颗大爱的心，而有爱的心则需有广博感恩的情怀去孕育。拥有一颗和善感恩的心，那就是品德修为的先行和智慧的拥有者，他就活成了一滴水。

我始终认为，一个人心灵的美善程度，决定其品德的高低，继而是行为的美善。在朱建平心里，有农民的善良纯朴，有企业家的开阔豁达。他寄语年青一代的村干部，身为基层干部，村民就是最重要的，村干部要为村民着想，以民为先，不要想着从村民身上谋利，真正做到不忘初心，为人民服务。

朱建平在他 60 岁生日时说，60 年的人生，当南朱刘村党支部书记的八年，是他最忙碌最揪心的 8 年，也是他最快乐最幸福的八年，因为他为乡党们做了一点事，就算辛苦也没啥，一定要让南朱刘村人过上好日子。因为他永远是一个农民的儿子，也为是农民的儿子骄傲！

咸阳是古都，有悠久的历史和有厚度的传统文化，故多出先贤孝义者。今于北塬上，思朱建平之义举，生命的意义何在？忧他人之忧，乐他人之乐。

艾 语

从土地到大地——怀念红柯

新年还没过完,春天又要来临了。迎春花已绽开了黄色的瓣,枯黄的柳条也泛起了薄薄的绿色,清晨的鸟鸣也变得清脆悦耳了,一切都象征了新生的美好。可是,上天偏偏就让一颗火热的心在万物复苏时,陡然停止了跳动,他再也不能矫健地行走在这初春的阳光下,感受这世界的美好了。2018年2月24日(农历正月初九),著名作家红柯离开了我们!离开了他深爱的陕西,离开了他深爱的西域!那团喷薄的、浪漫的火焰在初春的暖风中熄灭了!

当看到微信群里的消息时,我全身的肌肉瞬间收缩在一起,脸上流露出惊愕和痛苦的表情。我不相信自己的眼睛,也不相信群里的消息。可是,再次看手机时,关于红柯老师去世的消息已铺天盖地。赶紧询问几个文友,他们证实了这个消息的真实性!

一瞬间,那个直发变卷发的、一半胡人一半汉人血统的红柯老师就站在我的眼前。怎么会突然倒下呢?突如其来的变故叫人实在不能接受。站在窗边,看着泛绿的柳枝,叹息人生无常,生死是多么的难以把握呀!面对生命的脆弱,怎能叫人不感伤、不惋惜呢!知道西安的杭盖兄与红柯老师相交甚密,我第一时间将这不幸的事情告诉了他。电话那端传来的声音,是同我一样的惊愕和质疑。在消除他的质疑后,兄长说了一句话:"让我哭一会儿……"挂掉电话后,我也极力地克制着涌上胸口的心酸。

2017年,听了红柯老师的两次讲座,都收获颇丰。他的课只要听一次,便会铭记在心,记住了他对生活和文学的激情,记住了他知识的渊博，还有那新疆和陕西关中混合的语音，以及他充满智慧的眼神。

"从土地到大地"，是红柯老师2017年12月30日在西安汉唐书城讲课的主题。他说，大地产生了土地，产生了村庄、绿地、荒漠、人、动物、植物，所有的生命都依靠大地存活着，所以，一切都是大地的，和大地都是一体的。由此引申到张载的"民胞物与"，说陕西是大概念，陕西文学是中原文化的交会。他讲秋天虽然是收获的时节，但于牧人却是悲痛的，长调、呼麦，就是牧人抒发悲情的方式。牧人最喜欢夏天。但是，不管是欢喜还是悲痛，牧人都敬畏生命。

红柯老师讲课的时候，我拿着相机捕捉他生动有趣的形象，他便有意地给镜头合适的角度，那不需言语的意会，是大家长久以来形成的默契。2018年年前，杭盖兄还说等年后天气暖和了，一起去拜访红柯老师，给他做一次专访，然后再给他拍些人物写真，却不想，这些都成了无法兑现的约定了。现在，红柯老师在课堂上那些激情四溢的照片还收藏在我的电脑里，怎奈，再也没有机会听他讲塞上骏马秋风，江南杏花春雨！

从泥土中走出来的红柯老师，不管是客居新疆，还是回归中原，他的创作风格都离不开大地，他的作品中带有新疆特有的色彩、气息。他的笔下流淌出来的是多彩绚烂的才情，以他特有的道德观和历史视角描绘出一幅幅色彩奇异的新疆地域生活画卷，形成了红柯老师特有的创作风格。从文学角度讲，民族的风俗民情比自然景观具有更深层的心理和文化蕴含，因此，红柯老师的作品构成了一个民族生活的全貌。

秦岭、祁连山、天山是丝绸之中途中的重要山脉。丝绸之路沟通了东西方之间经济、文化，对促进东西方之间文明的交流发挥了极其重要的作用。红柯老师，出生于关中，客居新疆十载，不惧风霜，奔走在丝绸之路上，书写初心，他就是丝绸之路的歌者。今天，无论他是归去天山，还是沉睡在关中大地，那些歌声会永久吟唱在丝绸之路上，吟唱在中华大地上。

艾 语

秋夜桂花香

"姐，包裹已经寄出了，你注意查收哦！"

"谢谢小林，麻烦你了，我把银子付给你。"

"不必了，姐当我是外人吗？"

"那怎行，让你代劳已是麻烦，怎能再让你破费呢！"

"姐，别客气啦！有生之年结识真心的朋友，已经是件非常高兴的事了。"

"你呀，这样会让姐觉着欠你一份情了！"

"你错啦，我们没有谁欠谁的，都随心了，岂不快哉！"

"是的，原本就没有谁欠谁的，只是看谁愿意为谁付出了！"

"这就对啦！"

……

小林真诚暖心的话语，把记忆带回到五年前，带回到那个飘着桂花香的秋天。

一

2014年初夏，忽然萌生了去云南的想法。说不清原因就是有那么强烈的想法，想去丽江。打那以后，只要提起出游满脑子都是那片被誉为彩云之巅的红土地。

云南，便成了我心心念念的地方。

第一章 烟火人间

生活就像歌里唱的：有时间的时候没有钱，有钱的时候没有时间。那时候，被生活牢牢禁锢着，便只好在闲暇之时游走在描写云南的图文里，以神游的方式先去触及那片纯净的天地。也就在那时候认识了小林，一个小我几岁的大男孩，他就生活在我向往的红土地上。

小林平日话不多，但说起家乡来，却滔滔不绝。他经常和我聊一些云南的故事和景致，在他的描述中我知道了洱海的水有多蓝，玉龙雪山有多巍峨圣洁，还有开满野花的甘海子有多浪漫等。这些故事无疑更加强了我要去云南的愿望。我也常常给他讲关于陕西的一些历史名胜，就这样我们在交流中走得越来越近。

熟悉后小林管我叫大姐，他说自己打小没有姐姐，这样叫着亲，而我已有两个弟弟，再多一个弟弟岂不是更热闹，也就欣然应允。于是，这一声姐姐缩短了彼此的距离，随着时间的延伸也拉长了两人的牵念。

姐弟之间无话不说，从生活到人生谈了很多，我知道小林是个有责任心又有上进心的年轻人。

他说他们正在修筑昆明到丽江的高速公路，这一修就得好几年。记得当初他告诉我他要报考一级建造师，我非常赞成并支持他，欣赏他在枯燥的工作环境中能够一直坚持学习，不虚度年华的上进精神。

一条大路通四方，每一条大道的开辟都离不开辛苦的建设者，而路桥工作几乎常年在外，居无定所。正是因为工作性质的原因，小林说至今他还是独身，而他的弟弟都已成家生子了，他还未能完成父母的心愿，身为长子的他有些愧对父母。对此，我除了替他着急外就只能宽慰他是缘分没到，告诉他总会有个愿意和他风雨并肩的女子在某处等着他。而他倒是心宽，淡定地说不急，他也相信自己的生命里总会出现一个值得他爱的女子。

艾 语

是的,我也相信,并且会一直为他祝福。

二

"向往云南就来吧！别把梦碎在等候中,弟弟在丽江等着你。"这句话我已记不清小林说了多少遍。我答应他一定会去的,不仅因那魂牵梦绕的念想,还因那里有着牵念的人儿。我们约好,他努力学习考取建造师证书,再争取尽早处个女友,我去时便可和女友一起迎接我,我们想象着那暖融融的美好场景。

然而,那一等就是3个春暖花开。这3年里,我失约数次,而小林早已成为一名一级建造师,至于女友他笑着说丈母娘还帮他养着呢。

2012年的秋天,我激动地告诉小林总算要如愿以偿了！

"真的吗！姐,这次确定是真的哦！"显然他是兴奋而质疑的。

"这次是真的,我会像风一样吹来桂花的清香！"

"好吧,我会在丽江等着你！"

当双脚踏上梦想之地的那一刻,我的心情是激动的。大巴车平稳地行驶在昆明到丽江的路上,想起小林说你来时就会走在我们建设的公路上。而此刻,我正行在通往相聚的大道上,正在感受汗水与艰辛铺就的平坦大道。

车窗外,天空蓝得那么干净,这在北方是难以见到的稀罕景致。一团儿、一片儿的云朵像是从地上升起来的,又似悬挂在天空的白色浮萍,那素净的白,那绵软的身姿,曼妙而绰约。原野上白墙灰瓦的房子,像是散落在绿色地毯上的棋子,静立在广袤的大地上。蓝天白云,远山屋舍,那一切给心灵带来了自由和舒畅。

一路上,小林不止一次地问我到哪儿了！他住在昆明和丽江之间的鹤庆,我还没到鹤庆时,他都已经到丽江了,硬生生地在丽江等了三四个小时，这让我实在不好意思。后来见面时他说三四年他都等了，还在乎多等这三四个小时吗！

秋天的云南多雨，到丽江的时候，淅沥沥的雨淋湿了云朵，灰色的云朵沉甸甸地压在头顶。等我安顿好一切后，已经是傍晚时分了。我在房间里等着那个叫了几年大姐却不曾相见的小弟，内心激动万分。

至今，我清晰地记得，当我打开房门的那一瞬间，当四目相对的时候，没有一丝生疏感。我们仿若久别的亲人，彼此会心一笑，散去了时空的距离。

小林看起来比照片中要年轻，中等个头，健壮、精神，一声"大姐"叫得真实亲切。我知道，只有相见的那一刻，才感觉到彼此的真实存在，而这相隔千山万水的相聚又是多么的不易啊！

丽江，一座古朴与现代、历史与艺术浑然一体的古城。她纯朴、妩媚，她满怀热情地迎接着八方来客。我想，这份热情无论是在3月杨柳生还是10月秋叶落时，都会燃起停歇在这里的人内心深处的自由情愫。

淅沥的小雨一直在下，清凉的雨丝夹着淡淡的桂花香，滴落在古老的青石板上，滴落在飘逸的波西米亚长裙上。

小林撑着雨伞，我们走在夜色迷离的四方街中，不去关心酒吧里的风花雪月，只在乎姐弟相聚的欢喜。一间音乐吧里传来了手鼓和吉他的优美旋律，欢快而流畅，歌里唱着："就在这一瞬间，才发现你就在我身边……"好贴切的歌词呀，恰如我们的心境。也就在这时，我喜欢上了丽江小倩的原生态歌谣《一瞬间》。

四方街的石板路被雨水冲洗得光滑若镜，水里倒映着昏黄的灯火；蜿蜒的巷子随着碧水廊桥延伸向灯火朦胧处，古巷的特色小店就是云南的缩影。一双身影漫步在古街中，每一步都洒下欣喜与笑意，而每一条巷子就算再长也不如相互的惦念长。

艾 语

那一晚的夜色、雨声，还有丽江古城，以及那一张纯朴的脸，让那短暂的相聚非梦又似梦，成了我恒久的记忆。

"姐，你比我想象中还要美丽善良，感谢上苍让我们相识，来，带上这个，它会带给你吉祥的！"

小林的手中捧着一个一指宽的手镯，闪着白色的光。

一直很喜欢银饰，喜欢它的素朴，它的内敛。总觉得自己就如一块银，没有金的炫耀，没有珠的光芒，而心灵却始终如银一般纯净。

看着小林手中的镯子，我的眼睛湿润了，知我者谓我心忧，不知我者谓我何求！

"小林，桂花开了，我风一样地来风一样地去，没有留下任何，却带走了雪山般的祝福，这一次见面不会是我们今生的唯一一次见面。因为这里有一份亲情，更因为这里的山水，这里的风情不是短短几天就可以让我拥有心的放牧。我想，我们还会再见的，到那时就不是短暂相聚了。"

"不，你留下的是一个美好的梦，你若再来，弟依然在丽江等你！"

……

从来，相聚都如诗一般的美，而别离亦如诗一般的忧伤。当挥手身影渐远时想起了一句话："喜欢一座城便会喜欢上那里的人，喜欢一个人便会恋上一座城。"也许不全是，但至少在我这里对丽江，对小林，便是。

三

"姐，随同寄去的还有我精选的云南黑茶和绿茶，喝茶不但有益健康，还可修身养性，弟希望你一生都安好……"一串串诚恳的句子中断了我暖暖的回忆。

"你呀，又破费，寄什么都是次要，姐就等着吃你的喜糖了，加把劲！"

"快了，你会吃到喜糖的，姐，还记得上次你离开云南时，我写给你的那首《风》吗？"

"当然记得，一直珍藏着了，并且一直在为远方的你祈祷，希望你也一生幸福安康。"

"社会让我们累其筋骨，直到白发苍苍，但是有些东西值得我们用一生去珍藏的，珍藏一些美好的事情。"

"是的，比如友情，比如遇见，比如祝福！"

"人心不应该被世俗而影响，应该活得洒脱一点。"

"我坚信人善结善缘，总是在想拥有一颗善良真诚的心，就不怕没有真情实意的遇见。"

"我们是如此的幸运！"

……

时光飞逝，如白驹过隙，丽江一别转眼已2年，小林已寻到了那个爱他也值得他爱的女子，这是我最想听到的喜讯。于此一生，不论春花秋月，不论山高水长，千里之外，我始终为他祝福，祝福他一生幸福。

如果可以的话，我若再去，想必那时便有一个可爱的、乖巧的小家伙会叫我一声"姑姑"了！

想着那样的情景是多么美好，多么叫人欣喜啊，就如今夜的桂花香。

艾 语

苗乡，有个女子叫胡幸福

金秋 10 月，去贵州西江的千户苗寨小住了几日，是和女友环环一起去的。两个心不老、总想流浪的关中女子，总算实现了一次随心的行走。

当长长的列车把我们载到"山中之城"贵阳时，我们没有过多的留恋她的旖旎风光而辗转大巴，急于奔赴那个向往许久的西江千户苗寨。

来到这个美丽山寨的刹那，心情是激动的，因为她是我们向往的远方，是脚步已经到达的地方。

行走在苗乡的日子，每天所看到的，所感触到的，都给我们这次的自由行走镀上了一层闪亮的金色。将身心停歇于苗乡，不但领略了独特的苗族民俗风情，还结识了一个美丽的苗家女子，虽然相处的时光短暂，但这丝毫没有影响彼此真诚的情谊。这个美丽的苗家女子叫胡幸福，一听就是个美好的名字。

知道胡幸福这个名字是 2014 年秋季，女儿的学校组织去苗寨写生时。那时候，女儿告诉我，她们住在山脚下的一户苗家，女主人叫胡幸福，一个秀美的少妇，她勤劳善良，能说会唱，热情诚恳，于是女儿和同学们都喊她幸福姐。

去苗寨的念想也是缘于女儿画笔下古朴的苗乡，以及她对苗寨的讲述。

第一章 烟火人间

临行准备时，女儿说她已经和幸福姐说好了，我们去了还住在她家，不用住客栈，这样就可以细细地感受苗家的民俗。常说知女莫若母，反之又何尝不是呢，好个可心的丫头！于是，在去苗寨的路上，就与幸福取得了联系，待我们到时，她在寨门口迎接我们。

人的感觉总是奇怪的，于他乡异地，只要有一个认识的朋友，陌生和孤单的感觉就会减少，哪怕只是个思想里认识而素未谋面的人。比如现在，因为知道苗寨有个胡幸福，所以就不觉得这里有多生疏，心中倒是平添了几分看望友人的感觉。在贵阳到苗寨近一个小时的路程中，边看着沿途的美景边在想象胡幸福的模样。

到苗寨时已经是下午五点多了。进入寨门，说好的地方却不见有接待的女子，便电话联系幸福，方知她刚在幼儿园接儿子，现在就要到寨门口了，电话没有挂断，就看到远处人群里有个女子在招手。

几十米外，看不清楚人脸，一朵粉色的花先入了我的眼，那朵花插在一个穿着深色衣服，身材姣好的女子的发髻上。待走近，相互认识后细看胡幸福，是个年轻素气的女子，健康色的肌肤弹性有光泽；一双眼睛清澈有神地嵌在那张椭圆形的脸上；她上身穿黑丝绒的斜襟盘扣衫，襟边和袖口都绣着粉色的牡丹花，和她头上牡丹花的颜色相呼应；下身着黑色的修身长裤，脚上穿着一双桃粉色的绣花布鞋。面对这样一位身着民族服，有着一张笑脸的女子，谁见了都不能说她不美。而那一声，"欢迎你们到苗寨来"，更是脆生生地甜到了人心里去。

往幸福家走的时候，对她说，刚才一进寨门看到的都是她这般打扮的苗家女，看着都一模一样，若不是她挥手示意，还真找

艾 语

不到她。幸福说这黑色或宝蓝色上衣，黑色裤子的服饰，是苗家已婚女人的便装，是日常操持家务和田间劳作时穿着的，要是节日里她们就会穿上漂亮的盛装，头戴雪白闪亮的银饰，可耀眼了。而未婚女孩日常穿的可都是鲜艳可人的衣着。后来和幸福闲聊时她也说，苗家女子的妆饰是最美的，即使在田间劳作也是最美的农民。

幸福说的是，苗家女子那高高盘起的发髻，和发髻上美艳的花儿，还有干练的便装以及节日的盛装，都透着原始美，是养眼悦心之美，是纯净朴素之美。而这些美在我看到幸福的第一眼时，就已经深深地感受到了。

幸福的家离寨子口不远，大约三四百米的样子，从主街左拐进一个小道，上几级台阶再走到尽头就是了。房子是标准的苗家吊脚楼，三层本色木质结构，向阳。从半人高的栅栏门进去就是小院子，说是院子其实也就十平方米左右的露天晾台，晾台上空搭建着石棉瓦雨棚，地面是木板的，脚踩上去会有轻微的咯吱声和颤动感，亦能感觉出是空的，这是第一次走上吊脚楼的感觉。

巡视一番，发现晾台和房间里都摆放着几行长长的50厘米左右高的木桌，两边各有一排排小木凳子，幸福说这是苗家人请客人吃长桌宴用的桌子。

长桌宴是苗族宴席的最高形式，已有几千年的历史。宴席桌子的长度因环境而定，通常用于接亲嫁女、满月酒以及村寨联谊宴饮活动。左边是主人座位，右边是客人座位，主客相对，敬酒、劝饮，并对酒高歌。幸福家的长桌大概有四五米长，适合在家招待客人。原来，幸福家不但可以住宿还做旅游团餐，类似于关中的农家乐。常言说，靠山吃山，靠水吃水，在苗寨利用旅游资源就不愁日子不会好。

第一章　烟火人间

幸福带着我和环环上到二楼。二楼露台上躺着一只狗，乳白的毛，粉粉的鼻子和嘴巴，一排奶子干瘪地贴在木地板上，看见有人来抬头瞅一眼又继续躺着。幸福说它叫来福，从不咬人，刚生完第三十五只狗娃子，满月后小狗就送人了，她整天忙都顾不上看生的小狗长什么颜色，但却习惯了家里有来福走动。

二楼的房间都是住宿用的，有主卧和客房。中间是敞开的厅堂，厅堂向外有伸出墙的与肩宽的长椅，外有木栏，木栏的高度和弧度给人一种坐着很舒服的感觉，且向外能看到对面山上高低错落的吊脚楼和下面灰色的青瓦屋顶，真是个观景小憩的好地方。后来我才知道那种伸出去带木栏的长椅有个很好听的名字——美人靠。

厅堂的东西两边都是住房，而两边的房子又是南北对开，中间有过道，幸福带着我们看了几间房子，里面都是白色的被褥和简单的陈设。听从幸福的建议，我们住进了一间宽敞的两人间。

放下行李，环视了一下木屋，嗯，很有新鲜感。伸手摸了摸木墙，没有水泥的冰凉感，是木质的温感。然后，我故作得意相："环环，现在起，我们住上吊脚楼啦，我们想要的生活这就开始啦！"

"是呀，感觉好美妙啊，哈哈哈……"

接下来的几天，我们没有打搅忙碌的幸福，开始了早出晚归的游玩。清晨，看薄雾朦胧中的山寨如梦似幻；暮色中，山寨在璀璨的灯光里变得迷离。三天，两人几乎转遍了整个寨子，两条商业主街和山上的每一条小道，登了鼓藏堂，也寻到了山后那一片美丽的梯田，对苗寨完全没了生疏，心境如流淌过寨子的白水河舒缓明净。

又一个清晨出门，和环环爬了一条山道，中午下山在街上吃

艾 语

过饭后回房午休，打算下午继续溜达。 回到幸福家，恰好看到她正在准备团餐。 幸福今天穿了一套大红色的短套装，丝绸斜襟衫，花边百褶裙，靓丽俏美。 再看屋里屋外的长桌，两边都整齐地摆放着一行褐色的瓷碗，碗是反过来扣着的，每个碗顶上放着一个煮好的红鸡蛋和一双筷子，一排排蛮是好看，中间摆着苗家的特色菜品和汤羹，色香味俱全的菜看着就馋人。

"幸福好手艺啊！ 早知道你做这么多好吃的，我们就不在外面吃了"，我俩玩笑地说。

"最近天气好，来的团也多，几天都没时间招呼你们，不好意思的，还好今下午没事了，一会收拾完给你们梳苗家女子的发髻"，幸福一手端着盆一手拿着勺子，边给盘里盛菜边说。

"好啊，难怪人人都说苗家女子能干了，幸福真是上得厅堂入得厨房呀"，一句赞美的话说得幸福有些不好意思了。

人说苗家阿妹手巧歌美，也只有身处其中才能亲身感受到。行走在这一方水土中，触摸那悠远的历史，苗族的先祖们，在长期与外界隔绝的艰苦环境中，逐渐形成了自给自足的生活方式，一些生活中的技艺自然也就保留下来，并且代代传承。 苗族女子自幼便学纺纱织布、蜡染裁衣，更不用说田间灶头的那些活。 幸福就是这样一个勤劳聪慧的女子。 初次见她时身着的便装上那些精美的花边刺绣，以及那双布鞋面上的彩绣，都是幸福自己绣的，那细密的针脚就是她心灵手巧的杰作。 如今再看这长桌上的菜肴，色美味鲜，还有那预示吉祥的桃粉色煮鸡蛋，都展现了苗家女子的聪慧和能干。

在苗寨，像幸福这样提供旅游团餐的家庭不少，但附近就属她家的生意最好，那些常来的导游好多都是提前和她订好餐。 虽然幸福家的住宿条件很简陋，但是并没有影响她的生意。 我想这大概源于她的美丽和动听的歌声,以及幸福两口子做人做事厚道吧。幸福说过,与人交往一定要保持一颗真诚的心,无论是待人接物还是经营生意,都要以诚相待,不欺不诈。如今,尤其是旅游景点,为商能够秉持这样的心境,是一种难能可贵的品德。

翻看幸福的微信,看到了她的善良美德。2015年6月,下了一夜的暴雨摧毁了寨子的路桥,造成了苗寨和外界交通中断,武警官兵天不亮就从雷山跑步到苗寨进行抢修和排洪。看到官兵们在洪水中抢险,水米未进,幸福就做了一大盆蛋炒饭,背着4岁多的儿子和丈夫一起提着水和炒饭送给官兵们。官兵们感谢她,她说自己更感谢那些可爱的人给了她善良的力量。多么可爱的女子呀!

10月的西江,太阳是极好的,暖而不晒,虽说北方的秋天色彩斑斓,可阳光却不及西江秋天的阳光温暖。

在北方,那些漂亮的裙装10月初就已收起,只有等到来年春再来展示。而此时的西江,环环已经麻溜地换上了她那套红底子黄绿牡丹的民族长裙,慵懒地靠在那舒适的"美人靠"上小憩,那媚媚的姿态简直就如她曾经诗中所写,自己就像是大唐穿越来的那个环贵妃(环环一名也因此而得)。这个关中女子生就肤白,那裸露的足踝在明媚的阳光里就更是细白。她是个有着少女情怀的女子,更不乏诗意,加上体态丰盈,肌肤紧致,若是生人自是看不出她的实际年龄。一个人的相貌能够隐藏她的年龄这于女子来说是幸事。环环的目光从高处飘落在白水河的对岸,内心的淡然已写在她的脸上。

嘘,幸福要给客人唱敬酒歌了!环环示意我听。在一小会嘈杂过后,楼下传来了清脆的歌声,时而高扬,时而低缓,就像那清澈的河水欢快地流淌,那是从嗓子里发出的人类最原始的声

艾 语

调,它明明就在耳边却又像是来自远古,一点一点唤醒内心深处的真实情感。

还有什么比此刻更惬意的呢? 暖暖的秋阳。 古朴的吊脚楼,还有纯朴的歌声。

大约两个钟头后,幸福忙完了,上到二楼厅堂。 她总是面带微笑。

总算可以闲会了,来吧,给你俩梳头发。 说着,幸福先举手摘掉头上的那朵粉色花,然后解开高高的发髻。 顷刻,长发如瀑布泻而下,油黑如墨,细看,原是黑色细毛线。 幸福解释,苗家女子几乎都是用这整齐的黑色毛线或者黑色棉线盘头发,极少用假发。 一方面是经济原因,另一方面是清洗方便的原因。

瞧,散着头发的幸福妹妹更是好看哩! 我和环环一致认为。

幸福接过话说,苗家山清水秀,生养的女孩都漂亮,可是媳妇就次之了。 问及原因,她诡笑着说:"媳妇都是外来的啊"! 这话一出,三人相视而笑。 不过,她的话似乎有点道理,想起表演民俗舞蹈的那些苗乡女孩,还有街上看到的女孩,个个都是清秀好看哩。

幸福的话虽是玩笑,但足以证明,如今的苗寨再也不是早期山沟沟里的穷寨子了,旅游带动了山寨经济的发展,也给人们带来了新观念,苗家人的生活更富裕多样化了,也能够留住外来的媳妇了。

苗乡的山有灵气,水有生机,滋养得苗家女子个个心灵手巧。 说话间,向来被称作巧手的我还没看清楚幸福盘发的手法,那朵巴掌大的粉色花就要插到环环高高的发髻上了。

幸福边插花边说:"苗家女子的发髻和早期满族的发髻是有些相似的,看起来富贵高雅,像环环这样的圆形脸梳起来才好看呢!"

瞅瞅,一张圆圆的脸,高高正中的发髻,还有那朵粉花,端庄雅致。 嘿嘿,环环这回可真随了心愿了,做了回苗家女。

正欣赏间,环环竟然挑起步子在庭上走了起来。 瞧她,头顶发髻,髻上生花,身穿牡丹长裙,双手前后轻摆,那妖媚劲真快赶上清宫里的娘娘了。

"依我看,就差个丝绢轻搭肩上,屈膝,再娇娇地说声:'臣妾给皇上请安了'"。 我话音一落就引得三个女子开怀大笑。 笑声飞出了阁楼,跌落在院子里晒太阳的阿福身上,它懒懒地抬头瞅了一眼,又继续把头贴在地面上晒太阳。

阿福幸亏不是个男子,要不准会被环环的媚样儿给惊呆了! 哈哈哈……

幸福是个开朗善言的女子,完全没有山里女子的羞怯,这或许是天性,抑或是长期接待游人的原因吧。 她不但有着一颗纯朴善良的心,还很会和人交流,言语间流露着对家乡的热爱和崇敬。

幸福说她曾经像我们一样,也走过国内很多地方,或打工或旅游,对比之后,感觉还是她们西江好。 这里山清水秀,民风淳朴,人无过多的奢求,更没有外界的紧迫感和压力。 幸福还说,苗家人对生活的要求不高,吃住宽裕就好,他们不会为了过多物质而拼了美好年华,与家人团聚才是他们最大的愿望。

记得女儿说过,幸福告诉过她们,苗寨人与人之间的关系不像现在社会中人的关系那么脆弱,依然保持着原始的互助和热诚,尤其是在离婚率只升不降的当下,苗寨几乎可以说没有离婚这一现象,如果夫妻间发生不可自解的矛盾,同族的长辈们会及时出面调解,绝不允许离婚。 闲聊时说到赡养老人,幸福说苗家

艾 语

人不管是儿是女,哪个经济条件好哪个就要担起重任,并不会因为女儿嫁出去了就要少承担,也不会不管经济的差异而让兄弟姐妹平均承担。

一个社会的和谐取决于千万个家庭的和谐,一个家庭的和谐取决于夫妻之间的礼让互助和养老育幼的孝德传承。我想古老的苗寨之所以让人感觉到心静若水,安宁祥和,不仅仅是她美丽的山水,还有那一份人性的纯真。

每次行走的开始也是返回原点的开始,停歇苗寨数日,给身心一次深度的涤尘,离开就在眼前,是有些不舍的,于这山水木楼,于这纯朴风情。

临走前的那个晚上,和幸福聊了许久,恰好她的丈夫也在,我们来了几天就见过他两次,也不曾交谈,感觉她丈夫是个务实型的不善言语的苗家阿哥。

"陕西!你们从陕西来的,那可是我的第二故乡呢",当幸福的丈夫得知我们是从陕西来的,兴奋得像是换了个人似的。

"是啊,怎么,你去过陕西",我有些纳闷。

"何止是去过,1993 年我在陕西当了 3 年的兵,当时就在咸阳的武功县",说完他带我看墙上的相框。在那些照片中我看到了他身着绿色军装的精神样。

"很帅气的嘛!"难怪幸福说当年嫁给你就是看上你是个当兵的。他听了呵呵地笑。

"你还去过咸阳?我就住在咸阳市",当我看到几张照片时有些惊奇。

我对他解释道:"这个 505 广场就是咸阳市中心,当年因为 505 神功元气袋而建了这个广场。现在那个广场已被改建成中心广场了;还有那座凌云楼,那可是当时咸阳最高的楼了,现在被重建成高层，如今你若再去就会看到一个翻天覆地的新咸阳了。"

生活有时真的很戏剧，在那些藏着他珍贵记忆的老照片里竟然有我的城市的旧模样。20多年前他去过我的城市，20多年后，我来到他的山寨，竟然还住在他家。天啊，这是什么样的缘分！

幸福的丈夫意味深长地说："我还想去看看我的第二故乡，带着老婆一起去，让她也看看我当年当兵的地方，很是想念了！"看得出他将那段军旅生活视为荣耀。

"欢迎你再次来陕西，一定要来咸阳，我好好地接待你和幸福"，我一直在思索，缘分这东西怎么就这么奇妙了。

坐在一旁的幸福也被这巧合感动了，很真切地说着："一直以来，我很希望要去的地方有个认识的人或者是熟悉的人，而且我更愿意在家中被接待，那样就像走亲戚一样暖意融融，如果可以的话，我去，你就像姐姐一样在家给我们做陕西菜"。

"当然可以的"，到时候叫上环环一起过来接待幸福妹妹两口子！

幸福的愿望于我们又何尝不是，就如来时，知道这里有个素未谋面的胡幸福，所以就不觉得苗寨有多生疏，心中就有着几分看望友人的感觉。

很多时候，人与人之间的亲密也许就在一瞬间会变得更深入，那源于彼此之间的真诚和一颗向善的心，也来自奇妙的缘分。

西江千户苗寨，这个美丽的地方给予了我们太多美好的记忆。转身离别时，送上祝福，祝福这个美丽的寨子多年后依旧纯净；祝福那个叫幸福的苗家女子一生都幸福。

艾 语

也说幸福

　　昨天，咸阳下了2016年冬的第一场雪，俗话说下雪不冷化雪冷，所以今天早晨出门天气就特别冷。天气虽寒，但早市上还是人头攒动。走在人群中，耳边闹哄哄的一片，有一句话突然清清楚楚地撞进了我的耳朵："老叔，我现在觉得，像你们这样的年纪了，老两口还能一起出来转转逛逛，晒个太阳，再一起讨价还价买个菜，那就是最大的幸福了。"

　　"呵呵，你这小伙真会讲话，是个做生意的料，谢谢啦！"

　　顺着话音我转身望去，2米外有一辆蓝色的农用车，车厢里装满了黄黄的梨子，车子边站着一个穿着军大衣的中年男子和一对年迈的老夫妇。我仔细看了看3个人，穿军大衣的男子是个地道的生意人，态度和善，面带笑意，动作麻溜，手里正拿着零钱递给提着梨子的大爷，他的手被冻得发红；这对老夫妇头发花白，慈眉善目，笑呵呵的，言谈举止间流露出极好的涵养。显然，卖梨的男子说的那句话到了老两口的认可，虽然三九天冷风飕飕，但暖心话如沐春风。他们后来又说了什么，我没记住，只是一字不落地记下了那句话。

　　往回走的路上，我的手是冰凉的，心里却是热乎的，脑子一刻都没停止思考。曾经想写一篇关于幸福的文章，但又深知那是个被写到泛滥的话题，也有话说：幸福的模式大多都是相似的。所以再写的话，恐也写不出什么新意来，也就将那想法收起。而今日，于这闹市中见讨价还价也是一种幸福，这幸福倒是有点新意，便又拾起了当初的想法。今日不妨就将它翻腾出来絮叨絮叨，以消遣这清冷时光。

幸福可以说是个广义的范围，它包括了人类在物质、金钱、情感等方面的心理感受。

从小到大没少体会幸福的感觉。年幼时，父母不在家，每次一家团聚，就觉得姐弟们是这世上最幸福的孩子；求学时，得三两同窗好友或被老师夸赞，快乐便溢满了心田；后来工作成家，一切顺心，更是知足地乐滋滋。如今，人生走过了一半，看得听得也不少，认真想来，最有分量的幸福非情感莫属，而最最倾慕的情感就是那种风雨同舟，相伴一生，相濡以沫的情感。

生命从年轻走向衰老，人与人的情感也会慢慢变得相互依赖，而相互依赖的前提必是有伴同行。

一直很敬慕那些鹤龄松寿的老年伴侣，他们可以一起回忆，可以继续创造回忆，朝暮相伴。如争吵一生的父母，从青丝吵到鬓间泛白发却彼此关爱着，那不就是幸福吗！

身边人都认为婆婆是幸福的，儿孙孝贤，老有所依，但婆婆的幸福是孤单的，儿孙能给予她的只有福气，而非老伴的可心和依赖。

记着曾和夫一起去花鸟市场小转，遇见了一对古稀老人，皆白发，脸上布满了岁月的痕迹，一看就是走过风雨的老来伴。老头在街边小摊吃东西，吃得满嘴喷香，老太太静坐一旁欣然相看，手里拿着纸巾，静静地等着老伴吃完后递与他擦嘴，她的目光中充满疼惜和关爱。那一刻，也明白，待到老时，还能够看着彼此吃饭，那是多么幸福的事啊！

还有一对老人，是夫朋友的父母，我从没见过他们，但是他们的离奇故事却深深影响到我。前几年，夫朋友的父亲因病去世，还未等儿女们接受这个悲痛的现实，他的母亲在第二天也去

艾 语

世了。老人在失去老伴后虽然悲伤难抑,但她却走得很安详。听夫说,这老两口一直感情甚笃,相互尊重,他们家是邻里街坊公认的美满家庭。被他们平凡的人生故事和惊奇的结局深深触动。

那时候,遐想他们的一生一定拥有过浓烈或平淡的爱。从牵手到搀扶;从韶华到迟暮;从彼此相爱到相互依赖,无数的朝暮相伴,就像许多寻常夫妇一样,早已习惯了眼底有彼此的身影,耳边有彼此呼吸的日子,在漫长岁月中沉淀了深厚情感,幸福在斗转星移中积累着。暮年时,却落单,或许是承受不了老来失伴的撕心之痛,或许是一生的默契与约定,夫去妇随。管道升在《我侬词》中写道:"与你生同一个衾,死同一个椁。"如此说,相爱的人能够同生是幸福,那么可同死也应该是幸福吧。

人说幸福的模式都是一样的,真的就是一样吗?或许只是幸福带来的愉悦感是类似的,而每种幸福的内容是完全不同的。就像买梨子的老夫妇,他们年至古稀却还能够一起讨价还价,拥有这份幸福那可是彼此用真心真情经营来的。所以,老来有伴的幸福才是人生最有分量的幸福。

关于情感,关于幸福,每个人都有着美好的向往,与子偕老,那是所有想拥有家的人,共同的美好夙愿。而经营幸福是需要智慧的,有了智慧才能懂得如何让幸福长久。

冬日的时光是清冷的,可在清冷的时光里絮叨暖暖的幸福,这也算是一种幸福吧。

剪刀手

清晨,看到园林工人在路旁修剪绿植,一股清新的草木香和着雨后的泥土味扑鼻而来,让人气清神爽。一棵棵长得杂乱的树木在园林工人手中变得有形,仿若初妆的女子。不由把崇敬的目光投向勤劳的园林工人,他们正在用双手创造一种真性的美,用劳动美化生活,他们用手中的剪刀修整的不仅是杂乱的枝条,还有城市的妆容。

看着园林工人手中挥舞的剪刀,忽然想起现代童话电影《剪刀手·爱德华》中的男主角爱德华。伟大的发明家给予了爱德华人类的心智,却留给他一双张牙舞爪的剪刀手,这一双奇异的剪刀手尖利中透着灵巧,爱德华用他无所不能的剪刀手在远离尘世的古堡,修剪出各种各样他认为美好的景物造型。他在自己的世界里独享一份纯净、平和。然而,当一份美丽的爱情与爱德华不期而遇时,他万能的剪刀手却剪不掉世人的歧视和虚伪的面纱,最终因不能适应俗世生活而舍弃了美丽的爱情,他不得不回到古堡,继续修剪着植物、冰雪……

我没有为这个故事中的爱情惋惜,也没有愤世嫉俗,只是联想到生活中,其实每个人手中都有一把隐形的剪刀,忙碌也好,清闲也罢,都在修剪着生活、感情和事业,只是在不同环境和状态下,呈现的结果不同罢了。那么,要想让生活在自己的双手中

艾 语

修剪得更幸福、更顺畅，就必须做一个全身心投入的剪刀手，修剪掉生活的繁杂，情感的迷乱，以及仕途坎坷时带的气馁，抱着一颗平和、睿智、积极的心握好手中的剪刀，做生活的美化师，做人生的赢家。

第二章
看花听风

尘风苍苍,

岁月悠悠。

草木枯荣,

浮生一世。

何不带一双慧眼,

换一种心境,

闲看庭前花开花落,

笑对长空云卷云舒。

艾 语

青丝悟

　　一场寒风吹淡了秋的浓度，黎坪已经有了冬的气息。落叶厚积在树下、坡上、山道上，像许多挥霍了青春后尽显疲惫的身躯。

　　尽管秋色将尽，但依然喜欢去深秋的山林，更喜欢听脚踩在落叶上发出的沙沙声响，那声响里有落叶的心思。一个声音飘在山林间：等到叶绿花开时，我姿色依旧，你可再来。

　　入了一个山谷，叫红尘峡。午后的阳光下半山阳、半山阴，有红尘的色彩，无红尘的喧嚣。

　　原以为人在红尘中，山水在红尘外，就把山水藏在了心里好多年，等某个人看见，这一世的修行便圆满了。后来，渐渐明白了，山水也逃不脱红尘的滋扰，绿了枯，枯了绿，熬老了多少代人，看尽了多少尘世的情缘，分了，合了，数不清。但山水还那么年轻，还这般多情。想来，藏山水于心底，也是留青绿于心中，留情愫与岁月一起慢慢沉淀。至于谁可看见或看不见，随缘就好。

　　秋天，终究是萧瑟的，可秋的绚丽却总叫人忘不掉，似流逝的芳华，亦如红尘中的牵绊。

　　几片红叶挂在枝头，那红已到了极致，像一团燃烧的火，从容地释放着生命最后的光芒。阳光穿过蓝色的雾霭，叶子的脉络看得清晰，心底就生出了爱意，爱着深秋的清寂干练，爱着流水的轻缓纯净。

　　于水边，听如歌溪流，吟唱云水禅心；看枝丫似笔，书写天空的寂静。如此便是生命里最好的时光，何须再求三生三世的爱，亦不期许来世的亲情、友情，只把当下拥入心中，只求结好今世的情缘。

　　于水边，想天地乾坤，苍穹浩渺，人，只是一颗尘粒，来于尘，必归于尘。走完这一遭后，化作一缕青烟，归还灵魂于自由，归还肉体于山水，才算是完整了生与死的因果修行。这样想着，想着……就愿这静山净水是自己归去时最好的去处。

　　一直深信，山石立天地间，天地有灵气，石就有了生命。曾在诗中写道："在喜欢者眼里，石头也有粗糙的笑容，就像爱人。"

　　谷底有一块大石，规整有形，静卧河滩，一端接岸，一端浸水。石上，岁月痕迹斑驳，青苔细密，可谓之：石之青丝。着一袭白衣，于石上盘膝而坐，微闭双目，聆听自然之音，仿若天地间我与石独存，便想时光若静止，该有多好！又想起台湾作家三毛说自己犹如天地间最初的一块石头，单纯而真实。我虽不及三毛有灵性，但石头粗糙的微笑，我能感知到。倘若，爱人也能像石头一样懂我深藏的心思，也就不负心底的那方山水。

　　这世上，有人渴望如夏花灿烂，有人意求落叶静美。更有少年不知愁滋味，以为青丝不会用余生来量度。然而，光阴裁了年华，喧声破了好梦，花开了，月落了，蓦然发现"朝如青丝暮成雪"。待浮云散尽，到头来，秋色褪去，还了山水本真。只道是山林还可叶绿花开，还可再来相看，人，却不再当初。

　　那么，与其嗟叹人生不可回转，倒不如把生命活成枝头的叶子，红到极致，到最后能平和地落下，也算是这一世最好的修行。

　　佛说，一花一世界，一叶一菩提。悟透了，自己便是自己的佛。

艾语

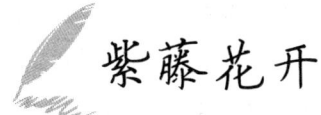
紫藤花开

紫藤花开,形美体柔,瓣如蝶状,其色紫中透蓝,明亮醒目,老枝横生的藤蔓上花串下垂,尽显素雅。

紫藤花期与牡丹花期相近,两者相较,偏爱紫藤。喜其名如诗,色雅味淡,含蓄而不骄;花开时节不争春光,宁静吐芳,枝枝蔓蔓蜿蜒曲折,极为雅致;更感动于她为情而生,为爱而死的美丽传说。无怪乎她颇得古今文人墨客宠爱,将其引于诗嵌于画。

喜爱紫藤,恋她繁花垂絮,淡紫如霞。每逢暮春花开,总对其惦念于怀,却每每错过花期。今又暮春,知花已开,即搁下琐事,起身前往花园,怎可再负了花期。

入园,人未近,闻其香,深吸一口气,香气沁人心脾。这香气,白日里因浮尘嘈杂而被忽略,夜静人寂之时则香飘百米,让人迷醉。

仰观紫花满架,芬芳正艳,花絮灿若云霞开在和煦的春光里。凝视中,又觉是紫气绕于半空与白云对望。看那枝头梢末,盘曲的枝蔓萦萦绕绕伸向晴空,用柔软的风骨勾勒出生命的诗意。

紫藤花开,素于形、净于心,宛若一个幽怨的女子,让人疼惜让人怜爱。她又是那么高贵优雅,在群芳争妍的春天里,不以春光而娇,不以清贫而怜,守着悠然禅心,独居一隅,静候那知花人。

我可是那知花人？ 紫藤，我能读懂你的心思吗？ 不。

这立于藤下的人儿若与你相比，似乎缺失了许多东西，也就入不了你的内心。 凝望这一片紫霞，我弄不清自己究竟缺失了哪些东西？ 但至少，自知我的命里，缺失了你柔软的风骨和诗意的情怀。 你是动人之花，而我不敢自诩是那知花之人。

春易老，花一季。 他日再去瞧花，走近不闻其香，只见枝空花落，残瓣已被风干，叫人顿生悲意。 惋惜：世间好物不长久，不消几个日出几个月落，一树繁花败尽，香魂入了泥土。

花落后的藤蔓更加葱茏旺盛，长廊中、石椅上，仍旧三三两两，只是花落人非昔。

紫藤架下，忽感：花开有人观，却难得知花人，亦如人生旅途好景多，高山流水难觅知音。

艾 语

远方的寂静

　　花雨飘,春已老,又见细雨霏霏。 树木、城市,大地干净了许多,一切都那么水灵、那么清秀,心情随之素净了几分。

　　静听,檐下雨声如诉,屋内琴声呢喃,黑白键上流淌着《远方的寂静》,舒缓的思绪乘着隐形的翅膀遨游。 或畅想,或追忆……就这么恬静地沉浸在优美的旋律里。

　　雨,如烟如丝,清凉的风穿过窗幔,拂过肌肤,让人的心情起起落落。 在窸窣的雨声里,谁会想起谁,谁又会被谁想起? 尘风消散了激情燃烧的岁月,留下的只有淡然。

　　在纷繁杂乱的红尘中,走过的路,看过的景,都留存在记忆的书笺上。 而今,细雨霏霏时,又能映出什么样的景象?

　　洁白的九里香静静地开着,开得那么安然,一朵朵淡雅素净。

　　雨声中,花儿悄然绽放,吐露着不为人知的心思,如同那火热的青春在冉冉流光中无声地消去,却又同这花香永久地洋溢在心房。

　　一个人的时候,喜欢让时光在指尖慢慢地滑落,在寂静里一点一点地收集曾经。 那些过往就像落入掌中的雨滴,渐渐地,渐渐地被肌肤吸收。

　　心灵的深处有一块净地,是蓝天下的空旷悠远,是深山里的深邃清幽。 那仿佛是一双隐形的手,紧紧地拽着挣扎在尘埃里的灵魂。前世，我或许是禅院的树，或许是阶上的草，沐山水、听禅音，今生竟这般迷恋大自然的寂静。

　　尘风里的花朵守着美丽的心情，听风的歌声、看雨的心情。雨中，琴声如心情，心情佐琴音，舒缓柔软的旋律，将心带到那一片净地，轻轻落在寂静的远方。

艾 语

 纪念日

雨下了整整一夜,连梦都是湿漉漉的。

晨起时,雨仍旧在下,习惯性地趴在窗边看窗外,地上积水似小河。暮春的树木花草本就青翠,加之雨水一夜的冲洗,就越发碧绿,空气分外清新。

春日里的雨水频繁,草木速长,好似一切都在骚动。窗台上的仙人球正在开花,粉色的花像睡莲,很难想象,这种浑身是刺的植物会开出这般静雅的花。养它两年多了,没用过多少心思。去年开了两朵花,今年竟连续开了五朵花。花虽小却开得雅致。

雨是个好物,它可以滋养乏味的生活,给静寂的日子带来声响,将大自然的声息传递给这个世界。

手机清脆的提示音打破了寂静,原是好些商家的问候,哦,今日竟是个纪念日。一说纪念日,就想到人这一生得有多少个需要特别记住的日子呀!出生的时候,是第一个值得纪念的日子,而后毕业、工作,再到嫁娶生子,都是值得纪念的日子,这些需要记住的日子消磨着一截又一截的光阴。比如今天,是一个特殊纪念日,而我竟不知,倒是那短信提了醒。总说商家唯利是图,而在利之外也有温馨。清寂的日子里,窸窣的雨声中,收到一声问候,心若沐暖阳,只因这世间还有人惦记你。

顺着想下去,若要被人记得,就得有被记得的理由;若要不被人忘记,总得有能被想起的好处。

第二章　看花听风

雨在午饭后终于停了，风还在继续吹。出去透个气吧，让蜷缩的身体像草木一样舒展，在清新的空气里伸个懒腰。就如小小的仙人掌花，要让世界知道，它还有一颗柔软的、有力量的心跳动在每个寻常和不寻常的日子里。

艾 语

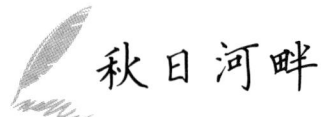
秋日河畔

当我还未整理好心情时，季节已速速转身，先我一步迈入秋季。

黄的芦苇、红的叶，我已不能再怠慢。漫步河畔，捡拾一份闲散，踩着柔软的落叶，迎着秋风望秋水。

一声惊鸿鸣，划破碧水长空。雨后的天空是灰色的，迎合了秋风萧瑟的气氛，泛白的水面上薄雾迷蒙，有几只野鸭在水雾里嬉戏，它们的快乐与季节无关。

曾几时，河边草青翠，水岸绿影倩。又几时，清风冷雨萧木下，一个女子独坐堤坝边，任由清冷的风儿吹着，一双凤眼览不尽世间景色。也许，她在搜寻风景以外的景色；也许，她根本就没发现自己其实就是一道风景，并且一定是别人眼中那道靓丽的景致。

风儿顺着蜿蜒的河堤一溜烟跑远了，丢下单薄的身影。河滩的那一片芦苇彼时枝叶青青，此时芦花飞飞。季节只一个转身便掠走了它的青春年华。

几个小男孩顺着高高的堤坝滑到了河滩上，直奔他们的乐园，这个感觉好像还不错，于是，我也想这样滑下去，有人走过身旁，才意识到那样的举动不合时宜。罢了罢了，此生已经走了那么多的路，还想少走多少呢，就顺着该走的路继续走吧！也许多走几步还会有新发现。

人这一生要走多远的路，才能遇到知音；要邂逅怎样的缘分，才能找到牵手之人，与其偕老。

我们常常跋山涉水只为昙花一现的美，却忽略了蓦然回首处，那人那景却在灯火阑珊处。用心审视身边人的匆忙和闲逸，发现其实每个人都是一道别样的风景。

生活中，很多人在很多时候都想走捷径，如果自己也像那几个小男孩一样，顺着捷径到达心中的目的地，也就不会在下个路口遇到那对母子。那对母子一起推着一辆轮椅，轮椅上坐着一个中年男子，他们在说说笑笑中体味着生活的幸福，化解生活的苦涩。

生命本该如此吧！须同季节一样按次顺更替，便不会错过该欣赏的景、该遇见的人。

年年季节无新意，却是迷恋秋意浓。秋天，就如生命走到了成熟的季节，充满了韵味。尽管不明确生命最终能够走多远，但必须带着坚定的信念和美好的希望向前走着，只有经历了，才能体会到这一趟旅程的意义。

秋天，满含风韵地来了，在河畔与我迎面。在风中，我是落定的蒲公英，静静地倾听秋的私语。只有在秋天，才能体会到成熟的生命之美——温润、含蓄、饱满。

艾 语

错过一场花开

5月的一日，开车经过渭滨公园西侧的一条巷子，看到巷里闪过一团红色。我知道，那是巷里的蔷薇花开了。初夏，那花儿又开成了一团团红艳艳的云朵。

小小蔷薇，生命力顽强，常见其开在宅院、路旁，枝叶丰茂。花开时一朵朵一簇簇，香味浓郁。不论是风雨中，还是阳光下，那黄的、白的、红的、粉的花朵，诠释着夏的激情。秀气的蔷薇总是让人有浪漫的感觉，叫人心里生出几分爱恋。世间女子大多都是爱花的人儿，故至柔至美，不是也说女人如花嘛！所以，爱花儿，爱蔷薇。

那日匆匆一眼，不得驻足观赏，便想着择日去看花。怎奈再想起时，数日已过，不知那蔷薇花可还开着。

再去那巷子时，果然不见那一片红色的花儿，葱茏的枝叶间就缀着零星的花瓣，已没了盛开时的气势。想那日，蔷薇花激情绽放，是那么热烈、绚丽，而花开后却如火焰熄灭般静寂，只留下这藤上层层叠叠的绿叶，便叹花开不等人。这一叹倒也明白了点事，虽是错过今年的花期，可来年花还会再开，还可以再来看花。可人生就不同了，若是错过了生命里的花开，也许就是错过一生。

中学时，母亲说想让我去参军，那时，在母亲看来，参军或许会改变她女儿的命运，使她的女儿脱离农村的环境。当兵，我是愿意去的。女孩子嘛，总会心存好多美梦，穿上橄榄绿的军装就是我心中的一个美梦。至于母亲的长远打算，我那时还未想到。于是，在一个清冷的早晨，母亲便带我去了父亲一位在外工作的同学家，把我的将来托付给父亲的同学。

第二年暑假，我去了礼泉县九嵕山以北父母工作的砖厂。因为砖厂离我家路程较远，加上那时交通不方便，便想多停留几天。那个暑假没觉着竟待了10多天。

那天我回到家时已是傍晚，妹妹一见我就说："你咋才回来呀，昨个天刚黑有个叔叔来咱家叫你今早去市里武装部验兵呢。"我一听急了，吼她笨，不灵醒，咋就不知道在村里叫个人开着"蹦蹦车"去叫我呢。现在天都黑了，人家肯定都验完了（20世纪80年代末的农村还没有固定电话）。我很伤心，气得在房里哭起来。哭过了，心里又想，也不能怪妹妹，她还小；也怪不着爷爷，他老思想，两个弟弟在爷爷的心里远比我们姐妹三个重要。那么只能怨自己了，要是在父母那里少待一天，不就一切都圆满了。也许这是老天早就安排好的，注定要错过那次机会。

母亲知道她的女儿错过了当兵的机会后，也后悔不已，如今一提这事还直说可惜。有一次，陪同父母又去了一趟父亲同学家。父亲的同学对我父母说："当年，依咱女子这条件，要是去了，那没问题就招兵走了，现在都不知发展成啥样了，要知道，那次验兵可是给领导专机选拔空姐呢。"

哦，好多年了，我只知道错过了一次当兵的机会，可并不知道错过的是这样的一个机会。是呀，要是当年去当兵了，我的人生也许比如今要精彩，也许不如现在安然，那是谁也无法预料的事情。

如今，我虽然以不同的方式完成了母亲的心愿，走出了农村，但每当遇到一些大小变故时，就会想到如果没有那年夏天的

艾 语

错过,那现在的我会是什么样? 反过来又想,不管是什么样子,总之绝不会是蔷薇花再开时的样子。 因为花再开时,还是那色,那情怀,亦如往昔,而人生是无法重新来过的。 所以,哪怕是一次小变动,都会让你走向不同的方向,你的生命也就有了不同的过程和结局。

这么想来,人生错过的又何止是一场花开呢!

一个人的河流

时间是最勤快的,也是最公正的,它总是带着希望走来,又必然带着结果离去。转眼又是一年,光阴一去难回,那些或喜或忧的过往便如青烟一般散去,留下的只是思与忆。

回望生命的这一小段行程,值得欣慰的是喜悦多一些。而那偶然划过的忧伤留下的淡淡痕迹,就像稀疏的星星在夜深人静之时闪着光。

人生的每一段路途都会有不同的遇见,相聚与别离不断地生成不同的景色。回首问清风,佛前的同心锁能否锁得住"执子之手,与子偕老"的誓言;清寥的高山流水是否会寻觅到宿命里的那个知音。

都说人生如戏,但很多时候,就连戏里的主角也不知结局会如何。戏里戏外谁也不知缘有多久、多深。如果叹人生如戏,倒不如说人生随缘更好。

人的一生能有几个40年,只一个转身,已把最美的风景散落在身后。带着春天的花香、夏日的劲风挥洒着汗水,跨过骄阳炙烤的大地,在丰硕中感受成熟的魅力。朋友说想你了!欣欣然,幸福地笑着。当人生经历过风雨后,当友情沉淀得如同饱满的麦粒时,才会真切体会到能被想念是多么幸福。这种幸福如同爱情、亲情给予的幸福一样,是不能被任何东西取代的。

所以,此生余下的日子里,我会认真地想念着想念我的人,祝福着我想念的人。

艾 语

　　文友说你的年龄正处于盛夏，可你的文字已经步入秋天，而秋天是沉寂的，所以你的内心是苍凉的。一颗素心不为春水柳绿而狂喜，不为夏花绚烂而惊艳，不为秋果累累而痴迷。自问内心是否苍凉？如果是，那这苍凉与内心的宁静又有多少不同呢？

　　时间是任性的。它可以磨掉青春的颜色，稀释掉情感的浓度，消除掉人性的意志。时间是最富有的，它能够轻缓如水地耗尽每个生命的所有资本。而每个生命所拥有的能够挥霍的时间却不会很多。既然赢不了时间，何不持着一份宁静，如莲般开，如莲般落。三祖僧璨说："莫逐有缘，勿住空忍。一种平怀，泯然自尽。"如此，我心何有苍凉！

　　生命是一趟旅行，有来无回；生命亦是一场修行，空着来，空着去。欣赏那些远离尘世、深居山林的隐士，他们可以舍弃繁华与山水同在，向往那清风闲逸的逍遥生活，却不喜那种修为，或许那是逃离责任与义务的借口。始终认为，人生真正的修行是在平素的日子里。一个人，如若没有千帆过尽后的豁然，也难有风动心安的自在。于是说，修行不在于身处闹市或是简居山林，而在于能否持修炼平淡的心境。

　　习惯用文字诠释心情，静心地把无形变为有形；喜欢用镜头去捕捉平凡的美，用眼睛去发现这个世界存在的美好。更喜欢独处。一个人的河流是静美的，是可以让思绪随意流淌的。一切都是这么安详，安详的如同夕阳下的芦花，轻轻摇曳。一个人的河流也是静默的，静默地流向太阳升起的方向。

　　在这个岁末的傍晚，自在坦然地坐在即将成为旧时光的霞光里，看着夕阳渐渐落下。明天又是一个新的开始，关于人生，关于希望，关于修行，一切仍在路上。

第二章 看花听风

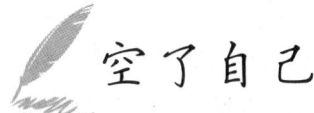 空了自己

今日是端午节。早起,天气阴沉,下着大雨,很适合这个节日的气氛。

我端着茶杯站在窗前看阳台上开得娇媚的牵牛花,也看雨。当雨珠遇到花朵,那花瓣之上就成了小小的空净之地。落在花瓣上的雨珠是幸运的,因为比起泥土,花瓣可以展现雨珠的晶莹剔透;开在雨中的花朵也是幸运的,雨可以让花朵更加鲜艳娇嫩。看雨中的花朵和阳光下的花朵心境是大不相同的,尽管阳光下的花朵很灿烂,但少了雨中的温润、平和。

听着雨滴打在棕树叶上急促的"噼啪"声像是在赶着日子飞快地走。又到一个纪念日,习惯性地发信息问候朋友。没过多久,先后收到了几个回复。

汤峪白先生发来了一组照片,说他此刻身边的景色有多美。照片里山峦叠翠,雨雾缭绕,清流潺潺,野花带露,真像是仙境。我立刻感觉到了一种只能听得见雨声的静谧,还有一个人融入自然山野的闲散之情。不用说,这是先生老家汤峪的山景,美得不像话,美得有仙气。

看过照片后,我回复:是内心想要的样子。先生说心静的人想要,红尘中人谁想要啊。

我便说就有尘世的人正身处净地,享受着安静的时光呢。怎奈我没有先生的境界,只能在阳台看看雨,看看那带雨的,开得优雅的牵牛花。

艾 语

闲叙了几句后,先生发来一篇文章,题为《散淡,是一种境界》,说是刚写的。 原来,他没有只顾着迷恋仙境。

一看题目,的确有境界。 再看开篇第一句,感觉先生是说了我的话。 他写道,"已经好长时间了,爱去没人的地方,爱去寺院道场,去聆听有道之人的说教,给自己的心洗一个澡"。

的确是这样的,可以说好多年了,哪里没人我去哪里散步,游玩也是避过节假日;哪里人少我选择哪里,习惯一个人在雨中的渭河边溜达,听听雨声,看看雨落在河面和青草上的样子。 不仅如此,我还爱上了简单的素食。 一直以为这是变老的象征,不想今日在先生的文章里对上了号,竟有一种高雅的说法,叫散淡之境。 先生所说的聆听说道,也是我所想,只是身为女子条件受限不能如愿。 所以说,先生说了我的话。 不过要庆贺先生比我入境深,他已经说到做到,可我只做到了一半。 随即细心读完了文章。

先生在文中说他最近常去山里访贤,与隐士交谈,既有收获也有思考。 对心灵有启迪作用的言语他认真聆听,但对于隐士作为自然人应承担的责任他也提出了不同的见地,认为一个人的修行,不必在意环境、形式。 我很赞同先生的观点,便发给他我的一篇旧文,文中也有我对隐士修行的个人看法。 先生看后说如醍醐灌顶,还说得约个时间,好好交流一下。 我则提出更想找机会在他如仙境的老家小住几日,也去汲取汤峪山林的仙气和智慧。 先生欣然答应。

文末,先生说一个人的心境应该有散淡的成分,努力去做,不问结果,只要经历了方能解悟生活和人生。 散淡不是谁都可以做到的,它是一种修为,是一种境界。

先生提到了修为和境界,我便又想起了一件事。

大概 2 年前吧,受延安诗人李炳智老师邀约,在古城西安和几位诗友相聚,地点在陕西诗歌网工作室。 工作室里墨香淡淡,书籍画作堆垒,文化氛围浓厚。 我被墙上的一幅水墨画吸引了,准确地说应该是被一句话吸引了。画上，几片莲叶衬着一枝半落的荷。荷只有两三片花瓣，但无枯败之意，倒有空灵之境。画作构思独特，笔法简约。顺着荷微曲的枝干书有一行小字，"空了自己，留给世界更丰富的空间充裕；空了自己，就能容纳万物，用专注的耳朵聆听世界的美好"。

多么美好又有哲理的一句话呀，它融诗情于画意中，藏禅意于半落的荷中，一下把残荷图升华到一个境界。因了这句话我对那幅水墨画甚是喜欢。

李炳智老师说，那是诗人李晓恒的题诗画。那日，认识了身居西安的陕北诗人李晓恒，一个面生佛相、擅长禅意画的诗人。那天有幸，得到李晓恒老师馈赠的诗集和他特意为我作的一幅抚琴画，并题上了我喜爱的那句话。

白先生说散淡是一种修为。好多人也说，人生就是一场修行。那么，什么是修为，什么是修行呢？不是很明白，更没深入琢磨过。但我清楚我在经历最真实、最接地气的生活。生活让我懂得了要继续向前走就不能背负太多，人的心灵需要放松、减压，所以我喜欢"空了自己"的说法。

拿手机来说，用一段时间就得清理内存，这样才能保证手机的运行速度。人和手机一样，也得按时清空，只有清理掉不必要的负累思想，才能有充足的精力去面对和接纳新生的事物。

我理解，达到散淡境界的修为，大抵就是学会并做到不断地清空自己的过程吧。空了自己就是放下该放下的，放下就坦然了，也就自在了。

如果这样的理解可以说得通的话，那么，空了自己就是朝着散淡的境界而行吧。

雨还在淅淅沥沥地下。这个端午假期过得比较有趣，昨日和女儿去河边采了芦叶包了粽子。今日又逢雨，可闲看窗外的雨和花，且与身处山林漫听自然之音的先生又闲谈了文字，是不是也算先生说的散淡之境呢。

艾 语

丝绸与布衣

提起丝绸，自然就会想到江南，想到苏杭。想那轻薄如丝的烟雨，想那滑爽如绸的流水，还有那油纸伞下一袭旗袍的风韵。

也许不会有多少人知道女作家张爱玲对旗袍的痴迷，但大多数人都忘不了电影《花样年华》中张曼玉的旗袍秀，把高贵妩媚演绎得淋漓尽致，这些皆与丝绸有关。

从几千年的远古走来，象征着王权富贵，流淌着贵族血统的丝绸，有着光鲜的外表和内在的贵气。

丝绸是华夏文化的象征，彰显了中华民族文化光辉的篇章。一条丝绸之路，把古老的中国与西方世界相连，而它为西方世界带去的不仅仅是一匹匹华美的丝绸，更是东方古老灿烂的文明。从那时起，丝绸几乎就成为东方文明的传播者。

丝绸，高贵典雅，轻柔舒适。自古，丝绸与都市注定代表高贵和潮流，就如布衣和田园始终一路同行。

我是从田园走来的，自没有丝绸的矫情，也厌倦都市的喧哗。一直以来，丝绸的高贵与布衣的恬淡都并存于内心，在对丝绸的执着中亦迷恋着田园的草木。田地和园圃，素衣与布鞋，安静且闲逸，勾勒出幽静的田园风情。

人可以是田园的土粒，也可以是田园的种子。有人会让自己一生都安守在故土家园；有人会像蒲公英，随风飘离，坠落在故土以外坚硬的土石中，经过头破血流的艰苦努力，再生根发芽，适应一方水土。当再怀恋故土的温暖时，田园已不复当年。

布衣与布鞋还在，这些曾经被视为土气装扮的乡间之物，一针一线都凝聚着母亲的心血。如今的它们，虽多了潮流元素，亦少了母亲的味道，但依旧散发着能够吸引我的气息，那是可以闻着、可以念着的田园气息。

那年，在昆明的民俗村，在孔雀仙子杨丽萍的工作室里，很多精美、贵气的手工艺品都让人叹为观止，而自己却独独喜欢上一双红色的绣花鞋。浅浅的鞋面上盘着一对中国式红色盘扣，周边是用细密的丝绣绣的蝶恋花图案，鞋后帮上是长长的绑带，可以缠绕在脚脖上。红艳艳的鞋子端正地摆在隔板的一角，没有灯光的专宠，与那些贵气的物品相比，它实在很普通。而我对它的喜欢，就像男子一眼相中女子一样，可谓一见钟情，也就不在乎它的价格。自那时起，这双红色的绣花鞋，便承载着内心深处的田园情结。

青年时，总以为只有西装革履、华丽裙服才能彰显时尚、优雅的气质，所以就情愿把自个扮成一具衣服架子。随着年龄的增长，慢慢地觉着穿上那些衣服是那么生硬、那么不自在，如在演戏，仿佛失去了自我，也就慢慢有所悟。那些端庄笔挺的服饰，全不如棉麻布衣穿着舒坦、自然。

棉麻，来自田园的植物，它们吸吮土地养分而生，沐浴阳光而长。布衣，诠释了棉麻的精髓。布衣，能够让身体自由呼吸，任意舒展。在布衣的包裹下，肉体和思想都没有丝毫拘谨感，它带给身体舒适感的同时也传递了一种精神与思想，便是"布衣精神"。

布衣，古时平民的衣着。而"布衣精神"则是古时知识分子坚守的一种信念。他们不畏权势，不迷信鬼神，不摒弃尊严。近而言之，革命先辈们又有几个不是布衣，正是他们坚守着"布衣精神"，不忘劳苦大众，才使中华民族崛起。

艾 语

如今的人们渐渐懂得了怎样缓解情绪，怎样去生活。你若留心，就会发现布衣又悄悄回到了人们的视线中，并且携带着复古与时尚的元素，体现出一种新的、闲逸的生活态度，这也算是对"布衣精神"的一种新诠释。

回到布衣时代，也许你会觉着活得有些粗糙，粗糙又有什么不好呢？粗枝大叶，方显大度，容天下者必有此胸怀。

昔日，读到一篇小文，说："活得粗糙一些吧！把敏锐的触觉变得粗糙一些；把有些粗糙的日子过得轻轻松松，自自然然就好，何必要求样样精致、样样细致呢？那样容易把自己弄得筋疲力尽的。可以活得粗糙一些，布衣粗茶，淡于名利，但思想要精致。"

这段话读起来很舒心，再细细品之，不难体会到笔者的豁达与闲逸。的确，人生若能粗糙在外，精致在内，那必是磨砺之后的释怀，是了无棱角的淡然。

布衣是一种粗糙、一种原生态。它的粗糙可以让阳光肆意地亲吻肌肤。所以，在闲暇之时不妨回归布衣生活，可以食杂粮糙米，可以着棉麻布衣，放下丝绸般的尊贵与矜持，去认真体会那种有滋有味的田园惬意，让心灵归真。

但一定要记得要让思想精致如丝绸，让心灵纯净如碧水。

第二章 看花听风

 看花

喜爱花儿也许是大多女孩的天性，我打小就迷恋田间野花，直到现在仍是如此，无论何时何地只要看到花就会停下脚步多看几眼。

小时候，老家还没有种植果树，所以每到春天，除了南坡上的迎春花，田间地头的野花、油菜花、槐花、梧桐花外，看不到其他花儿。迎春花是春季开得最早的花，自然得到爱花孩子们的喜爱。

迎春花长得很快，3月初的风稍暖，迎着风儿南坡上的枝条开始泛绿，不多日便绿中泛黄，而后黄绿相间，恍若一夜间生成一个个花堆，一簇簇嫩黄点缀着僵硬的土地上。那柔软娇嫩的花儿很是吸引人，可惜我们只能远远地望着，不敢靠近，因为那花堆底下遮掩的是一个个坟墓。

老家有个旧习俗，新坟上都会插上迎春花，至于原因，我至今仍不清楚。现在想大概是其根须可防止泥土流失确保坟茔形状，再者当花开时可以来缅怀逝去的亲人吧。因此老家人对迎春花忌讳，就算开得再美也不把它种在家里。

每年迎春花盛开我只能远远地看着。那时，看花堆下的坟墓，脑海中总会出现外婆讲的鬼故事，即便是太阳高照，三五好友结伴，也不敢走近花丛，生怕那花丛底下会突然跳出个鬼怪。长大后想想小孩子真是天真、可爱。其实，那冰冷的坟墓有啥可

艾 语

怕的呀，都不过是自己的小心思在作怪罢了。

迎春花开过后，村里几户人家的院墙上便会先后伸出几枝白的杏花和粉的桃花。那粉白色的花朵竞相绽放，引得蜂儿嘤嘤嗡嗡，给邻家光秃的槐树和梧桐也添了几分春的灵气。

桃花、杏花开的那几日，我常常跑到树下近看，怎奈年幼个低，就怨人家院墙垒得高。常常一个人静静地站在墙头花下，沉浸在花香里，甜甜地、痴痴地看着蜜蜂飞来飞去，想自己怎么不是一只小蜜蜂呢！到花儿快败时，若有风吹过，便会满身落花，就陶醉在花海中。

待到槐花开时，那才是视觉、嗅觉和味觉最享受的时候。槐树在北方极为寻常，它枝繁叶密，花色素雅，槐花既有观赏价值又可食用。每到春暮，花开如玉，村子好似被包裹在白白的云朵中，那些香中带甜的气味弥漫了整个村巷。

儿时最喜槐花，因为在物资匮乏的童年，槐花是最香甜的零食。采槐花的时候，用的是一种特制工具。在一根长木棍一端固定个铁钩子，然后用这铁钩子一钩，连枝带花就一同折下来了，我们叫"勾槐花"。拿在手里的花穗左看右看都像一串串白色的铃铛，灵动可爱，捋一把塞进嘴里，嚼出甜甜的汁，那甜味就流到了心里。把捋下来的槐花装满篮子，提篮子的女孩们就成了小仙女，个个脸上喜洋洋。回家后，手巧的妈妈把槐花做成槐花疙瘩，然后用油拌一下，甜甜咸咸的，好吃又耐饥。槐花到现在都是吃不厌的美味。

最尽兴的看花应该是老家开始种植各种果树后。那时候父母在外忙着做生意，姐姐也在西安上学，家中就爷爷、外婆、外爷和我们几个孩子。闲不住的爷爷在家隔壁的地里栽了一大片桃树和杏树。虽然没有劳动力，但一家老少也把小园子打理得像模像样。

每年春天燕子归来，草木新绿，杏花白，桃花红。我们在园中忙碌，锄杂草、松土，累了便扔下锄头，坐在树下听蜂儿低声吟唱，看花儿肆意开放。放学后，我也会在饭前饭后跑去园子里溜达一圈，闻闻花香，摸摸嫩嫩的花瓣。只管随性地看个够，再也不用望花却步，仰着脖子直到酸疼。那样的惬意自然难得。

如今看花儿是方便，可谓四季有花看，日日有香闻。家里养的花，楼下园子种的各种花，从春天开到秋天，附近苗圃里的花更是品类多样。即便走在大街上，美化市容的花儿也是叶绿花艳，叫人心情愉悦。如今看花虽是越来越容易了，可就是没了年少的心境。小时候见到花落会说来年还会再开，而且开得一样美。可活了半辈子明白了，花落了是会再开，但开的已不是原来的花儿，就如人生这场戏，有些曲目重演时就不再是原来的人、原来的味了。

这世间，人看花，花笑人。花儿们不会理会世间的闹嚣，只管静静地开，亦不会在意环境是浮躁还是安宁。可人就做不到，总被一些俗事杂声困扰，就有了落花有意流水无情地说辞。所以说，于天地间，能够安然地一直开在光阴里的，也许只有花儿了，它们会在不变的艳丽中静静地看着一茬一茬的人出生、成长、老去……

艾 语

 窗外

  习惯每天晨起趴在窗边看一会儿,不分季节。晴时,揽几缕清风阳光入怀;雨时,收几分雨气滋润身心,以此提醒自己,又是一个新日子。

  春来,看桃花娇艳,丁香清纯;看紫槐烂漫,樱花妖娆。多彩的花容柔软了小楼的坚硬,阵阵花香酥了风骨。一个个花仙唤出俏皮的嫩芽儿,那翠色欲滴的生命,那清淡的香气,溢满心间。

  晚归时,不管双腿多沉重,总喜欢在丁香树下稍做停歇,借着邻家窗户里的微光望一望洁白的花儿,瞬间忘却疲劳。莫说女子爱花会如蜂如蝶凑上亲吻,就算是男子也会有不能自己的闻香观色。

  初夏,窗外沸腾了,月季艳丽,婷婷而立;石榴花娇红,明艳动人;玉兰素雅,独自开放。所以,关于七月的浮躁,我眼不见耳不闻,吃得香、睡得沉。

  最欣喜的季节莫过绚烂的秋日。初秋桂花开,稀疏的花虽不及八月的花繁,香味也不那么浓郁,却让渐凉的秋风多了些暧昧。楼下花坛的菊花开得正好,紫色的矢车菊素雅,黄亮的小雏菊相互簇拥。它们招来了嘤嘤嗡嗡的蜂儿,忙碌地穿梭在花丛里。

  暮秋,院里的景致最好。黄的柿子、红的叶,立在窗外的那

棵银杏树也披上了金色的礼服,明艳之季它总是先夺眼球。

深秋,第一场雨赶得有些急。夜里有风,听得见树叶的呻吟。黎明时,风住雨停,整个院子安静极了,一声鸟叫也听不到。起身推窗,一股凉意顿时袭来,真是一场秋雨一场凉呀!路面湿漉漉,树木花枝上也都是水珠,地上落了厚厚的一层叶子,凌乱而清凄,心间顿生一丝凄凉,不禁感叹:秋天快尽了,冬天马上来了!

"今天有些冷!"(女声)

"嗯,是有点。来,戴上口罩……"(男声)

"今年秋天可真短呀,还没觉着呢,都要入冬了!"(女声)

"是啊,瞧这些树叶一季一季地由绿变黄,老得比我们还快呢。"(男声)

"是呀,不过挺好,我又和你走过了一个秋天。"(女声)

……

从楼下传来几句对话,声音不大,但听得清楚。循声望去,一幅画面恰到好处:楼下的小道上,散落着许多叶子,一辆轮椅恰好停在树丛的空隙处。两位白发老人,女的坐在轮椅上,男的正在给她整理衣帽。这温馨的一幕,顿时扫去了窗外的清冷,甚至黯淡了我一直为之欣喜的春阳夏花。

我的目光比昨天更贪婪了,紧紧盯着那对老人,瞧着老头是个性情和蔼之人,他边轻声说着边给老伴戴好口罩,再把头上的帽子往下掩掩,以遮住耳朵,又弯下腰把老伴腿上的毯子拉了拉,捂好脚面,再盖好手臂。每一个动作都极其轻微,充满爱意。瞬间,我感觉到那是恋人与恋人之间的爱怜,那是少年夫妻老来伴的疼惜,那是人间真爱的流露。

雨后的清晨是清寂而冰冷的。而窗外的两个人却暖了雨后的清冷,暖了一扇窗,也暖了寻常的日子。

艾 语

山中月夜

　　本是在梦中，却被一阵阵的声响唤醒，"哗啦啦……哗啦啦……"朦胧中听出了是水流声，是白日里奔流在山涧的歌声。那歌声在静静的夜里显得清脆嘹亮，顷刻间睡意全无。
　　推开窗，清爽的山风扑面而来，双手揉揉惺忪的眼睛，哦，这夜色可真美啊！这般纯净的夜色好像已经许久许久未见了……
　　夜晚是绵长的。所有睡着的生灵都是夜的孩子。夜以母性的宽厚胸怀包容它们，以母性的慈爱安抚它们。
　　山间的夜晚很沉静，满天的星星不断地眨着眼睛。风，轻摇着正在酝酿美梦的大山。只有那不悲不喜的溪水传来声响，那声响是连续不断的，于是，山间的夜晚就有了永恒的乐曲。身处如此纯净的环境中，醒着的人享受到的是夜的静美，但只有醒着的愿意听夜的人才能懂夜的美、夜的静。
　　夜色幽蓝，隐约中可见大山的巍峨雄姿。东西起伏的山岭似巨人顶着无边的夜幕，为星星撑起一方舞池。深蓝的夜里，也看得见树木在山风里摇摆的影子，影子是一群或一片的，像是成千上万个皮影在夜幕上厮打；又像是逃出地狱的鬼魅亢奋地手舞足蹈，给夜增添了几分神秘和恐惧感。偶尔，倦鸟嘤啼，想必是山风的摇曳惊醒了它的甜梦，或是微凉的山风吹冷了羽翼，才发出了几声迷糊的鸣叫。
　　山间的夜色是温婉舒心的。听着水声、风声，还有枝叶唰唰的响声。这浑然一体的旋律像是从山间深处传来的歌调，柔柔的、缓缓的，把心儿捋得平平展展。

满天的星星眨着眼睛带着宁静的心儿一点一点飘远，停歇在多年前的月夜下。

月光下的麦场，一个豆蔻年华的女孩斜倚在床边。女孩的手中拿着一把蒲扇，在为身边熟睡的小男孩驱赶蚊虫。

银色的月光洒落在床上，床是光滑的竹床。床边有一堆小山似的刚刚褪去壳的麦粒，麦粒很丰腴。女孩明白，那黄黄的麦粒是全家的口粮，所以她得守好小山似的麦堆。

她的小脸上怎会有同龄人不该有的成熟神情呢！

夜风吹过，送来阵阵果香，那是金黄的杏儿熟了。杏儿和麦粒是约好的，总是在汗水挥洒的时节带着喜悦一起归来，却没有带回几次妈妈的味道。

熟睡的小男孩从3岁起就跟着姐姐开始守望双亲，他们的守望就像女孩守着麦场子上的麦粒一样执着，哪怕是妈妈短暂的拥抱，爸爸严厉的训斥都是他们真切的期盼。这一守竟是许多个夏风秋月，直到后来把这个豆蔻年华的女孩望成了待嫁的女子。

女孩凝望着深幽的夜空，月光穿透云层照射在地面上。她感觉月亮很遥远，很遥远，但又觉得与千里之外的父母相比月亮并不算遥远，至少在夜晚她能看到它，妈妈温和的笑脸却难以见到。那时候，他们希望每个夜晚都有明亮的月亮伴他们入眠。

后来，女孩的父母回来了，女孩也嫁人了，离开了乡村。

都市里到处都是耀眼的霓虹灯，七彩斑斓，却没有明亮的夜空。当她在混沌的生活中挣扎得苦痛时，总在回想那年那月的麦场、月光，还有星星。

山间的夜晚最沉静、最舒心。天上的星星还在一闪一闪的，大山仍旧在酝酿着美梦，那不悲不喜的溪水还在唱着它的乐曲。这夜空美得就如多年前麦场上有月光的那个夏夜，只是这夜色里不再有一个豆蔻少女。

艾 语

雨后小景

　　春天的雨大多时候都是稀薄的，如烟似雾，惹人喜爱。但它也有肆意滂沱之时，就像昨夜的疾风骤雨，一直下到今天早晨，那阵势完全没了春雨的温柔。

　　中午的时候，雨停了，风也停了，便来到渭河边的树林里。林子里静悄悄的，少有人迹，能来的大约都是些喜欢清静的人儿，既是喜欢清静，也就收住了人声。林间，只听到鸟儿的叫声，或远或近，那欢快的叫声从这个枝头飞向那个枝头，任凭眼睛怎么搜寻就是看不见灵巧的身影。枝上的雨珠不时地滴落在叶子上，发出轻微的、细润的声响，像是雨滴和叶子在密语。

　　雨后的林子里寂静而舒心，只有处于其中才能体会到大自然的静谧与声音的美妙。

　　林子里花卉树木品种颇多，高低错落，橙黄的月季风情款款，粉粉的芍药妩媚娇柔。树下，一丛丛紫色模样的花儿名曰鸢尾，静雅亮紫的花瓣上还留着晶莹的露珠；还有些叫不上名的花儿，都被雨水冲洗得那么素净。

　　漫步林中，行至一棵树下，是苦楝树。小时候就认得它，树形规整，树冠丰茂。暮春时节正值花季，枝头上开满了秀雅的碎花，怎奈昨夜的雨水稀释了花香。花串上还缀着剔透的水珠，那浅紫的花瓣，深紫的蕊，一簇簇、一丛丛若紫色的云朵。这淡紫的云朵中透着贵气和浪漫，亦透着淡淡的忧伤。那一刻，于苦楝树下，不管是贵气浪漫还是淡淡的忧伤，因了这淡淡的紫，带给心儿的便是软软的柔美。

苦楝树，这名字叫得好奇怪，明明花开时是满眼的美，是幽幽的香，那名儿却怎偏偏是个"苦"字。还记得小时候村子周边也有苦楝花开，也曾在树下玩耍，只是那时苦楝花的香味却不似今时的香味浓，莫不是那时因了一个"苦"字，就嫌弃了苦楝树，继而那香味也被丢弃在记忆外。

走出林子，来到河边，少了鸟儿的鸣叫和树木的遮挡，河边就显得更寂静亮堂了。暴雨后，渭河水变得浑黄，水流也比平日稍湍急，两岸的草地经雨水滋润后清新翠绿。眼前这河、这草，一动一静中透着清灵之美。

男孩顽皮是天性，不管是在童年还是少年。尤其是在大自然中，他们就如新生的小鹿，总会把欢快体现得淋漓尽致。看看三个一帮、五个一群，走出城市，这渭河滩就成了他们撒欢的乐园，一个个像穿梭在草丛里的锦鸡；像飞在树林的小鸟，不走正路，专挑那些崎岖沟坎蹦跳，全然忘记了湿了的裤腿和沾满泥巴的鞋子，这或许会招来妈妈的一顿训斥。

城里的孩子们从小走的就是干净平坦的马路，所以见到泥田土路总觉稀罕。而他们感到新鲜的泥田土路，我整整走了8年，从村里的小学走到五里外的中学。那时候尽管无数次地跌倒过，可如今仍然会怀念那土路上雨后的泥泞和雪后的艰难。

一场雨过后，不管是树木花草、鸟儿，还是人，都多了些活力。雨后的渭河边更是一方纯净的天地，它清爽宁静、色彩鲜明，与坚硬的城市相比，这里最能体现出雨水的滋养和自然的纯粹。

人在喧嚣中待得太久了，便总想寻得一处清静之地。而河边、林间便是滋养心境的绝好去处。雨中也好，雨后也罢。

艾 语

你若喜悦，花自喜悦

栀子花开了，开得喜悦，开得纯洁。她是在半晌午的时候，悄悄地绽开翠绿的花苞。

从春天开始，栀子就这么一直静静地端坐在窗边。我懂得，她是在孕育花儿盛开的这一刻。瞧，一朵小花藏在几片绿叶后，精灵似的，洁白中透着娴雅，那微启的花瓣中露出几丝清香。

窗户是开着的，自然就有阳光有风进来。阳光是初夏的阳光，不浮躁；风是初夏的风，很轻柔。阳光下的风，风里的阳光，它们和花香融在一起，轻轻地抚过裸露的肌肤，留下几丝醉意。

凝视着含香待放的花蕾，想着它从冬天穿越过春天再到初夏，这个孕育的过程似乎太过漫长，她仿佛被压制得太久了，于是在初夏的清风里，在柔和的阳光下，才要奋力舒展，把圣洁演绎到极致，容不得丝毫亵渎。

傍晚的时候栀子花已完全绽放，像孩童手中的风车，一层层旋转而开，白的素净的花瓣宛若一个浑身散发着香味的女子，不用看清她的容颜，风影掠过，便可留下久久不能散去的香气。

我平日喜欢养些花花草草，一来可以养养心性，二来可以从那些看似不动声色的生命里寻得一些活着的含义和侍弄花草的成就感。

屋里能放置器皿的地方全都摆满了大大小小的花盆，或是兰花瓷的，或是瓦盆的，或是可爱的卡通型的，都种着各种绿植。友人说满屋的绿很是精神，但似乎缺少了些色彩。是呀，色彩是单调了些，却觉着只有这些清一色的绿，才是生命本该有的颜色，就像日子再怎么华丽也脱离不了天白夜黑。

我不愿意养殖开花的植物是有原因的。这世上，花开花落本是顺然，但女子多愁善感，便会多了自扰的情绪。如窗外那年年都开的玉兰，见它开不过几日便落一地枯萎，心里总会生出几许惋惜，叹好花不常开，也叹美好时光一去不复返。于是乎，不去有意碰触那样的心境，也便有了这满屋尽是绿意的充盈。

开花的大叶栀子，是初春时闲转花卉市场带回家的，那时，它不足二十厘米高，叶片油绿，花苞稠密，生长态势很好，于是顺着卖花人的夸词便从兜里掏出些碎银子换回了一小株。其实那时心里就一个想法：总听那歌唱"栀子花开呀开，是淡淡的青春纯纯的爱……"于是就想探个明白那洁白的花儿是否如此。时至今日，当见识了她的纯美和香气后便认可歌里的唱词全不是虚。

栀子一直放在向阳的窗边，整整一个春天没看到有新叶子长出来，花苞也没多大变化，似乎停止了生长，于是看了就让人担心，真会开花吗？

高兴的是就在暮春初夏的那几日，栀子精神焕发，新叶突增，绿油油的株苗充满生机，而那些起初看似停止生长的花苞，也开始了快速生长，日日新样，仿若能听到花苞滋长的声音。查阅资料，原来春夏交替时，是栀子的生长期，之前和叶子一样油绿的花苞逐渐翠绿再泛白，进而变大。那阵子，我心里装着满满的喜悦。

花苞开始生长时就有了差异，大的花苞继续在长，那些没动静的花苞终没动静。几日后，就发现没反应的花苞开始变黄了，继而是花柄干枯，手触即落，存活下来的花仅三四朵，叫人心生惋惜。瞧，还是没能摆脱小女子的忧伤情怀。世间事物本就难

艾 语

逃枯败繁盛，所以，人生必须学会带一双慧眼看世事，存一份心境对沧桑，不管花开花落，便是：你若喜悦，花自喜悦。

书上说栀子花的花语是"喜悦"，就如生机盎然的夏天充满了未知的希望和喜悦。 也有解释说栀子花的花语是"永恒的爱与约定"，这些解释都被赋予美好的寓意，于生命、于情感、于生活。

那么，你若是个坚强心存喜悦之人，或者是正在守着幸福的喜悦，不妨养一株栀子花吧！

一场雾散去，便是秋色深深

雾是湿润的，是朦胧的。秋天的雾是清冷的，而雾里的秋天是最美的。

收获的时节，来到南山脚下，大片的土地已经露出了平阔的胸膛，安静地躺在晨雾下。刚刚播种了小麦的土地，踩上去很松软，比走在水泥马路上舒适多了。翻新的土很干净，干净得像娃娃们光洁的脸。此刻，没有庄稼没有杂草的拥挤，土地是寂静而舒心的。也只有在两季庄稼交替时，土地才这样的干净如新，才这样的安宁。所以这时候来，正好！

土地里走出来的人知道这干净的黄土意味着什么，它不但是庄稼和杂草的孕床。每一颗土粒都充满生机，它可以把腐朽转换成收成，在四季更替中，年月在累积，人就这么世世代代繁衍着。不信你透过雾仔细看，不远处的小坡头上有两个小土堆，土堆旁是已开着紫色花朵的小野菊。倘若再走近一点就能闻到野菊的香味，不过，我宁肯站在远处雾里看花，也不会去黄土堆边摘朵小野菊，尽管我很喜欢紫色。

一年两季的庄稼，同时穿插种着瓜果蔬菜，把这片土地挤得实实的，年复一年的收成自然也耗尽了土地有限的养分，于是人们不断地给土地施肥、浇水，把它当孩子养着，就是期望它能带来丰收，而土地也回报庄稼人以丰厚的收成，所以土地是庄稼人的命根子。

艾 语

对干燥多尘的北方来说，哪怕下一场细细的薄雾，也能使污浊的空气得到净化，所以北方人需要雾和雨的滋润，就像大地需要太阳的普照。平原上多了雾就多了一种梦幻的美，雾里的草木是滋润的，野菊也是妩媚的。我喜欢那种朦胧的、湿润的感觉，也喜欢大雾散去后的透亮和干净。

你看，阳光开始穿透薄雾了，暖黄色的光线里能看得见漂浮的水雾，在阳光与雾染成一幅油画的时候，把自己涂抹成抽象的影子，惬意地从一场雾里穿梭到秋的深处。

迎面撞见一个村子，村道两旁的树上挂满了金黄色的柿子，沉甸甸的，压得细软的枝条弯了腰。房前屋后的树身上也悬挂着玉米串子，平坦的水泥街道上晾晒着刚脱粒的玉米，一溜烟看去，路面上仿若镀了层金。这让我想起小时候，母亲带着我们在麦场上把晾晒好的玉米粒边推在一起边挑拣出玉米里的碎土块。那时夕阳很暖、很美，而母亲脸上的疲惫却多于喜悦。

秋天到了，庄稼人是欢喜的，因为它把汗水兑现成硕果；秋天到了，村子也是欢喜的，因为它让古老的村子多了一份明艳和声色。

路，一直延伸到南山下，一场雾飘散在我的身后。秋天，土地安静了，山林才开始了喧闹；秋天，绿色老了，心情却在绚烂中活跃了。

若是你也喜欢秋天，就多出来走走吧！最好是穿过一场薄雾。雾散去，你便会处于温润的深深秋色中。

第三章
水云之上

生活不只是眼前的苟且，

还有诗和远方；

生活就是适合远方，

能走多远就走多远；

走不远，

一分钱没有，

那么就读诗，

诗就是你坐在这儿，

它就是远方。

艾 语

远方,始于足下,静于诗中

"往远方去,是我们与生俱来的本能。"这是曾读过的一句话。

但凡能被记住的话大多都是有些道理的。向往远方,或许就是我们的本能。要不,怎么总有那么多人不能说服自己安于现状,而向往远方呢。

那么,远方到底有多远? 常常也在想,它在婉约的江南,还是在豪放的北方。

喜欢秋天的蒲公英,她轻盈、摇曳。然而,在喜欢中又多一分叹息,蒲公英的梦想有多远,那得看风儿能够吹多久。值得庆幸的是:我们的远方,只要心愿意流浪多远,脚步就能够走多远。

心若一直在路上,远方,就没有想象的那么遥远。也许一梦醒来,脚步就已丈量到心迹的末端。也许,走进一首诗中,就已抵达远方。如此,又何必让向往疯长,把心田荒芜。跨出一步,世界也没多大,远方也就在脚下。

人生若是一场修行,那么,不管是远方还是当下,都是修行。当远方始于足下,便是身心接受蜕变的过程。当你背上行囊,卸下生活重负的那一刻,也许就会明白,人活着不只是为了柴米油盐的生活和追逐的名利权贵。你若总与生活就地纠扯,不给生活喘息的机会,那么,生活也会疲惫。如果迈出一步,便会明白彩虹也不是那么难以遇见。

路上的心境是随性的,是理想的。当身处一个陌生的环境,可以找出那个一直被掩藏的自己,可以不在乎周围人的眼光,可以不受俗套的影响；可以随心地穿戴，可以慵懒，可以任性；可以把内心的情绪夸张地释放，可以把自由演绎到极致。最重要的是会获得一些生命中还不曾体会过，或者在未抵达远方之前无法拥有的阅历。这些阅历会撞醒麻木，激活好奇，重新让人燃起生活的热情。那时，你便会欣然发现，原来给了生活自由是如此美好。

列车，从北方疾驰到南方，北方秋天的绚烂，被一层一层剥落在铁轨上。所以，南方的秋天没有绚烂，也没有红叶，只有绿，四季一样的绿，一山连着一山的绿，绿得苍翠、绿得孤单。

南方的秋天没有斑斓，好似四季缺失了色彩。亦如，人生没有远方，生活也就缺失了方向。

蜿蜒的铁轨就像时光的隧道，前方是向往，身后是回忆，在列车的呼啸中，岁月迅速向后退去，时间能挽留下什么。

年少时，觉得春花与秋菊之间是那么遥远。经年后才发现，3月的杨柳风总是未来得及细细咀嚼花事，就已是秋意浓浓。原来，春天与秋天的距离，其实没有多少个日子可以细数。像人，好像昨天还在青春洋溢的春日，一个转身，便已步入生命的晚秋，花的春事也只能飘散在秋天的风里。

请始终保持一颗在路上的心，不论是年轻还是年老。在路上的心，可以让你斑斓在北方的秋色里，可以丰盈在4月的江南，抑或是采菊东篱，与时光一起解读花事；在路上的心，更可以把远方读成一首诗，与鸿雁成行。

既然说向往远方是生命的本能，那就不要安于现状。不必担心遥远的旅途有风有雨，也不必多虑远方会不会是凝聚诗意的心灵栖息地。不管远方是什么样子，不管心触及世界的哪个角落，带着一颗虔诚的、年轻的心让远方，始于足下，静于诗中。

高晓松说，他的妈妈告诉他们：生活不只是眼前的苟且，还有诗和远方。生活就是诗和远方，能走多远就走多远；无法远行，就读读诗。诗，就是你坐在这儿，它就是远方。

艾 语

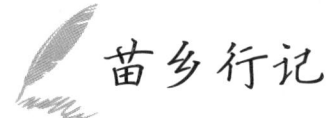 苗乡行记

贵州西江有一处苗族聚集地,那里有十多个自然村落依山而建,经过千年的繁衍,村落逐渐连成一片。如今,这里的苗族人家千户有余,是目前中国乃至全世界最大的苗族聚居村寨。那里有着古朴的吊脚楼,有着清澈的白水河,还有动听的芦笙和原生态的苗族歌谣,那里就是贵州凯里西江千户苗寨。

这个美丽的苗族聚居村寨,四面环山,风景秀美。谷底的白水河清澈见底,如玉带萦绕在山间,滋养着勤劳的苗家儿女;古朴的吊脚楼鳞次栉比,错落有致。

西江千户苗寨被誉为中国苗族"原始生态"文化观赏和研究的露天博物馆,它向世界展示着一部苗族发展史诗,是领略和认识中国苗族漫长历史与发展之地。如今,随着旅游业的发展,她更是成为黔东南一颗璀璨的明珠。

于金秋十月,带着向往之心朝着西南方向的这颗明珠奔去。

一 苗寨的清晨与夜色

清晨的苗寨,是在鸡鸣鹅叫中醒来的。

登上高处,看整个寨子笼罩在一层薄雾下,呈现出睡意蒙眬之态。雾,薄成了细丝儿,一缕缕,一团团,像是谷底升起的青烟,又像是天上飞落的白纱,整个寨子就成了悬浮在云雾里的仙境。那绿的树、黄的墙、灰的瓦,还有那碧玉般的白水河,无不

散发着灵气。处在这般境界里,人也不由得飘然仙骨。

雾越来越薄了,灰白渐亮,慢慢的,东方有了金色,红红的太阳眨眼间跃出山头。当第一缕阳光穿透薄雾倾洒而来时,初升的太阳会让人看见世界的美好和光的柔韧,尤其在这山水相连的苗乡,那金光普照的场景,美得让人震撼。光束像一只偌大的手,掀开了盖在寨子上空的白纱,眼前的苗寨就是面纱下的苗家女,从容而恬静。

当光与雾交汇的那一刻,在东边的山梁上,有一排屋脊划破金色的光。瞬间,山梁上就架起了一排黑白琴键,你静静地注视着,注视着,仿佛可以听到琴键上流淌出的天籁之音,与青烟似的薄雾萦萦绕绕在晨间。随着光的拉伸,黑白琴键逐渐绵长而层次分明,再随着雾的稀薄和光色的增强又渐渐融合成一大团白色,冉冉地升腾向高空,那天籁之音也随之缥缈。

当第一缕炊烟从烟囱吐出的时候,便与薄雾交织在一起。即使那烟似雾,雾如烟,也辨得清哪是烟哪是雾。因为炊烟是有根的,每一座吊脚楼就是炊烟的根,它们刚刚从梦中醒来,以一缕炊烟的形式开启平凡简单的生活。苗家人新的一天就这样开始了。

无论是一座古城,或者一座山寨,一旦发展旅游了,就会渐渐地失去她的安静和原生态。古老的西江也不例外,不过相对于走过的古城,西江还算好,目前并没有被完全商业化,毕竟白水河两岸的山包上住着上千户苗家人。千百年以来,他们一代一代从先祖那里传承下来的生活习俗,已经深深刻在每个苗人的骨子里,那种根深蒂固的习性是很难改变的,所以,开放的西江相比那些纯商业的古城,是幸运的。

白日里的苗寨少不了喧闹,来自四面八方的游人悠闲地穿梭在寨子里,好像都希望能够在这座古老的寨子里寻求到什么,是梦想,还是短暂的心灵回归?而我,也正穿梭于其中,寻求内心的答案。

艾 语

当古老与繁华交织时,当喧嚣试图挤走宁静时,那满山的木楼仍旧静默,以古朴对抗华丽;那静静流淌的白水河依然在流淌,以清流过滤纷杂,它们始终保持着纯朴。

太阳就要下山了,最后一片晚霞也躲进了山后。喧闹了一天的寨子,在夜幕将要降临的时候慢慢地安静下来。第一盏昏黄的灯光点亮了山寨的夜色。

可以像俯瞰苗寨的清晨一样,去俯瞰她的夜色,那满山璀璨的灯火,犹如散落的星星,散发着暖黄色的光芒,点亮了两座青山;也可以与每一盏灯光亲近,碎步于忽明忽暗的青石街中,去细细地体会光的明亮和夜晚山寨的瑰丽。夜空的黑幕还没有完全盖下来,深蓝色的天空看起来深邃幽远,那些灯火又像是闪亮的双眸,在远处注视着人间万象。

两盏马灯挂在木楼的飞檐上,每个夜晚到来时便亮起瘦弱的光,丰盈了苗乡的夜色。

苗寨的夜晚是温柔的,她的灯光中没有骚动,没有香艳迷离,只有安静、祥和。也只有在这样的夜色里,才能感受到光的迷蒙之美。古街中,夜色里,陡然明白人们不远千里来此的意义。

身处苗寨,行走于朝暮间,便深深地感受到,清晨的苗寨美若仙地,夜晚的苗寨灯火暖人。

二 古朴吊脚楼

苗家人是勤劳的,也是智慧的。

贵州素有"天无三日晴,地无三里平"之说,所以在远古时,苗家的先祖们就懂得就地取材,因地造房,于是一种半干栏式木质建筑——"吊脚楼"应运而生。

苗族人自古就崇拜自然。所以他们的吊脚木楼都是依山傍水而建,与大自然浑然一体。由此可以说,在苗乡有吊脚楼的地方就有山,有水的地方就有苗家动听的歌谣。

吊脚楼一般分上中下三层，上层干燥，防潮又通风，储存粮食；中层住人；下层是圈养牲畜或用来堆放农具和杂物。与其他建筑不同的是，吊脚楼的中间层设计很独特，两侧为居室，中间是厅堂，厅堂有通往居室的过道。由于山水间空气好，无灰尘，所以厅堂都是敞开式的风格，敞开面有栏杆，约半人高。厅堂内有长木板的座椅，是苗家人闲时用来休息、做手工活待客的地方，同时也是苗家阿妹妆楼瞭望、凭栏寄意之处。所以这个杆栏和长椅也被雅称为"美人靠"。苗家有俗语说"美人靠上靠一靠，不美也有三分俏"。说的就是阿妹依栏梳妆，做手工，对歌时的美妙情景。

如果说建筑是人类文明和一个民族文化的体现，那么古香古色的吊脚楼就是苗族人民智慧的结晶。吊脚楼这一独特的建筑物，静立在青山秀水之间，体现着人与大自然的和谐之态，彰显着苗家人的智慧。在苗乡，如果没有可以称为建筑艺术的吊脚楼，那么清秀的山水会显得多么单调和孤独呀！

古朴的吊脚楼是一处令人忘俗的归宿，它散发着静心净欲的气息，它的安暖能够化掉喧嚣与浮华。身居其中，便会淡忘俗世，心境也会超然脱俗。

小住苗寨的那几日，每每斜倚舒适的"美人靠"，眺望远方，沐晨雾，观山水，享受阳光暖暖，品岁月静好；沉浸于暮色中，忘却车马喧嚣。于那样安静平淡的时光里，任山川安然，年华静走，只想做一个淡然素净的女子。就像那雪白的苗银，无论时光深浅，始终白净。

三 走进鼓藏堂

吊脚楼是依山而建的，自然也就没什么规律，高低错落，向阳就好，所以，上山的路自然是绕来绕去的，如迷城一般。山道是石头砌成的，每条道上都会有不同的发现。

艾 语

初到苗寨那日，有意不定目标，自由行走，顺着离住处不远的一条小道走进去，没承想，行走的第一条山道竟然把我们引到了山顶的"鼓藏堂"，也就是游人口中的"苗王"家。一听说是苗王的家，立刻就想起苗寨的女儿说过，如果幸运的话，在苗王的家里还可以遇见苗王。只是不知今天神秘的苗王会不会端坐堂上。

立于鼓藏堂外，对这座古老的建筑细细品读。这是一座五间两层的堂屋，一楼有主门和两个侧门，左一间是药材屋，右一间是苗王银府；门上有伸出的门楼，由五根木柱子支撑着，中间门楼高于两边，正中悬挂匾额，刻有"鼓藏堂"三字，字的周边有精致的雕刻图案；二楼没有栏杆，每间有窗，都是雕镂的窗格，工艺精湛。

鼓藏堂是苗寨最肃穆、最庄严的地方。堂里供奉着一面铜鼓和一个巨大的牛头骨，这面铜鼓就是苗家人敬奉的"圣物"。每12年请出一次，举办隆重的祭鼓活动，每次持续时间为4年，现改为3年，这个活动被称为"鼓藏节"。而今年恰好又是一个12年。

说到鼓藏节，在《苗族古歌》里有记载，说是人类祖先姜央为了祭奠创世的蝴蝶妈妈。传说蝴蝶妈妈是枫树生出来的，所以苗族崇拜枫树。蝴蝶妈妈死后灵魂回到枫树上，而用枫树做成的木鼓就成了祖宗安息的地方，祭祖便成了"祭鼓"。苗族最大的神是祖先，是生命始祖枫树和蝴蝶妈妈，鼓藏节就是祭祀始祖枫树和蝴蝶妈妈的。

在苗寨，苗王和神圣之物"鼓"都是受人尊敬的。苗王的家是鼓藏堂，所以又被称为"鼓藏头"。

"苗王"是对苗族部落首领的尊称。古时，他统领着整个氏族，而今，演变成部落的管理者。

苗王的主要工作是召集苗族人集会、祭拜，调解寨民之间的纠纷，开展各种苗族传统节日活动。至今，苗王还是家族世袭制，一般传幼不传长。

那日在鼓藏堂时，终是无缘遇见苗王，倒是见到了负责看护鼓藏堂的苗王的哥哥。讨教中得知，现在的苗王是一名教师，四十出头，通常寨子没什么大事时，就只有周末偶尔回家。我们去那日恰好不是周末。

来苗寨走一趟，若没能遇见苗王，就如去了蝴蝶泉没看到蝴蝶一样，遗憾是必然了。不过，在苗王哥哥的邀请下，我们敲了那面苗家人崇敬的大鼓。他说，来鼓藏堂敲敲大鼓摸摸牛头，会得到吉祥安康的！

牛头骨供奉在大鼓前面，灯光下显现出乳白色，反射着微微的亮光，我想那亮光必是那些祈求吉祥和幸福的人千万次抚摸后造成的，那亮光也必定会随着更多双手天长日久的触摸而更加光亮。

于是，在苗王哥哥的指点下，我斗胆摸了牛头骨，牛头骨很大，大到我伸开两臂也不能同时摸到两个角尖。当手指摸到那白色的头骨时，感觉它光滑如瓷。然后，又使足了劲把牛头骨抱在胸前几秒钟。不管这一抱能不能如苗王哥哥说的那样，得到吉祥的祝福，但至少此行的内心是充满愉悦的。当我们走出鼓藏堂，向苗王哥哥道别时，他和蔼地说，美丽的蝴蝶妈妈会保佑你们吉祥安康的。

下山路上，有个想法一直萦绕在心头，挥之不去。

铜鼓和牛头骨是苗家人敬仰的灵物。在苗乡，它们就像太阳和月亮一样闪亮，千百年来，它们承载着苗家人所有美好的愿望和寄托，如今也肩负着许许多多外来人美好的愿望和寄托。人是需要有信仰的，有了信仰，人心才有方向和精神支柱。一个民族更需要信仰，有了信仰才会有凝聚力，民族才会强大。

四　遇见风雨桥

在苗乡，有山就有水，有水就有桥，一条白水河流经山寨脚

苗 语

下，滋养着古老的苗寨，智慧的苗家人在河上架起了5座桥，每座桥都有苗语的名字，又统称风雨桥。五座桥连接着河两岸，既实用又美观。

风雨桥始建于侗族，后也为苗族所用。修建整座桥不用一钉一铆，全系榫卯工艺，横穿竖插，桥面铺板，桥顶盖瓦，形成长廊式的桥，桥面两侧内有舒适的"美人靠"长椅，可供行人憩息。长廊顶部还竖起多个宝塔式楼阁，楼阁飞檐重叠，少则3层，多则5层。木桥形态古朴，结构坚固，可耐风雨。此种建筑风格的桥，因可供行人躲避风雨，故名风雨桥。

清晨，雾霭似烟，行走在白水河岸，听着潺潺水声，细观风雨桥，朦胧的薄雾遮不住它的庄重与巍峨。当太阳升起，金色的光洒在风雨桥上，更显其辉煌古朴。移步桥上，倚栏远眺，青的山、绿的水、黄的木楼、灰的瓦，水中映画，眼中有诗，于桥上，就那么静静地坐到日暮，也是一种享受。

忽地，一阵嘈杂，来了10多位苗家老阿妈，她们身着盛装，颈戴雪白的银项圈，发髻也梳得比街上见到的苗家妇人的发髻精致，头上还插有银发饰，一把黄黄的木梳子插在头后，即可固定发髻又起到妆饰效果。再看她们统一着宝蓝色衣衫，袖口及黑丝绒长裙裙摆上都绣着鲜艳夺目的图案，有富贵的牡丹、七彩的凤凰，还有一些代表苗族吉祥的图腾，脚上穿黑色鞋底绣花布鞋。每人手里还提着一个竹篮，篮子上盖着一块花布。她们穿得这么隆重，来风雨桥上做什么？那竹篮里又是什么？我有些好奇。

于是，在一位老阿妈旁边坐下。当篮子里的花布揭开后，我便知晓了答案。只因小女子也是善做女红的，看到篮子里放着剪刀、绣线和没有完工的绣品，就知道她们是来这里做手绣的。这个虽然明白了，但又开始奇怪了，日常做手绣也不必穿戴得这么隆重啊！那就继续看下去吧。

翻阅历史书，我发现，苗族的先祖们为了躲避战争而过着与世隔绝的生活，慢慢地就养成了自给自足的生活方式。生活需要的一些技艺也就成了他们每个人必须掌握的技能。苗家女子除了和男子们一样在田间劳作外，日常的纺纱、织布、裁衣、刺绣，也都必须会做，所以苗家女子个个都心灵手巧，个个都是绣花高手。我们住宿的那家女主人叫胡幸福，她就是一个典型的勤快、手巧的苗家女。

来苗寨之前，早就知道苗绣和苗银都是苗族特有的产物。尤其苗绣，它精美绝伦，已被公认为是最精美的刺绣艺术品。今日有幸，竟于这美丽的风雨桥上能够遇见这些老阿妈们做手绣，也算是一份意外的收获了。

苗族刺绣，具有浓厚的苗族文化，它是苗族民间传承的刺绣技艺，是苗族妇女勤劳智慧的产物。苗族女性喜爱刺绣就像喜爱唱歌一样，那可是她们生命里不可或缺的一部分。

由于苗族没有文字，所以，刺绣就作为一种记录事情的形式而发展，近而演变成精湛的刺绣工艺。传说是一个叫"诗兰娟"的苗族妇女，为记录苗人南迁的过程，离开黄河时在自己左袖上缝了一条黄线；渡过长江时在右袖上缝了一根蓝线；渡过洞庭湖时在胸前绣了一个湖泊形状的图案……每翻过一座山、渡过一条江河，她都在自己衣服的某个部位缝下一个记号。最后，到武陵山区定居时，诗兰娟按照自己所记的符号，用各种不同颜色的线重新绣了一套精美的女装给女儿作嫁衣，族人就此效仿，慢慢地就成了风俗，沿袭至今。所以，苗族服饰被公认为是"穿在身上的史书"。

苗绣工艺讲究，针法精细，根据不同刺绣针法的要求，选用不同质地的布料。同时讲究和谐对称，将苗族信仰的图腾形象自由组合，不受自然形态和时空的约束，注重情趣的表现。每一个绣品的图形都是苗家女子想象和情感的自由发挥，她们在飞针走线中能让四季花共存，能让天地中的动物同生。那一根小小的绣

艾 语

花针在她们手中就如画家手中的画笔，挑针走线间，把心境落墨成画。苗家人勤劳朴实，聪慧善良，他们热爱大自然，爱美，更懂得怎样去美化生活，刺绣就是她们用来装饰和美化生活的不可缺少的艺术品。

10月的西江，风是轻柔的，阳光是暖暖的。风雨桥上坐着一群苗家老阿妈，她们的手中绣的也许是女儿的嫁妆，也许是孙儿们喜盼的新衣。我在看也在想，这些老阿妈们用她们灵巧的双手和神奇的想象绣出的精美绣品，不仅装饰了自己的生活，也传承了苗绣技艺。她们的绣艺与她们的年龄一样，已经走到了纯熟的境界，完全可以视她们为活着的苗绣历史。

光影中，凝视着一双双干枯却灵巧的手，看着手中的针线飞快地行走，仿佛那红艳艳的花儿开了，那美丽的蝴蝶在翩翩飞舞，刹那间，美了整座风雨桥……

至此，似乎全明白了，这些老阿妈们穿戴盛装来风雨桥上做绣品，应该是苗寨的一个特色场景，目的是向游人展示苗家的刺绣技艺。就如寨门口每天吹着芦笙迎接客人的苗家人一样，让游人能够真实地看到苗家人的生活状态，体会苗家的风土人情。

五 行走见闻

来到苗寨，才知道10月上旬，这里正是收割稻谷的时节。所以，穿梭在寨子的山道上，人迹稀少，估计寨子里的住户不是在山下做生意就是赶收稻谷去了。

偶尔看到坐在门前年迈的阿爹阿妈，他们和芦席上金黄的稻谷一起在晒太阳，神态安详，目光清澈。老人们是在等着时光慢慢地逝去，还是在回忆往昔！脸上的皱纹是生活的痕迹；被风雨侵蚀的将要干枯的躯体，在淡然安逸中消磨着生命余下的阳光。

看到许多土鸡不紧不慢地或在踱步，或在四处啄食。还有很多的狗，大多都是乳白色的毛，黑色毛的很少见，粉粉的鼻子和嘴巴，竖着一双短耳朵，或是走动，或是趴着晒太阳。起初遇见的狗，横躺在山道上，唬得我们竟不敢走，手里拿根树枝试探后似乎无敌意，方才绕行。后来细观了这些狗，眼神看起来都是温和的，又像是游离的，胡幸福家的来福就是这般神态。也许是因为慢节奏的日子，人和动物的神态就会不知不觉地表现出温和。所以苗乡的人如此，苗乡的动物亦如此也就不足为怪。

越往上走山道坡度越陡，见有马匹驮着装谷子的布袋从山上下来的，也有驮着砖瓦水泥沙上山的，钉着铁掌的马蹄落在石头台阶上，发出"咣当""咣当"的声响。铁与石之间是不会有默契的，所以总觉得那些马不是在走路，而是在光滑的石阶上跳舞，跳着吃力的舞蹈。

再看那马的后面跟着的全是中年阿哥，因为开放旅游带来了经济发展的新路子，年轻人自然就寻一些轻松的赚钱方式。途中与几个苗家老者交谈，老者曰："现在苗寨的大多数人已经不种田了，都去山下做生意了，能种田的也就是够自家口粮，所以寨里的吃食基本都是外面运来的。做生意是比种田要轻松多了，不受日晒雨淋的，只可惜了祖先留下的田地了，不长稻谷，草就成精了！"老者言语中流露着惋惜。随之，也想到了寨子外那座山上的梯田之所以仍然美丽如画，估计是因为它的田园之美可以让来苗寨的人多些留恋因而继续留存！

不难发现，由于地势原因，时至当下，马匹仍是苗寨的主要运输工具之一。此外，扁担也是苗寨的主要运输工具之一。

正在拍照时，一个挑着扁担的中年妇人，从山道下的暗光处突地跃进我的镜头中。光影里，那妇人身上透着沉稳，她低头看路，我看不见她的脸，只是远远地看见其发髻上那朵红色的花，一跃一跃地出现在石阶上，沉甸甸的扁担也随着步子有节奏地晃悠着。根据几日的观察，苗家女人大多身材娇小，但这并没有让她们在生活中得到多少优待，她们和男子一样，承担家庭的

艾 语

重担。

待那妇人走近,看到担的是泔水,定是从山下饭店里担回家养鸡喂猪。扁担有节奏地从眼前晃过去了,但我并没觉得木桶里的泔水味有多刺鼻,只是觉得那妇人头上的那朵红色的花格外的美,在阳光里很耀眼。

早期的苗族没有自己的文字,但这并没有使苗人的思想过于迂腐。在数天的行走中,感触到关于活着,他们懂得更多;关于生命,他们看得更透彻,他们明白人的一生不是很长久,再多的荣华富贵也只是浮云,就像苗寨上空的薄雾,会随着太阳的上升而消失,所以,苗家人选择用更多时间陪伴家人,共同享受生活,而不是把有限的生命浪费在过多的物质追求上。

所谓生活,大抵可以说成,人为了"生命的存在"而"活动"着的综合定义吧。只要有了生命,才具有活着的概念。生活的状态其实就是人生状态的诠释,也是人生观的一种体现,怎样活着,那就要看内心秉持着什么样的态度。我想,苗家人的慢生活状态也会让生命的时光慢下来的。简单地活着,善良地做人,就是苗家人最大的快乐和幸福。他们以原始的生活状态诠释了生活看山就是山,而不是周折一番后,耗尽了大好时光,再回过头来,看山还是山。

苗乡本是安宁的,几百年来,安宁在黔南的深山处。每一个日子,都是在鸡鸣中醒来,在最后一缕霞光中酣睡;在男耕女织中繁衍,在风雨中强壮。而今,只因了许许多多前来寻梦的人而热闹起来,纯朴的苗家人就把美丽的梦呈献给远道而来的客人,那些带着满意而归的人则把喧闹和纷杂留给了苗乡。就这么来一波去一波,苗乡富裕了,现代了,而好客的苗家人热情不减,银铃般的敬酒歌日日动听。

今天的美酒已酿好,雪白的糍粑黏甜可口,婉转动听的芦笙调随着白水河欢快地流动。明天,当太阳升起的时候,一切依然这么美好，苗乡又会开始新的迎接和欢送。只是希望，那些喧闹和纷杂别过多侵蚀了苗乡的古老，为后辈保留好这座苗族"原始生态"的露天博物馆。

　　清秀的西江，桃花源般的苗寨，在这里待久了，大概就会忘却自己是谁，从哪里来！因为慢时光的幸福感，因为苗家人的纯朴热情，因为醇香的米酒和暖暖的吊脚楼等，都在把浮躁的人还原到纯朴的状态，清除掉心灵的拥挤，还心灵一片净空，带着惬意重新走进生活、享受生活，踏踏实实地做个素心之人。

　　而这一切可归结为一句话："西江千户苗寨，以美丽回答一切！"这是余秋雨说的。

艾 语

白鹿原上三人行

金秋十月，受杭盖老师邀约，去蓝田汤峪镇拜访汤峪白先生。车出古城西安，即可见路两边的浓浓秋色，透红的、黄亮的叶子正在炫耀成熟的美，虽是晨雾朦胧，却有雾里看花的诗意。

与杭盖老师相识缘于文学，他是个钟情于西部少数民族历史的自由撰稿人。在他的笔下，我看到了壮阔的蓝天白云、山峦河流、草原骏马，还有美丽的姑娘和勇敢的骑手，高耸入云的天山、巍峨连绵的祁连山、孤傲峻拔的秦岭。

文学圈常说以文看人，侥幸从他的文中读出了文字背后的几分心思，得他认可，我们成了聊得来的文友。

杭盖老师是个文采出众的老者，理科出身，我曾戏说他年轻时不专心研究他的学术却搬弄上文字。他出生在内蒙古自治区，在草原上度过了童年，儿时的记忆是纯净的，也是深刻的，所以，他用"杭盖"这个古老的蒙古族语作为自己的笔名，因为杭盖是一个有着蓝天、白云、草原、河流、山和树林的世界。用他的话说，那是认知心理学原因。

说也奇怪，面对才高八斗比我有才的人，我向来都是敬畏地仰望和自卑地远离，可对年长且知识面广博的杭盖老师却是不怯，就如面对自家兄长那样的随性，甚至可以打趣地喊他杭老头，而他也是笑而应允。

西安到汤峪，走高速不算远，也就一个多小时。途中，两人

第三章 水云之上

谈文章、谈阅读、谈感悟，当然，不论谈什么，最后总绕到文学上。无奈，兴趣所在，无从左右。再说平日里都是各忙各的，偶有闲时彼此微信问候下，难得有这么个面对面的交流机会，两个文虫咋能不嚼文。老头是能写又能说，我是写也将就说也磕绊，只由他一会中外一会古今地侃，我只能先吸收，回去再慢慢消化。

与汤峪白先生原本约好时间在汤峪附近的洪家寨路口见，中途却生小插曲。途中接到汤峪白先生电话，说他老丈人突然病了，得送老丈人去医院，所以要晚来个把小时。咋办！到了也不能坐车上干等啊，这可真是应了那句老话："好事多磨！"到底是老者反应快，杭盖老师提议去汤峪温泉转转，反正也不远。他和我都不知道汤峪大门朝哪边开，就当去认认路。

汤峪温泉是陕西有名的度假区，有两条路通向两个景区，我们选择了碧水湾方向。车子还没进停车场，就有男人女人追着车子问："泡吗？要票吗？"

"不泡。"杭盖老师回答得很果断。男人女人便悻悻地走开。我心里就想，哪个景点都有不同之处，唯独这点全国一致。

两人便朝一座木桥走去。桥下是从秦岭山里流出来的清水，明澈见底，两岸风景秀美怡人。过了木桥是个大广场，右边传来诵经声，循声望去有座大殿，我们走过去。大殿旁建有两个四角亭，一个亭内挂了一口铜钟；另一个亭内竖起一架大鼓。许是有美景相衬又有异性伴随，杭盖老师竟来了兴致，走上亭先撞响了铜钟，浑厚有力的声音盖住了诵经声，钟声未尽，他又走向大鼓，用双手很有节奏地拍打鼓面，起初我没听出是什么调，就在我转身时，忽然听出了苍凉、孤寂感。那一刻，我仿佛置身塞外，处在无尽头的荒漠里，被异域的风吹拂。

鼓声停了，我看着往下走的杭盖老师，想那辽阔的草原、神秘的北疆定给他留下了深刻的记忆，才使他的文字和今天的鼓声

艾 语

都释放出别样的情感。

汤峪白先生来电,说老丈人无大碍,他现已从家出发。 我们便从度假区出发与他会合。 白先生从老家鸣犊过来,估计会晚些到。

知晓汤峪白先生是在"秦岭书院"的微信平台。 秦岭书院是什么机构? 名字叫得还蛮气派。 自从习总书记在文艺座谈会上讲话后,文学迎来了发展的春天,什么诗社啊、文学论坛啊等如雨生春笋,蓬勃发展。 秦岭书院正是由杭盖老师带领一群有着文学情怀的人,创建的一个宣传中华优秀文化的平台。

汤峪白先生便是书院的实力派作家之一。 起初注意到汤峪白先生是觉得其名号有点意思,能曰先生者,必定有超出常人之处,且白先生前有"汤峪"2字,汤峪是个知名度很高的地方,听过蓝田汤峪温泉的估计不只是陕西人。 这么稍琢磨,便确定这位白先生是汤峪人,且是有些作为之人。 细读了先生的文,真情、质朴,有思想,接地气,果然是个有真才实学的文化人。

先生姓白名玉稳,是个搞研究的教育者,现任蓝田某中学校长,也是个写散文的高手。 还记得先生的一件趣事,从中可看出他才思敏捷,为人风趣。

书院有才女一枚,名曰舒敏。 用杭盖老师的话说,舒敏是个美丽、优雅的女人,她的散文如她的人一样。 瞧这老头,夸起女人来说的话比他小说里血雨腥风的语言美多了。

数月前,汤峪白先生便与舒敏才女在书院里以文摆擂,你来我去斗文七八个回合,各显其才,难分高低,引得文友们热情高涨。 大家算是见识了啥叫快手,啥叫才气。

11点左右,我们到了洪家寨路口,没等多久,汤峪白先生就到了,是杭盖老师先看到他的。 先生嘛,儒雅的气质自然不同于路边的常人,哪怕是初次相见也能一眼认出。

我便上前与先生问好。 初次印象,稳重、谦和、纯朴。 先

第三章 水云之上

生说一起去白鹿原影视城走走。

此次来，只说是拜访先生，知道白鹿原离得不远，我和杭盖老师却也未计划去。这一见面，先生竟提出带我们去白鹿原看看，这是没想到的。感动蓝田人的热情，先生实在人也。

三人两车，两位男人绅士风度，前面带路，怕我这路盲走丢。10多分钟后车子离开国道，在盘旋的山路上行驶。山路弯弯，坡度连续，时不时地看一眼两边的景色。金秋的山林，黄一片红一簇的，好不热闹。诗人说，秋天是萧瑟的；诗人也说，秋天是成熟的。看着满山的热闹劲，我只觉得秋天是最美丽绚烂的。

车子上了塬上，视野一下开阔了好多，路两边都是新翻的土地，黄色的土地里已浮出薄薄一层新绿，那是麦子的嫩苗，在秋叶渐落的时节看到这嫩绿，像是看到了希望。白鹿原真美呀。

顺着白鹿原影视城的指示牌拐进一条乡间的水泥路，虽不宽，但平坦、干净。对面过来的车子挺多，大抵都是逛完返回的吧。

远远地看见一座城楼威耸在右边的土塬上，青灰色，冷峻亦古旧。近了，看清门头上写着"金锁关"3个字。路两边已有男女老幼在招手示意我们停车，和汤峪温泉那些卖票的男女一样，不顾自身安危与车身擦边而过。还有人在喊："到了，还不停车。"这现象是旅游景点的必然现象，治理不好就是隐患，这方面礼泉九嵕山下的袁家村改进很多。

过了金锁关顺着路进到村子里，大约500多米吧，汤峪白先生将车右拐进一个村道里，停在一家农户门口。在这，不管你把车停哪，都有人收费，算是影视城为村民带来的一项小福利吧。

汤峪白先生领着我们从村道下去，说是附近村民走的近道，下了坡就是白鹿村了。要是从金锁关进去，要么坐观光车要么步行，好几里远了。后来站在白鹿村外望金锁关还真是挺远的。

艾 语

这就是熟人带路的好处,能为你节省时。

进了门,乍一看,好气派,古典的、现代的建筑,相互构建在一块土塬上。

汤峪白先生说新式建筑是儿童游乐园和影视城。占地面积都不小,灰白色调,简约的线条,既现代又艺术,影视城里正在上演实景剧《二虎守长安》。古建筑由滋水老县城和白鹿村两部分组成,我们直接进滋水老县城。

老县城的模式和礼泉官厅的模式类似,精致有味道,仿明清建筑,青砖灰瓦,雕花飞檐,灰黄的调,极具关中风情。街道里作坊云集,行人如织,虽不是周末,人气也旺盛。转到东边的时候,看见一座石头砌的城楼,楼门上刻"潼关"2字,不同于金锁关的青石,是略带红和黄的那种石头,和白鹿原的色调很接近,原始自然。汤峪白先生说潼关与金锁关、大散关、武关和淆关遥遥相望,这五关浓缩了陕西的五关方位而建。

汤峪白先生今天的向导当得绝对好,边走边为我们解说,其间也交谈他的写作心得,不说那个老者,我是收获不小。游览完老县城又走进白鹿村,每到一处,汤峪白先生都结合当地历史和陈老的《白鹿原》详细介绍,叫我们逛得明明白白,便庆幸今日有汤峪白先生做讲解,使我们对白鹿原影视城才有了深层次的了解。

老县城和白鹿村只一墙之隔,过一道门就是另一种氛围。小院的土墙土房,大宅的精美气派,泛旧的戏楼,威严的白家祠堂,每一处都能捕捉到《白鹿原》的气息。若不是身旁的行人穿着时尚,当真以为入了陈老的戏。

再向西就是白鹿村的城墙了,厚厚的土坯墙上,枯黄的蒿草摇曳在秋风里。我登上城楼,向两边眺望,城里,屋脊错落,人流涌动,繁华满小巷;城外,山峦起伏,小路蜿蜒,自然寂静。这一望一回首间,便是两重心境:白鹿原本就是一片安静地生长庄稼和野草的黄土塬,正是因为一个人,一部书,便生出一座城,热闹了这一片土塬。

国庆假期,去了一趟宁夏的镇北堡影视城,荒凉与繁华共存,不仅为文化赞叹,是文化让生活充满艺术之美。今天,在白鹿原影视城,在激动与感叹之余同样为文化赞叹。

张贤亮走了,留下了镇北堡影视城,是他超前的思想把一个残败不堪的古堡,变成一个"中国一绝"的艺术文化影视基地;陈忠实走了,《白鹿原》落地生了根,实实在在地矗立在白家梁上,砖瓦垒起的骨骼,文学堆砌的丰腴,从它屹立的那一天开始,就为陕西文学、中国文学铸就了看得见、摸得着的历史。

在镇北堡,我见到了九儿和余占鳌睡过的土炕,闻到了高粱酒的味道,也看到了至尊宝和紫霞仙子相视而立的土城门;在白鹿村,我路过了白嘉轩的家门口,看了冷大夫的药铺子,也进了白家祠堂。一切都仿佛穿越而来,又是那么真实,真实得可以触摸到砖瓦的棱角和木器的温度,叫我着实感动了一回又一回。便深刻体会到文学来源于生活,而生活造就了艺术,没有文化艺术的生活是枯燥的,没有生活的文化艺术也是空洞的。于是我便对身边的汤峪白先生和杭盖老师说:"当这些有形的屋舍楼阁从文学中崛起时,还能说中国的文学已经走到了边缘吗?"

杭盖老师接过话说,杜甫当年在成都的浣花溪畔搭建了一座茅庐,住了4年。这4年是他的创作高峰期,留下了200多首经典诗作。1000多年过去了,那座茅庐之所以成了成都的著名景点,正是因了杜甫不朽的诗作,这就是文学的魅力,也是文化传承的必然性。

汤峪白先生说,身为文化人要有担当意识,对家乡对社会都要满怀大爱。陈忠实先生就是用他的作品为生他的这片热土做出了巨大的贡献。是《白鹿原》让世人知道了中国西部有个蓝田,蓝田有个白鹿原。

是啊,一个作家要清楚自己手中的笔不只是一支笔的分量。

艾 语

至此，我便明白了"汤峪白先生"一名的用意，也更敬重白先生是个有担当的文化人。

汤峪白先生还说，虽然文学不能养人，但可以带动一方经济。远的不说，他的表弟媳，一个年轻漂亮能干的女子，在白鹿村经营关中面食店，自开业以来生意好得出乎意料。自然，我们来了白鹿村就少不了去吃一碗关中的面。瞧，一部《白鹿原》让昔日空旷的白家梁腾飞起来。

我随意抛出一句话竟引出二位的精彩解说。顺着他们的话我也认真深思，文学会影响一个时代甚至更长久，文学是人类思想的主导，是时代发展的必需物，没有文化的人类是愚昧的，没有文学更是不可想象的。一个民族若没有了文学，那么这个民族的精神必是荒芜的。

从镇北堡到白鹿原，从九儿到白嘉轩，是文学给了大西部两座影视城的辉煌和鲜活。它们都是立体的文学，也是文学的化身。

立于风中，脚踏白鹿原，近看潼关楼，远眺武关，心思：中国的文学不是走到了边缘，而是一些边缘化的所谓的文学碎片化了经典和传统，我们需要收拢经典，继承传统，再创经典。今三人行于白鹿原上，如此夙愿只能寄予身边的老者和先生了，还有中国文坛中许多的大家小匠。

离开白鹿原的时候，不禁心生惋惜：陈老没有看到因他而崛起的白鹿原影视城。

第三章 水云之上

找回乡村的文化和诗意

官厅,始建于盛唐,乃皇家驿站,地处陕西礼泉烟霞境内,位于唐太宗李世民昭陵所在的九嵕山下。这里人杰地灵、文化底蕴深厚,是唐文化保护区。

据说,唐太宗李世民在位时,官厅曾是朝廷举行人事任命的地方,也可以说是朝廷的后花园。后,太宗去世,此处因唐朝三品以上官员前往昭陵祭拜太宗在此休息而得名。官厅村村民几乎全部姓刘,是元末明初的军事家、政治家、文学家,朱元璋的第一个谋士、明朝开国丞相刘伯温的后代。从久远岁月中走来的官厅村,历经沧桑,在深厚的文化底蕴的熏陶中,如今,依然保持着宁静和质朴。村里还保留着一副清乾隆皇帝题写的对联"唐风明礼国师裔胄承一脉,圣水御杏古驿荣昌续千秋"。

官厅村因皇家而建,自是不能少了皇家的偏爱,村里栽植杏果的历史已超过千年。每年3月,杏花怒放时,白了村庄,白了山峦,那是官厅最美的时节。待到麦穗黄时,熟透的杏儿如一个个圆润的金娃娃藏在繁茂的绿叶间,露出黄里透红的笑脸,那时的九嵕山和官厅村就是画里的景,美得不可言喻。熟透的杏儿更是美味可口,据记载,当年太宗品尝此处杏果后曾题诗:"四时陵园山自润,千果梅杏水自流。"故官厅杏被称为"御杏"。

官厅御杏的驰名,大约缘于官厅拥有天然的烟霞洞泉水。提起烟霞洞便忆起旧时趣事。年少时,从大人口中初次听到烟霞

艾 语

洞，便想象那是个俗世以外，云霞飘浮，神仙居住的洞府。那时，只因烟霞洞离家有些距离，便当趣事听听，也未深究其名。今时提起烟霞洞泉水，查阅后方知烟霞洞来历，原是西汉武帝时，名震京师的高士郑子真弃官归隐，来到绿树成荫、云雾缭绕的九嵕山下凿洞为室，隐居耕读。早晨，旭日东升，朝霞满天，霞光透过树林入室，因之，郑子真便把他的窑洞称为"烟霞洞"。烟霞洞下方有一眼清泉，名曰"烟霞洞泉"。泉水甘甜清澈，至今流淌不止。或许，正是九嵕山底这一眼纯净的泉水，才滋养出了纯朴的官厅人和美味的官厅御杏。

漫步在官厅老街中，脚下是平坦干净的水泥路，两边的民舍整齐，少有城镇上那种白瓷贴墙、不俗不雅的房屋。在老街里，竟发现还保存有20世纪七八十年代的老宅，长院落、土坯墙，屋舍单坡建，仰瓦铺顶，这种老宅就是关中八大怪之一"房子半边盖"。老宅维护得挺好，新屋盖在其后，设计古香古色，想必主人家定是个恋旧之人。

老街不算长，一眼望到头，老宅、古槐、杏树，一切都尽收眼底。我不禁想象着，春日里，杏花的白，古槐的绿，衬着素朴的老宅，那景致该是多美呀！

官厅古驿，与老街相邻。城楼坐东，屋舍向西向北而建，登上城楼，远眺九嵕，锦绣似屏；俯瞰，屋脊高低错落，灰瓦土墙，青石小巷，一派关中风情，满眼的黄土色调让我这个在黄土地里长大的人觉着既踏实又亲切。每一个四方小院里，似乎都藏着一段旧事或是一段旧光阴。

有风从九嵕山吹来，夹带着泥土的气息，微凉的稀薄的绵绵秋雨，落在脸上、唇上，心里却涌出阵阵暖意。

在中国乡村城镇化的今天，有无数个村落跟风而行，甩掉了所谓的乡村气，也丢失了乡村的文化和诗意。多少个村落被翻整得不伦不类，使得多少游子的乡愁无处寄托。而此刻，站在官厅的城楼上，看着雕花的瓦当，数着错落的屋脊，心间涌出的温暖可不可以说正是那久违的乡愁呢！

说到乡愁，就想起了曾读过作家曹征路的一篇文章，说要留住乡愁，光靠写诗是不行的，写诗，能把乡愁留住吗？要靠乡村建设。那么，该如何建设乡村呢？作家指出，要用艺术理念的方式来完善已经衰败的农村，而这里的艺术不是通常理解的艺术作品，是通过一种介于政府权力和资本渗入之间的艺术家的方式来传达理念，去发掘农村更深层的问题和价值。

我是从乡村走出来的，也去过许多古镇，之所以在官厅古驿想起曹征路的话，是因为当我看到官厅的时候，就知道作家的说法已经得到了印证。眼前的官厅，正是用艺术理念和文化来完善的一个村落，而这一切都源于一颗深爱家乡、热爱生活的赤子之心。

刘勇，一个土生土长的北方后生，出生在官厅，传承父辈耕读持家，上进自律的人生信条。他在自身发展的同时不忘家乡的父老乡亲，这个有着乡村情结的汉子，在力所能及地挽救濒临消失的乡村文化。

粗犷不失细节，豪爽不乏柔情，刘勇是个懂得感恩之人。他说，随着年龄的增长，自己对乡村有着越发剪不断的情愫，尤其对家乡官厅，更是心心念念，因为官厅有他的根。所以官厅的"回归之旅"文化旅游项目，由他负责实在再合适不过。

秋深了，落叶便归根；情深了，心血愿倾注。从乡村走出的人都有割舍不断的乡愁，从旧时过来的人就走不出一个"旧"字的依恋。在官厅古驿的建造中，刘勇提出修旧补旧，将传统村落升级，提高现代化设施，在缩小城乡差别的同时，保护家乡的原生态，发掘文化资源，实现绿色农耕，再塑纯朴的田园风情，将美丽乡村留于后辈。

官厅的一椽一木，一砖一瓦，都凝结着一个北方汉子缜密的

艾 语

心思和深厚的爱。

　　官厅，一个充满诗意的名字，它以大唐文化为基石，以秀美的九嵕山为背景，去铅华而归真，居乡野而清雅，在山水环绕中再现楼台亭榭，素椽墨石，大宅风情，小院格局。每个空间里都能捕捉到艺术的元素，重拾旧时光的温暖。

　　魅力官厅，人文福地，传承文化，再现古韵。一个美丽的乡村已在俊秀的九嵕山下重生，在一步步地寻回那丢失的诗意和文化。

第三章 水云之上

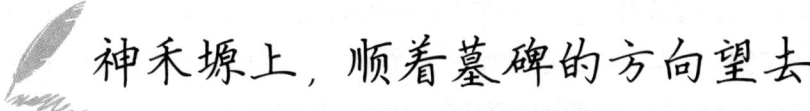
神禾塬上，顺着墓碑的方向望去

　　脚下是一片黄土塬，传说大旱年间，此处发现了一谷生二穗的现象，所以这塬有个神奇的名字——神禾塬。

　　神禾塬本是东西走向，却偏偏在此处转了个弯，不急不慢地向南走去，形成了一处臂弯地势。这弯也转得神奇，竟把一条河转成了东向西流。

　　河叫潏河，流过塬的臂弯外。潏河从终南山向北流出，出山后本向东流，当遇到神奇的塬就被阻，不得不绕一个大弯，转向西流，后流入渭河。潏河这一转流又把一段肥沃的河湾湿地留给了神禾塬。当地俗语说："潏河一个湾，赛过樊川一个川。"

　　塬成臂弯，河过塬下，于是在河的北岸与塬的南边就空出了一块极大且平阔的夹道，夹道上坐落着一个村子。河的南岸是数十米宽的林子，就如一道屏障。穿过林子又是平原，种着庄稼，一直延伸到山脚下。此时初秋，庄稼还未开收，绿色的毯子一直铺到了几十里外的山脚下。绿又蔓延到山上，山便是峰峻林秀了。

　　山就是终南山，与神禾塬相对。此时刚下过雨又转晴，山峦清晰可见，远与近、虚与实层叠着，像水墨画一样。又有云雾，一团儿一片儿地浮游在山顶。有了云雾，这山就有了仙气。

　　我曾在一篇文中写道："水是个好物，哪里有了水哪里就有灵性。"且一直这么认为。比如这神禾塬，就因有了一条河，在大

艾 语

旱年月里竟长出了有两个穗的谷子。所以说水是有灵性的。

人类也是极有灵性的动物，总会为自己寻找到适合生存的环境，比如夹道里住了好多辈人的村子。

村子叫皇甫村，是个很美丽的关中农村。皇甫村的祖先们就有灵性，有眼力，看准了在这么一处有山有塬，有水有田的地方落了脚，后辈也自然是好福气。你看这屋后有高塬挡风，门前有潏河护村，远处有终南山为屏，实属一块宝地。因皇甫村背依神禾塬，面向终南山，故房子是由东边开始盖的，有多少代人在此盖房子不清楚，反正现在房屋已经盖到了西边塬下，又顺塬向南盖，都到了潏河边，街道也就呈微曲状。猛然的，想这村子就像个婴孩，在年月更替中渐渐长大，但是不管它长多大，总是静静地躺在神禾塬的臂弯里。

眼下，在乡村城镇化的推进中，能看到这么淳美的田园风光，欣慰之余便觉珍贵。我想只要来过这里的人大约都不会忘记它的美丽和纯朴，并且在心里也会生出几分留恋和向往吧。然而，真正让人们记住这片土地的不是它的田园风光，而是因为一个人、一部书。脚下这神禾塬，塬下的皇甫村，正是作家柳青当年生活了14年的地方，也是他的长篇小说《创业史》的诞生地。

65年前，深深眷恋着黄土地的柳青，那个有着强烈使命感的作家，他认为只有扎根大地，亲自体会生活，才能写出反映时代变化又接地气的作品。所以他从北京到上海，又辗转到陕西，最后把他的根扎在了神禾塬，当了14年地地道道的庄稼人。这14年，他同皇甫村的农民兄弟们一起拉家常、插秧耕种。为了把作品中的人物写活，就连泼妇骂街他都认真观察。

从黄土地里走出来的柳青心里装着农民，他融入村民中，与村民打成一片，若中央新出一项有关农村农民的新政策，即使不去了解农民的看法，他都知道农民对政策的态度。他甚至不顾一家人生活的困苦，拿出《创业史》16000多元的稿费，全部捐给了王曲公社，为村里办了卫生院和机械厂，让群众有地方看病，同时也有给群众生产出好农具的地方。他说他得感谢皇甫村和乡亲们，因为是皇甫村成就了《创业史》。若不是在"文化大革命"中患病，他定会终老在神禾塬。柳青说，生活的学校、政治的学校和艺术的学校，是不可少的，一个作家只有经过这三个学校的学习，才能取得文学上的成就。他来皇甫村，就是为了上生活的学校。

  我常常也在想，人哭着来到这世上，又走得磕磕绊绊，究竟来做什么，或是来寻什么呢？却也常常想不出个名堂，但很清楚，人一生时间本就不长，减去需要扶持的少年和需要依赖的老年，最多也就剩下一半时间可以去打拼，而每个人在打拼中都有各自的追求，有人为活得尊贵，有人为活得富有。如果，一个生命的火花在燃烧的岁月里要为他人、为社会贡献一点温暖和光亮，那么，这个灵魂就必须站在一定的高度，来审视人相，审视社会。柳青，正是一个把身子匍得最低，灵魂站得最高的人。

  回头看看，走上这神禾塬只需要一双脚，就算身子弱的人最多大口喘气也就上来了，然而，灵魂在攀爬的过程中，是需要持久的热情、永不减退的爱和一颗有担当、有超越的心做基石，才会攀爬得稳当、踏实。那么，柳青正是踩着他的基石，攀上了灵魂的高峰，做了人民敬仰的、为人民写作的作家。

  今日的皇甫村，红砖红瓦的厦房和贴着白瓷砖的小洋楼相间而盖，像是素朴的大姐牵着衣着时尚的妹子。静坐在河岸，听滈河水流，共忆旧事。在茂密的树木掩映中，街道悠长，房屋前后错落，绿的树、橙红的屋，皇甫村呈现着繁荣又不失安宁的新农村面貌。而当年，那个总是身着对襟上衣，头戴瓜皮帽，手提长杆旱烟袋，一副关中老农模样的柳青，他在土房、土路、土村转悠时，有没有设想过皇甫村将来会发展成现在的样子呢？大抵是设想过吧。

艾 语

早在1951年，柳青随青年作家代表团出访苏联3个月，回来后，正值全国农业合作化运动，他就相信新中国的农村，将来一定会发展得和苏联的农庄一样美好，所以他的设想有四部。只是可惜，在他有生之年，没来得及完成他全部的设想，更没看到改变后的皇甫村。

听过蒋巍的一堂课，他刚好说到，作为一个作家，必须要知道我们是谁；我们在哪里；我们从哪里来；我们到哪里去。只有清楚了这四点，才有可能写出有导向的作品。那么，先不管这话的准确性，起码在柳青身上都得到了印证。柳青之所以在去世40年后仍叫人们念念不忘，正是因为他知道自己是农民的儿子，不管作品怎么去写，文字里都藏着他的品性；他非常清楚他所处的年代需要他的笔担负什么样的责任；他更清楚自己从人民中来，作品来自生活，所以他就认定文学的根据地就是生活，只有深入生活，才能让作品有文学的生命。为此，他放弃了舒适的城市生活，选择了神禾塬下的皇甫村。在这里，他学会了品尝清贫，学会了当农民，也成就了"梁生宝"。

柳青夫妇的墓地就在神禾塬上，他让自己安息在这里，就是要永久守望这一片他生前深爱的人和土地。此刻，我驻足神禾塬上，顺着墓碑的方向望去，望见终南山依旧巍峨壮丽，皇甫村美丽富裕，奔流不息的滈河仍旧滋养着一代又一代的皇甫人，还有那旺盛的田野。如今的皇甫村不知可是柳青当年设想之样。我也看见，文学路上，一茬又一茬的人踏着柳青的脚步在前行，总有好多人还坚定着"想要做好文，先要做好人"的信念，所以，文学的尊严还在。文友说文学就是个黑洞，但始终有一群人甘心在黑暗中煎熬、摸索，他们也希望同柳青一样，用文字来唤醒沉睡的灵魂，唤回人性的良知，为社会树立正确的导向。

秋风起，塬畔微凉，暮色将至，拜别柳青墓。下塬路上，心里有想法，要去文字里摸清自己的来路和去向。

彬州速写

路过一个县城，以前叫彬县，现在称彬州市。在咸阳西北部，距西安120千米。彬州不大，它的前身是3500多年前周族部落首领公刘建立的一个叫作"豳"的小国。唐开元年间改称邠州（古邠州的管辖范围大约为今旬邑、淳化、彬县、长武四县区域）。中华民国二年（1913）撤销邠州的建制，在原州治所在地设立邠县。因"邠"字属生僻字，在中国文字学上"邠"与"彬"音又相通，1964年文字改革时，经国务院批准改县名为"彬县"。2018年，撤销彬县，设立县级彬州市。

时下是三九寒天，关中地区却不见一场雪，一路上，广袤的黄土塬在蒙蒙雾霾与暖暖阳光的交融中冬眠着。当路标提示离彬州出口还有1000米时，就已看到它的大致模样了，也是高楼林立的城市。据资料讲，如果从高空俯瞰彬州的版图是"人"字形。那是因为渭河第一大支流的泾河自西而东斜贯彬州，将境域分为南北两塬一道川。

走在彬州的大街上，道路宽敞平整，不比大都市的街道逊色多少。街上的年轻人也都衣着时尚，光鲜靓丽，路上飞奔的也有宝马、奥迪等名牌轿车。

穿过几条繁华的街道，忽然就想起了月下兄的《彬州记》。文中写了他在彬州上山下乡的那些年月里缺吃少穿、喝窖水住窑洞的经历，与当下的生活相比简直是恍若隔世，所幸那个艰难的

艾 语

年代已被定格在陈旧的历史中了。社会在前进，历史在更新，一座小城也在日新月异中不断地成长着。

近年来，彬州的旅游业发展很快，其中以侍郎湖、公刘墓、大佛寺、开元寺塔等为代表的名胜古迹为当地的经济发展做出了巨大贡献，也很好地宣扬了彬州悠久的历史文化。而今有缘邂逅，虽说时间紧迫，但多少也得挤出点时间小转一下，不枉来此一遭，随即选择了就近的开元寺塔广场。

要说开元广场，还得先说说彬州的开元寺塔。此塔也称"彬塔"，俗称"雷峰塔"，位于彬州紫薇山下，属国家级重点文物保护单位。该塔建于北宋时，高约 50 米，塔底径宽约 15 米；塔身呈八角形，每个塔角上皆悬挂着铁质风铃；塔洞呈"丁"字形，依层对称而上，塔内净宽为 4.5 米，170 多级转角楼梯盘旋而上，每层之间架以木质楼板，可出四面门洞观景。

站在广场，细观彬塔，土砖垒砌而成，浑然一体，外观秀丽，塔身的色调饱含着中国风，每一块土砖上都显示着风雨的磨砺。仰望塔顶，可见塔刹为一大一小双层圆环，环底为莲花状，造型别致，颇有禅意。风吹过，塔铃叮当作响。

再说这开元广场，以彬塔为中心向四面拓开，因有了开元寺塔才有这广场，故得名"开元广场"。广场北邻闹市，南依紫薇山，最北边竖着八根高高的钢制旗杆，杆上彩旗随风飘舞，依次向南是平阔的喷泉池。可以想象，当华灯初上时，这宽敞整洁的广场霓虹绚烂，是彬州人民休闲娱乐的好去处；广场左右两边是刻着唐诗宋词的黑白镂空的灯柱和年轻的银杏树，它们整齐地排列在塔的左右，如守卫塔的战士；广场最南端也就是彬塔身后，一行高大的青松东西一字排开，给冬季增添了绿意。古老的彬塔在青松的映衬下更显古朴，在时光的车轮中继续观古看今。

彬塔后面是紫薇山，当地人称南山。南山不高，却有些陡势，上山的道像"天梯"。人站在远处向山上望去，自下而上分为三个平台。一三平台中间设有隔栏，整个阶梯分为两道；第二平台中间道宽，两边稍窄，以栏杆为界，分为三道，大道整体壮观、气势。

走进"天梯"，其为大理石砌就，栏杆和平面上有雕刻的飞龙祥云、牡丹等图案。欣欣然，便踏着石阶而上。

登上山顶，放眼望去，高楼群起、房屋错落，古朴的彬州塔如一颗明珠镶嵌于小城之中。

一座彬州城静处在渭北旱塬的川道上，在南北两山中东西延伸而去。这座古老又年轻的小城，充满现代气息，又具有历史底蕴，她是丝路明珠，她是黑金的孕床，即使不能走遍她的每一处土地，也因她的纯美而赞叹。

"彬州三九艳阳暖，来去如风行色匆。雷峰塔下临古风，紫薇山上观胜景。"如此舒畅心境便随口胡诌几句，附上几张美图发于微信朋友圈，不想却引来月下兄的一番感叹：

"这还是彬州吗？如果在40年前那一定是天堂了，变化真大啊，大的让人不敢认啦！小妹去了一趟彬州，那是我的第二故乡，计划着来年开春走一趟，去看看农民朋友三善子，已是90多的老人了，很想念他。"

"彬州，40年前什么样子我不知道，只是现在感觉它很年轻，很现代，前景美好，全然不是想象中的小城。当我走在繁华大街时，当我站在紫薇山上俯览胜景时，想到的都是月下兄写彬州的文和文中的人和事。"

"40年前就一条街，宽不过五六米，街道中就两个国营食堂，有四五家国营商店，大部分是卖布的。有一个百货店，门面全是木板的，刷着土红漆。街面坑坑洼洼，逢集两面全是卖枣木制品的小贩，也有卖柿饼、大枣土特产的小贩；开元寺也不过在一个土院里，无人看管；大佛寺遭破坏，查封3年，没去看过，到处看到的都是一片贫穷。"

艾 语

"这么说，40 年的光阴的确让彬州发生了翻天覆地的变化。 说起土特产，我们顺道寻了彬州的柿饼，却是未果，当地友人说，如今的彬州人几乎不做柿饼了，熟透的柿子都挂在枝头喂鸟了，而当地市面上卖的柿饼大多也都是外地来的。 真是一个变化大！ 不过，老一代人都老了，城市也该有变化了，只是人越来越老了，而城市却越来越年轻了，但愿那些如彬塔一般的老物老景们最好不会变了模样，只随了彬州城的年轻而继续老旧。"

我在月下兄的感叹和怀念之中下了"天梯"，绕过开元寺塔，走出了广场。 心里琢磨着：彬州，离咸阳不远，我却是第一次来，且是路过。 开春吧！在花红柳绿时，在槐花白了山头时，邀月下兄再来细细地走一趟彬州吧。

九嶂山下的袁家村

那九嶂山山峦起伏，冈峰横截，与关中平原南部的秦岭山脉遥相对峙，是一处不可多得的风水宝地，否则，唐太宗李世民也不会把自己的陵墓选在九嶂山。依山而建的昭陵是唐代帝陵中规模最大的一座。我常来的代表关中风情的袁家村就坐落在九嶂山下。而我总喜欢叫它小镇。

一　小镇和老街

小镇里有条老街，叫康庄老街，是小镇的主街。说是老街，却也老不到哪里去，算算也就是在20世纪80年代才初步形成气候。20世纪70年代前的袁家村在当地是出了名的贫穷落后村，村里都是土坯房，道路泥泞。幸运的是村里出了个姓郭的书记。改革开放初期，郭书记带领全村村民发展集体经济和村办企业。他统筹全盘、不辞辛劳地带领村民们艰苦奋斗了20多年，终于褪掉了袁家村贫穷的外衣，将村子打造成关中印象体验地。郭书记的全名叫郭裕禄。这名字会让人想起当年在兰考县那个也叫裕禄而姓焦的县委书记，焦书记带领全县人民封沙治水，以身作则的事迹感动了几代人。在袁家村，人们也永远记住了郭裕禄书记。

村史馆里的黑白照片，展示了村子昔日的破旧和经历的变化。认真观后，叫人打心眼里赞叹郭书记，他具有为党为人民无私奉献的精神。值得一提的是，如今的袁家村还是集体化管理，

艾 语

充分体现了社会主义集体化的优越性。

小镇虽不算很老，但在关中算得上是民俗第一村了，所以，就有了康莊老街。 老街里，青瓦青墙青砖铺地，清一色的关中调调，两边房屋简约古朴，为来自各方的人呈现着关中传统建筑之美，每片瓦每面墙都散发着古朴的气息，脚下的青石板在几十年的光阴里被你来我往的足迹打磨得光滑，那光滑里蕴含着时代的变迁。

老街里，一条清澈的小溪自西向东缓缓流去，常年不枯。水，是有灵性的，哪里有水哪里就会生出灵气，这溪水虽不及江南水乡水的阔绰，却能使这北方小镇生出几分柔美。 第一次来小镇是哪年哪月已记不清，但当时看到有小溪流淌，那份新鲜又欢喜的感觉至今还保留。 别看这宽不过半步的小溪，它算得上是袁家村的名片之一。

走在老街里，可看到店铺一家挨着一家，每间铺子里都装满了各式各样的老物件，这些具有关中风情的老物件折射的不只是曾经，还有旧时光的诗意。 那些久违的传统工艺和随意摆放的原生态农具，仿佛将我带到童年的记忆里。

进了一间小屋，见案前坐一老者，短发微白，脸泛红铜色，一看就是个地道的关中人。 桌上有刻刀、画笔、皮张，老者通过复杂的程序和精湛的技艺制作出薄透如纸、形象逼真的人影画，这就是古老的传统技艺——皮影。

皮影于我的记忆还停留在年幼时跟着父母赶大集时，常被小黑帐里发出的唱声和几个在白布上会走、会跳、会翻跟斗的小人影所吸引，总想知道帐子里的秘密。 那时候手艺人靠的就是手艺吃饭，哪能随便让旁人知道自个的绝活，哪怕是小孩也不行。 如今的皮影包括制作过程已作为一种民俗文化对外宣传。 老者屋里的皮影不仅有古装戏里的人物形象，还有《西游记》里的师徒四人、金刚葫芦娃，以及孩子们喜欢的喜羊羊、灰太狼等动画人物，如此新意的题材引得孩子们兴奋叫嚷。看来，有什么都不如有手艺，没什么都不能没思想，在继承传统技艺的基础上更需要创新，才能将传统文化延续下去。

这些年，从乡村到城市，从城市这头到那头，终是避不掉满城的喧嚣。欣慰的是，一颗心并未被繁华吞噬，内心的田园情结始终如初，它就像一根抽不断的丝拧着岁月的光阴，紧紧地缠绕在心头。

每次来小镇，总要去那些布衣铺子转转，尤其一个人的时候，可以转得更仔细。每每看到那布衣布鞋，尽管它们都陈列于货架之上，也倍感亲切，仿佛那针脚中都藏着母亲的味道。凝视着精致的盘扣、内敛的斜襟，总也在想，人们在追求潮流的同时，为何会将传统丢弃，在汉人的家园看不到汉服飘逸；在关中大地，看不到长衫罗裙。久远的汉唐古风令我着迷，遗失的汉唐古风令我担忧。

去过贵州的西江千户苗寨，苗家人也穿现代服饰，但他们没有丢失自己民族的盛装，不说重大节日里，就是平日劳作，女人们也是身着本族便服。绣花斜襟衣，头戴绢花，在青山绿水间，一代一代人活成最美的农家女。

布衣铺子里的土炕上摆着一架古老的手摇纺车，一个白发老太太正盘腿坐在炕上，右手摇纺车，左手捏着一撮棉絮，一提一松，白白的棉线就如蚕儿吐出的细丝随着摇动的纺车缠绕在线轴上，线轴便渐渐地粗成枣核状。在纺车的嘤嘤嗡嗡声中，老太太说已经很多年没有纺过线了，袁家村的纺车让她忆起青年时光。而那一刻，我也想起了已离世多年的外婆。

铺子里还放着三架古旧的老式织布机，一架机上有线，游人可试织。于是就有年轻妇人上机尝试，怎奈手脚不协调，梭子总是被卡在缯线之间。织布，看似简单机械的重复动作，学起来却不那么容易。记得母亲曾说过，她学织布时只有16岁，伸着脚

艾 语

尖踩踏板，为了学会织布，头上被教她织布的婶婶用梭子打得起了好多包。

古旧的纺线车和织布机，很适合放在老街的铺子里，它们和老街一样，让旧时光不被蒙灰。

老街有个茶坊，七八十厘米高的台子上砌着个黄泥糊的锅头（锅头，陕西方言，灶台的意思），锅头上放着一排长嘴铜壶，壶下灶火正红，烧火的是个年过花甲的老者。那老者精力充沛，随着流行音乐的节奏把老式的风箱拉出了新的节奏。在音乐中，他的身体跟着摆动，那土台子就成了舞台，底下喝茶的人就作了看客。

夏日，茶坊生意很好，树荫下的桌椅人头攒动，但没几个是真正来品茶的。茶是要静品的，会品茶的人不会坐在喧闹环境里品茶。围坐的人大都是逛累了，寻着树下凉风和座椅而来，要一壶茶大口喝下以求解渴，再来几碟零食，在老风箱的声响中开始了天南海北的闲谝。

茶坊为游人提供了放松场地，也成就了另一种生存方式。在茶桌之间，三五个人来回转悠，男人女人都有，他们头戴小灯，着白衣，臂搭白色毛巾，手提一个小盒，见桌就问："掏耳，捏肩，要么？"就有人闭着眼睛享受这舒适的服务，于是来自蜀地的老手艺就也在小镇生了根。

过了茶坊再往里走就是小吃街了，那里聚集了关中的风味小吃。被称为"三秦套餐"的凉皮、肉夹馍是老陕人的最爱，大碗鸭血粉丝汤味道正宗，还有糯米红豆和蜜枣制作的甑糕黏甜味美……就算你不是个吃货，从品类丰富的小吃街走过，肚里的馋虫没反应才怪呢。

30 多年前，康庄老街在村民勤劳的双手中成型，在他们的努力中蜕变成关中民俗村的典范。在这里，不管是古旧还是现代，它所体现的都是关中人的智慧和创新。随着时间的前移，老街和那些旧物会越来越老,也会越来越有味道,相信会有更多的人从四方慕名而来,通过小镇了解关中的过去和现在。

康庄老街不长亦不短,足够走进的人回味其中,他如一个老者,沉稳、风趣,是小镇的厚度所在,也是小镇的主心骨。

二　陶醉在艺术里

小镇有老街就有新街。新街是依托老街修建的,先是老街紧北的一条,东西走向,叫艺术长廊,后来再向北又多了酒吧一条街。2016年年初,老街东南两边又新开了几条街,有回民街和新的小吃街,融入了全国各地的美食。这次来穿过酒吧街北的门楼,发现沟里又修了条新的街道,叫书院街,很文艺的街名,也是两排灰瓦青墙的铺子。小镇在不断地扩建,袁家村东西南三面都建了城墙,盖了城门楼,很气派,只有北面没有城墙,所以,小镇的扩建只能向北延伸。

要说行走在老街里多是怀旧,那漫步在艺术长廊中就是陶醉。踏着青砖拾级而上,眼前就是不同于老街的景象了,黄泥土墙,黑色窗格黑色木门,有儿时的印象。几面墙上和墙根下的瓦盆上是五彩的涂鸦,平日里不起眼的野草儿长在被涂鸦的瓦盆里竟也显出几分文艺气息。再看地面上的青砖与木板的拼接,还有板上的漆色,艺术的美已冲击了视觉。我不禁赞叹起艺术带给人类的美好和人类赋予艺术的魅力。

长廊里的艺术品有石头绘画、葫芦雕刻、陶艺瓷器,还有用陕西方言制作的明信片,每个小屋里都各具特色,艺术氛围浓郁。单说陶艺吧,它就体现了泥土的艺术价值,给了泥土以生命和灵性。说起陶艺,就会让人想起那个半坡人面鱼纹的陶盆,那个新石器时代仰韶文化的遗物,它就是原始美术和原始艺术的结晶,我们的祖先在远古就已经懂得怎样用艺术去表达思想和美。

我喜欢陶艺,喜欢它们的安静和简约。站在安静的陶面前,

艾 语

我甚至可以感受到陶缝间的呼吸。喜欢静静地去看它们，去想象一块泥巴经过艺术家的双手的有型塑造，再经历烈火的锤炼后而展现的艺术之美。一件精美的陶器是泥浴火重生，亦如人只有在经受了历练后才会成熟。

艺术长廊的第一家就是一个陶艺店，店名曰："如此·陶器"。店面不大，约十几平方米，店里的墙面和木架桌案上都摆着、挂着大小不一、各种品类的陶制品。店员说，店里的每件商品都是主家亲手所做。瞧每个物件都这般精细雅致，想必主家定是个风雅之人。兴许日后有机会相识，只因主家店里有我喜好之物。家中案几上那个紫砂荷叶边的粗陶香炉与我便结缘于此。记得那日，它正是摆放于这家店内的桌案上。午后，一缕阳光正好斜照于桌上，那凸起的陶粒在光影的照射下尽显质感，盘内的一朵莲花禅意悠然，顷刻间，我便被吸引，遂将它带回了家。

艺术长廊，说是长廊却只有百余米，店铺也不算多，但足够游逛。长廊尽头有棵柿树，枝叶繁茂，绿意盎然，极像一朵飘浮在半空的绿色云朵，给无雨的晴空添了一抹凉意。7月的树上已结满了青绿的柿子，树下绿荫一片，绿荫里有一长椅，木质，涂天蓝色，其色虽与周边的绿植和廊景有些不搭，但总可以歇脚。待坐下，回望艺术长廊，先想到了艺术作为一种文化现象，它是人类精神和情绪的表达方式，那些富有创意的艺术品就是艺术家们情感精神和审美观的体现。而艺术品的价值也不应以金钱来区分，它带给每个人不同程度的精神享受和愉悦感，才应是它的价值所在。如身边的这棵柿树，在北方，它寻常得几乎不值一提，但在炎热的夏日却能够为人们送来一份清凉，能用它绿色的枝叶为长廊添锦，那便是它的价值。艺术品的价值也莫过于此吧。

再想这小镇在满足当下人怀旧情感的同时，并未忽略增添新元素。一条艺术长廊，尽管它所展示的都是些寻常艺术，但因为它的存在转变了民俗村的基础概念，提高了小镇的格调。

三　浪漫酒吧街

出了艺术长廊向北就是酒吧街了。从艺术到酒吧，是一种心境的变化，但如果你从老街直接走到酒吧街，那就有种穿越的感觉了。当你的思想还沉浸在老关中古街时，你的人已经置身于缤纷的酒吧街，你得回回神，让自个适应一会儿。然后再仔细观察，就会发现小镇的酒吧街相对丽江的酒吧街要朴实，从建筑到装饰都以关中风情为主线。关中人实在，所以，连这时尚现代的酒吧街也会带给你纯净踏实之感。去过丽江的酒吧街，有种迷离的虚空感，待在那里的游人仿佛都忘记了自己从何而来，却都奔着邂逅一场"艳遇"而去。

东西走向的酒吧街南面是一排整齐的瓦屋，门面都装饰得简洁有创意，富有艺术感；北面摆放着一行木质的桌椅，时值盛夏，桌旁多了墨绿与暗红的遮阳伞，各家门前虽大致相同，但风格有别。就说桌布，或为文艺格子布或为大红大绿的花布，上面摆放着精致的插花和杂志，加上北墙上悬挂的瓦片还有绿色藤蔓的陪衬，使整条街都弥散着浪漫气息，亦不失时尚高雅，漫步其间，会暂忘琐事，很适合小文青们。

白日里的酒吧街比较安静，尤其周内游人更稀少，这时候的酒吧街像一池安静的水，虚掩的店门也在安静地等候夜色到来。透过敞开的窗，瞧得见几家屋里暖色的灯光下有人对坐，可以听得见舒缓的音乐，对坐的人儿便在灯光音乐里窃语、碰杯。说酒吧街安静，那是相对于人声的嘈杂，而与酒吧街形影不离的音乐不能归于噪音，它是酒吧街的背景乐，是酒吧街情调的调味剂。音乐会随风而飘，它绕过高高的竹和木讷的桌椅，落在我的耳中，多熟悉的声音呀！熟悉的声音将我带至一家手鼓店前，见有个女子正在跟着节奏拍打手鼓。歌曲《一瞬间》正是从这里飘出，便坐在对面的椅子上静听。

艾 语

  每听到女子的声音和那明快的节奏感，记忆就退回丽江的四方街。

  那年秋天的一个夜晚，四方街里灯火昏黄，人声、雨声在耳边混乱成一片，路经一家手鼓店时，一首歌曲淹没了耳边所有的声音，当曲尽时，从店家口中得知是丽江小倩原创歌曲《一瞬间》。说不清是手鼓的节奏还是那自由不羁的歌声，在刹那间触碰到心底的某根神经，便驻足静听，一遍又一遍。也就在丽江的那个秋夜里，我第一次对原创音乐有了兴趣，也第一次深切领悟出酒吧与音乐的结合是对彼此的升华。

  临近傍晚了，酒吧街上的霓虹灯相继闪烁，酒吧街的夜就有了魅惑。年轻人来了，有成双成对的，有三五一群的，推开虚掩的店门，服务生笑脸相迎，歌手们已开始了演唱，整条街喧嚣起来了。美酒需要霓虹相映，激情需要夜色烹调，喧嚣与魅惑就该是酒吧街的主题。酒吧街有活力了，小镇的日子就更美好了，这是小镇人的心愿。

  许是心理原因吧，身处酒吧街总有种奇怪的感觉，同当年在丽江酒吧街的感觉一样，所有的房子、装饰物，甚至是人，似乎都有些虚空，似缺失了某样东西，那种表面看似安静的背后，总觉得有无形的东西在向外跳跃，让人心不能安静，会是什么呢？当年没弄明白。而今，当我从关中酒吧街再次渡到关中老街后，脑间忽然有些清晰了，缺失的应该是真正的静，跳跃的应该是一种社会元素，是新时代里的骚动，是社会的浮躁。将这元素再扒得光些，就是人心的骚动。人心少了沉静，社会就浮躁了。

  酒吧街与老街，沉静与浮躁……

四　静坐时光里

  一直有个小心愿，避闹市喧嚣，于山间溪边建一小屋，有露台一处，春秋赏景，夏夜听风，一书一茶，明心静气；有田地几分，种瓜种豆，三五鸡鸭，四季有花，梅竹成篱。若能随心便是了了一生夙愿。

曾经无数次仰望皓月星空，眷恋夜晚的宁静。亦曾无数次置身于山林幽谷间，痴迷那种原始的、自然的纯净。身处那样的纯净安宁中，正如三毛所说："自己犹如天地间最初的一块石头，单纯而真实。"只可惜自己不能做她那样自由不羁的追寻内心向往的女子，只有行走在生活的夹缝间，不放弃寻求片刻的心灵停歇。这是曾写于文中的一段话，也是不能实现心愿的无奈和心底渴望的原形生活。于这世间，也许每个人都是带着一份美好挣扎在无奈和矛盾中，大概这就是生活，这就是人生吧。

原以为，像袁家村这样人流稠密、喧闹嘈杂的地方是不会有一处安宁之地的，当遇见了，却是不止一点惊诧。

来过的人都记得村南那片柿子林吧，也就是最早的停车场，如今就在柿林紧北的小坡上，又新生了一排排民宿。这些民宿的格调比起老街里的风格略显高雅，艺术气息也较浓，比如一家名曰"时光里"的民宿就是一处散发着江南味的小院。

发现"时光里"，缘于辣妈静微信朋友圈发的一张图。图中，夏阳明媚，绿荫婆娑，斑驳光影下，静一袭白裙盘坐于蒲团上，烹茶自饮。那蒲团下是一方本色木榻，三面有木栏，可依可靠，上有白色纱帐垂下，木榻左有石墙，一把粉色竹伞随意撑于石上，那一团粉便柔软了石墙的硬。一个青灰色的瓦缸如一面秦汉战鼓，静卧木榻右侧，旁边还有花木陪衬，而静就端坐于纱帐下品茶，穿透枝丫的光束落在她的身上和木榻周围，整个画面娴雅、脱俗，充满诗意。好生一个美！

多么熟悉的画面啊！心一下被拉到了某一处，脑子里在搜寻着，是哪里呢……噢，莫非我那夙愿里的露台便是如此模样。

艾 语

  走近"时光里",被吸引的不只是门前诗意的木榻和那株静开的三角梅。外观小院,青砖灰瓦,古朴素净,体现了关中格调。入大厅,环视一番,浓浓的江南风情却扑面而来。低头见青砖铺地,抬头有纸伞悬缀,红白两色纱幔自上垂下,人走过,纱轻拂,厅间桌椅若隐若现。西墙上的水墨里,小桥流水人家正好。这纱、这画叫人有点似梦似幻。再看木质的桌椅散发着暖意,花红叶绿的桌布大俗大雅,瓶插的野花、简约的餐具,竟拼凑出一种美感。

  穿过厅堂,抬头见南北两房瓦檐之间一线天,晴有阳光见蓝天,阴有雨滴落檐下。低头,浅浅天井竟有水。不得不再说一次,水是个好物,有灵性,哪里有水哪里就有灵气。主人家有心,将这细窄天井改作鱼池,池水乃雨水自成,池中生得几簇水草,翠色欲滴,有鱼在闲游,红的、黄的来回穿梭,便叹这鱼儿比缸里的鱼儿有福,可嬉戏于天上之水中,可闲游于流动之气里。所谓万物皆有命,命贵自然,这小小天井、鱼池便是遵循了自然的常规。

  天井东侧墙上一卷竹帘垂下,帘上贴有一幅画,随意几笔落下便是佛语的一花一世界;帘下有木桌一张,桌上有香炉、茶盏;有长椅一条,椅上有绣花蒲团两个。坐此处,可闻香听禅,可对饮品茶,于这暖暖的灯光里,不知乐亦不知悲。

  本是寻常一过道,经这么一装饰,便显出了它不同寻常的美景,足见主人的用心和脱俗的艺术境界。

  走近后屋,就是住宿区,看了亦是欢喜。二楼有木栏,连接前后走廊,形成一个长方体,安全又美观,门窗上的木格子线条简约,格调古朴,各个房内设计别致。推开一扇门,有可间宽的大炕,炕上被褥是多年不见的红绿牡丹花色,是父母那个年代的最爱，当然也最具北方民俗风情；再推一扇门，有纯手工榫卯而成的古式木床，精细雕花，旧梦阑珊，让人误以为是入了梦里闺阁，或是重回江南的水乡绣楼。

再往里就是后院了，院里除去花草，是些竹笼、瓦缸等旧物，随意放置，却又是那般妥当，还有挂在半空的一把把油纸伞，每个物件都是一种风情的流露，自然也带来不同的感觉。这种看似随意的修饰，实则体现了主人崇尚自然的心性。

喜欢民宿，或许就是因为有一窗风景能够赏心，有小小的露台可以喝茶阅读，闲聊发呆，还有一榻柔软的床铺，在虫鸣中睡着，在鸟啼中醒来，而这些"时光里"都具备。与周边浮躁相比，"时光里"宁静安然，有着北方的纯朴，也有着江南的婉约，所以只一眼便喜欢上了她。

向主人讨要了一杯茶，坐于门前榻上。七月的阳光被知了"知了，知了"的叫声吵得燥热，一杯热热的清茶下肚，感觉到全身的毛孔都张开，排出体外的汗液也带走了夏阳的焦躁，身子便轻松了许多，心也就静了下来。

与女主人闲聊，方知她本就是南方人，看起来不到30岁，脸庞圆润，眉清目澈，有着江南女子的温婉。只因爱上了一个北方的文艺男，便舍弃了江南的山水，远离亲人，成了半个北方人。后来又跟着她爱的人一起来到这九嵕山下，便有了时光里民宿。

她说，那西墙上的画，就是她爱人所画，店里的所有装饰也都是他们自己设计的，力求为客人们营造一个别样的环境和家的温馨感，就连店里点餐的食谱单都是她爱人手写。食谱单我看过，长卷折叠式设计，封面印花，右上角竖题"时光里膳方"五个字。翻开内里，布局雅致，菜品精细，字迹挺拔圆润。只说这店里怎就处处流露着江南的风情和浓浓的艺术气息，原是男主

艾 语

人用他的艺术造诣将女主人骨子里对家乡的思恋描述了出来，以解爱人思乡之情，恰好为这北方的小镇添加了江南的美。

男主人温文尔雅，高个健壮，腕上带有菩提珠串，身上有股文艺气息，谈吐间也有北方男子的豪爽。离开时，男主人慷慨，相赠一把题字纸扇，红色扇面上写着，"远方，始于足下，静于诗中——时光里赠"。

"时光里"，一个与爱情有关的民宿，处处都散发着温情和暖意，处其中，忽就想起了云南丽江也有家因为爱情而诞生的酒吧，一股浪漫的情怀由此而生。

于小镇，这般嘈杂的地方遇见一处安静之地，"时光里"确实让我惊诧了，也使我心底的夙愿暂且有了搁置之处。所谓：闹市得一隅，安得明净心。走近"时光里"，可避喧嚣，坐享安静，可品一壶清茶，闻一缕禅香，念一段光阴，如诗、如梦。

若再来时，仍静坐"时光里"，把一份安宁渡为美好的旧时光。

在印象里，袁家村就是关中民俗的展示和美食的集结地。而随着时代的发展和市场的需求，袁家村人不断地转变自己的思维，把小镇打造得更有品位，更富民俗文化气息。在老街的基础上有了艺术长廊和酒吧街，把新旧时代很好地融合在一起，那些类似于时光里的民宿又给这北方的小镇抹了一笔江南神韵，柔软了北方人耿直的情怀。

回看近几年，咸阳周边新建了不少民俗村，但都是踏着一个步子走，没一个秀出自己的特色来，这种以套路发展的模式需要思考。有句广告词说，"一直被模仿，从未被超越"。这10个字用在袁家村很适合。

袁家村的发展换个角度看，就是新时期农民思维的转换和创新。

　　俊秀的九嵕山下躺着一个朝代的皇帝，袁家村背依九嵕山，所以人杰地灵。它秉持着关中人的勤奋朴实、正直忠厚，不断地书写新的篇章。今时的小镇人已经不再单纯地经营生存了，而是在打造一个民俗文化的品牌。这个品牌就是让中国甚至世界提起陕西就想到九嵕山下的袁家村，就像提起云南就想到丽江，提起江南就想到乌镇一样。这是小镇的骄傲，更是陕西的骄傲。

艾 语

冬游南五台

　　秦岭的每一处景色都有它的独特魅力，对于南五台山一直惦记在心，却苦于没有机会去，总是错过了春红柳绿，夏花秋叶。时至冬日，终得闲暇之时，相约好友，游览山林冬色，南五台便是首选。

　　车行在环山路上，见两边的景色没了秋天的绚烂色彩，呈现的是光秃和灰溜，真是一季一景！

　　顺着路标，我们准确到达南五台山景区门口。放眼望去，山不是很高，但很峻峭，虽然少了绿色的妆容，却依然体现着它的秀气。远山的五峰清晰，好似近在咫尺，亦能看得见山顶积雪，好一幅山林冬韵图，人未进其中，心已融其间。

　　行至半山腰的停车场，见仅有三四辆车。适逢旅游淡季，游人稀少，出于安全因素考虑，于是，停好车，带上所需物品，开始徒步上山。

　　一进山门，见一小伙坐于路边石头上，以为是工作人员，便上前咨询路况。原来，这小伙也是来游玩的，他是从后山小道上来的，因独自一人爬山正在犹豫是否继续上山。当一个人处于纠结中时，是需要一点外力推助的。我们的到来便给了小伙一点点指向，他见有伴，便决定与我们结伴上山。人生很多时候，相请不如偶遇，偶遇即是缘分。

　　通过简单地交流得知，小伙姓王，家住西安韦曲，人看起来比较和善，于是我们喊他小王。

途中，看见山路两边多是一种树，树身高大，树冠丰茂，这个时节，叶子虽然是枯卷的但并未全部落下，就奇怪是什么树呢？在冬季叶子干了也不落，依然萧瑟的迎在山风里。

"这是野生板栗树，要是在秋季板栗成熟期来，游人都可以随意采摘，这些板栗给山下的村民提供了一部分生活来源。"小王边走边说。

真是靠山吃山靠水吃水。原来，城里街上卖的那些香甜的山栗，都生于此树呀。问他怎知这些，他说自己从小身体不太好，就一年四季坚持锻炼，家离秦岭又不远，所以有时间就来爬山，常来常往的就对山上的植被了解一些。

顺着山路盘曲而上，瞅着满山坡的落叶层层堆积，就想起前一阵刚落笔的关于落叶的一篇随笔，于是问身边的袁美人，此时可曾体会到落叶的情怀了（她读过我的文章），在她爽朗的笑语中我接收到了一种认可，心中有美的女子，眼里怎会有萧寂！

山路走了多少弯谁也没数，但有个转弯处去过南五台的人大概都有印象，上山路的右边立着一块一人高的大石头，石上刻一个"幽"字，那大红的字衬着灰黄的山野色调就格外显眼。虽然是冬寒山寂时，却也有"曲径通幽处，禅房花木深"之境。

人在很多时候，总是把最美的风景锁定在目的地，而忽略了路途上的美，若是用心去看，途中处处有好景。如这山林间的一丛芦花、一片云朵、一枚野果、一股清泉，都会流露出一种自然的美，每一个发现都会让人情绪激动。当行至一定高度，看到洁白的雪时更是欣喜若狂，尤其是厚厚的白雪，因为到目前为止，秦岭北的平原和都市还未飘落一片雪花呢。于是，我们几个女子，专挑雪堆踩，听那咯吱咯吱的脆声，感觉最是过瘾，再滚几个小雪球互相抛掷，甚是开心。再看袁美人，像个孩子般手舞足蹈。一直以来，都很欣赏袁美人无拘无束的性情。

艾 语

  飘摇的芦花温暖了大山的寒意,干枝上依然鲜红的山果与白色的雪景,勾画出冬的韵味。 行至半山,回目四望,重叠的山峦上白雪皑皑。 脚下的每一块石板,都历经了千年风雨的洗涤,看惯了枝繁叶茂的山林,如今身处枝丫裸露、线条清晰的山间,陡然觉得清爽、豁达,视线能够看得更远。

  见那雪中的山林,更是干净得自然,就如一个女子褪去浓妆,露出素颜,不矫情、不做作,将最真实的美呈现眼前。 这是大自然的原生状态,在枝繁叶茂的季节里是体会不到的,这种返璞也会卸去观赏者的伪装。

  由于时间关系,我们一开始就直奔主峰观音台。 南五台海拔虽不算高,仅 1688 米,山势却峻峭,道路盘曲而上,真真的山路十八弯。 起初看似近在咫尺的主峰,随着弯曲的山路,忽隐忽现,一行人也是边玩边走约三四个小时后终于到达峰顶。

  立于山顶,举目远眺,看天空净蓝,白云如雪,叹雪挂群峰,圣洁俊俏,真就有了"会当凌绝顶,一览众山小"的快感。 一座山带我们体会一处净地,听风声萧萧,看云卷云舒,观日落群山辉,此种空灵境界何其难得。 这一刻,抛却杂念,静静地感受山的声息,体会山的安静。

  南五台虽历经千年风雨,饱经战乱之殇,但其始终备受帝王将相宠爱,文人墨客推崇。 他像一个圣者,以孤傲的姿态俯视俗尘。 他慈悲海纳,接收着四面八方的世人。 他用原生的纯净涤化着风尘苦旅中熏染的心灵。

  我迎风高瞩,目光在崇山峻岭中四处寻觅他的神韵……

第三章 水云之上

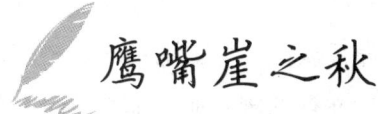
鹰嘴崖之秋

秦岭山脉巍峨秀丽,无论是峪口,还是高峰,其景色均如画。

春来,沉寂了一个冬天的山水开始复活,处处尽显生机;夏日,群山黛绿,葱茏如屏;秋时,色彩斑斓,绚烂无比;隆冬银装素裹,宁静淡雅。

于这四季中,我独爱秋色里的秦岭,因为秋天里的秦岭是成熟而不张扬的,是丰富而有内涵的,就像一个步入中年的男子,稳健、醇厚,经得起细细品读和回味。 所以我多是在秋意正浓时,走近他,感受他。

在周至和鄠邑区交界处的九峰乡境内有座虎头山,山顶上有座楼阁,那楼阁就是声名远扬的鹰嘴崖上的魁星楼,也叫点元楼,亦叫文曲阁。

那年女儿高考时,朋友说去拜拜魁星爷给姑娘加把劲,才知道秦岭周至段有个魁星楼,不但地势险要风光秀丽,且祈求灵验,但因种种原因终是未去。 今年秋天偷得一日闲暇,趁秋色正浓,顺便来补拜一次文曲星君。

通向魁星楼的路是原始的羊肠小路,坡度自然。 蜿蜒的小路两旁尽是草木花卉,秋天是野菊花的季节,花朵儿黄亮黄亮的,簇拥在小道两边,人就如行在花径上,风一吹,菊香扑面,人不醉都不行。 坡上崖上的黄菊都在风里灿笑,耳边仿佛也能听得见那脆生生的笑声,像一群群孩子,笑得路过的人儿也乐成了

艾 语

花儿。

很喜欢这些野菊,素素的,明亮的,不张扬也不娇羞,就那么自然大方随性地开着,不管有人或无人,野菊总是舒展着笑脸,它们更像大山的娃娃,在大山的怀抱里盛开、凋落,一秋又一秋,不厌其烦地把芳香无声地倾洒给大山。 前方有一间老屋。屋是灰瓦土墙的那种老屋,门前有篱笆,圈着几块菜地,篱笆周边亦有几簇野菊开得正好,待靠近老屋,忽就入了"采菊东篱下,悠然见南山"的境妙。

芦苇是秋天的仙子,就像蝴蝶是春天的精灵一样。 鹰嘴崖的秋天怎会少了芦苇的婆娑身影。

远远地就望见山坡上一片芦苇,白的芦花,黄的叶秆,给斑斓多彩的山林缀了几片素雅和轻盈。 那些羽毛般的芦花仙仙地摇曳在风里。 一缕红纱,忽而隐忽而见,纱和羽的缥缈,轻柔了一片山梁,也使上山的人轻松了许多。

人真是有愚公精神的,不管是旧时还是今时,再高的山也阻挡不了人前行的脚步和意志,再远的路也敌不过一双前行的脚。这么想着走着,一座山就在脚下了。

鹰嘴崖的山很浅,浅得站在山顶向北望去,就看得见来时的路,看得见广阔的秦川平原。 山脚下的关中环线公路如银色丝带,成了平原与大山的界限。 居高俯瞰,大地如盘,村落如珠,散落在巨幅画卷之上,此情此景那才叫风景如画。

山虽浅,秋则深,南望去,绿树红叶,苍翠绚烂,巍巍山岭绵延不断,直叫人一眼望不透秋色有几重深。

已经看见那座声名远扬的魁星楼了,好精致的一座楼阁,静立于山顶上。

魁星楼坐南向北,两层楼体,水泥砖混结构,宽约三米,高五六米,楼顶覆褐色与墨绿色的琉璃瓦,四角微翘,檐角挂有铃铛,风吹过铃儿叮当作响。 小亭四面皆镌刻诗联,字体秀丽,不禁赞叹，当艺术与原生态融合时，便彰显着细致与粗糙的结合之美。

　　顺着魁星楼再向南走百多米，就是魁星楼的大殿和院落。步入院内，先入眼的是红色的丝绒锦旗，大殿和院落里外，新色的锦旗挂在旧色的锦旗之上，层层叠叠，仔细看，都是远近求功名者还愿所赠。难怪友人说这魁星楼灵验。有幸还相逢几个还愿的家庭，又是鸣炮又是给殿堂挂彩，还愿的家长和孩子的脸上都喜气洋洋，那种喜悦有共鸣感。借着喜气，祝福那些孩子有个美好前程。

　　人的精神是需要有所依托的，有了依托，人就不虚空，不浮躁了，目标也就不会虚渺。不过，寄托仅仅是个寄托，愿望也只是个愿望，如果没有付出和努力，就算是魁星爷现世也难以让好梦成真。

　　如这秦岭的秋，如果不经历冬的寒冷和夏的焦烁，怎么会有这一山绚烂秋色。季节从赤裸到丰茂，从单色到多姿，那是需要一个过程的。人也一样，从青葱到成熟，从失败到成功也是有所付出，有所经历的。

　　蛰伏了一个夏，走入山中，一抬脚就跌进沸腾的秋色里，那些洒满菊香的小径、绣着田园风光的画卷、层叠绵延的山岭，你说能不醉人吗。

　　尤其这鹰嘴崖，在金秋的绚丽中，那些喜庆的笑脸，更体现了魁星楼的独特魅力，这魅力对看山看秋的人何尝不是美景以外的心悦呢！

艾 语

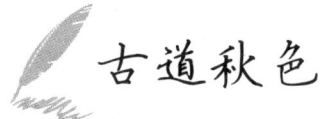 古道秋色

冬有白雪夏有风,春有百花香满园。 那么,秋天有什么呢?

秋天有绚烂的色彩,有成熟的韵味。 而秦岭山脉那丰富多彩的秋色更是醉人。

每年的 10 月到 11 月上旬正是赏秦岭秋色的最佳时节,当清晰的大山出现在眼前的时候,油画一般的山林耸立如屏,那浓稠的色彩从山顶倾泻而下。 秋色里,山峦是燃烧的,是沸腾的,于是乎,人的心情也会沸腾起来。

近日,走了一趟宁陕的秦楚古道,被秦岭深处那热烈而明艳的秋色吸引,深深体会到秋天的饱满,秋天的韵味。

秋日的山中少有鸟鸣,却有着寂静的热闹,那热闹来自沸腾的秋色。 穿过枝间的光束与多彩的秋叶融汇成的灿烂屏风,绚丽就在眼前。 岭南的天空干净得让人直想大口大口地呼吸。 树木、叶子、天空,抬头便是画;红的、黄的、绿的,热闹在蓝色的画板上。

路过一眼清泉,碧绿的水中央咕咕地涌出水花,因泉水长年不枯,故名:不老泉。 泉边青石上生着绿绿的苔藓与青草,干枯的叶子散落在水中和石上,形成了流动的画。

随着山势的陡峭,水流声逐渐悦耳了,黛绿的潭水如镜,五彩的山林,蓝的天,旖旎的风光水中画。 一弯溪水、一座木桥、几片落叶,怎舍得踩碎光影里斑驳的诗行。 于此景,言说搭建一

木屋常驻于此甚好，友人笑曰："山里的夜晚会有鬼哭狼嚎的，莫说久居，不出个把月你就寂寞得一塌糊涂！"这么说，便想起了青山的《孤独是一种修行》，书中正是讲述秦岭中那些隐士和出家之人的修行之事。读此书时，也曾想人来这世上走一遭，富贵穷苦也罢，闹市僻壤也罢，其实不都是在修行吗！若怀有一颗寡欲之心，便无所谓身栖何处了。而今，就算能将身居于此境，也认定是不会孤独的，因了这静美之景，因了这燃烧之秋，恰是相伴了喜欢寂静的心。

拐了一个弯，"熊出没"了，再翻一座山梁"野狼谷"了，古道不仅景色幽美，连这名字也好有趣，似乎这斑斓如童话的景里忽然会跳出憨厚的熊大和熊二，还有倒霉的灰太狼，真是叫人浮想联翩。

古道处处是好景，迎客最是高洁松。山头上，见一棵老松立于岭上，皴裂的枝干上长满青苔，褐色的树洞里生出嫩嫩的藤叶，刻满沧桑的风骨屹立山之巅。这老松，定知晓"明修栈道，暗度陈仓"，也听过古道上演绎的英勇故事。如今，它依然苍劲，静看这里的一切。

秀美的秦楚古道地处秦岭南麓，北依翠华山森林公园，西接柞水牛背梁国家森林公园，山姿俊秀，四季景色宜人，与北麓的阴冷相比，阳光下的植被看起来要润泽得多，加上其有着重要的历史意义，所以秦楚古道的秋天不仅是丰富绚烂的，更是厚重温润的。

艾 语

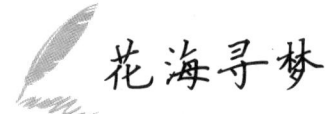

花海寻梦

  阳春三月，繁花似锦，秦岭南的黄花令人牵念，邀约友人，择日出行。

  翌日，阳光明媚，春风和煦，穿隧道绕群山，驱车数百里，至有"小江南"之称的汉中寻花梦。入汉中境，只见此地百里铺金彩，天蓝花黄，明艳豁亮，成片成簇，阵阵香气扑面而来。不禁想，八百里秦川广袤，却少汉地柔媚明艳的美。于此景，华丽之词方显黯淡！

  车疾行，放眼观，花田间白墙青瓦的民居，三五矗立的小楼，一派江南风情，一幅幅动感画面映入眼帘，真是景不醉人人自醉。

  一路饱览美景，饮香而至，驻足洋县，首观吉祥之禽朱鹮。园林置于花田之中，园中潭幽草碧，乔木高冠。鹮鸟悠闲，或轻踱水田，长喙啄鱼；或静卧暖阳下，引颈啼鸣、脆声回荡花田。正所谓：田园风光，鸟语花香。

  登梨园高处俯瞰，阡陌纵横，民舍错落有致，色调清爽，一幅天然油画，实乃赏心悦目也！

  3月，秦岭南黄花生春意，梨园高处临清风，花沁心，退浮躁，返璞田园，恍惚身处世外，幻化仙境，醉得观花人怎舍离去。

  惜！四季美景不常在，自古花开不等闲，今朝，未待春老，欣欣然，寻得花海一梦归！

第三章 水云之上

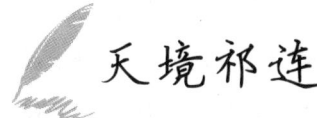
天境祁连

去八一冰川算是 7 月自由行走计划之外的临时决定。抵达祁连县前,从没听说过八一冰川,来祁连也只是打算去卓尔山的。到住处后,主人家说祁连除了卓尔山还有八一冰川值得一看。一提"八一"两字,就想到即将到来的建军节,便觉这冰川的名字定有些由来,询问主人家后知有两种说法,一种是因其山峰像"八"、冰川纵横如"一"而得名;另一种说法是这冰川被人发现的时候,恰是八月一日,就当是给祖国的献礼,即命名为"八一冰川"。不管是哪种说法,总归,这名字叫得有力量。

百度了下,八一冰川位于青海省海北藏族自治州祁连县野牛沟乡,祁连山中段走廊南山的南坡,是我国第二大内陆河黑河流域的源头。它的形成已有两亿年以上,是目前国内海拔最低的不可再生的、也无法复制的原生态冰川。据资料介绍,出于环境保护,八一冰川现处于未开放的保护状态,故极少被提到。

次日清晨,从祁连县城出发时阴云密布,车行出百里后,云开见蓝天,心情也晴朗起来。高原上的天空蓝得很深很深,用作家李娟的话说,那种蓝是汽车牌照的蓝。这深蓝中又透着沉稳和冷静,人心自然就不容易生出浮躁,所以这里的人活得自在。他们日出放牧,日落而归,牛羊是他们的全部,草原是他们的天堂,尘世里的喧嚣与繁华似乎永远在他们的家园以外。高原上的云朵也低,棉花一样白生生地飘在头顶,云下的人就忍不住总要

艾 语

仰着头看。

　　常说好风景在路上，行走青藏线的几天所见确是如此，晴天是美阴天也是美。 说河北有条66号公路，号称草原天路，美到灼伤双眼，看过摄影图片，许是我本性喜清新素净之境，就觉着那灼伤双眼的美有些过艳。 今行进在祁连县到八一冰川的路上，雪山近在咫尺，牛羊成群，才知道什么叫纯粹的宁静和原始的美，那是忘了归去，不想来处的沉醉。 直到后来离开祁连返回西宁的时候，才有种回到人间的感觉。

　　7月的草原正美，开满了野花，紫的、黄的、白的，静静地开在绿色的风中。 不管风怎么吹，也吹不起一朵娇艳，因为那是草原素丽的情怀在盛开。 这情怀，就算是都市的霓虹再璀璨也不能生出的，好比雀儿生不出雄鹰一样，因为人间和天堂永远不会同频。 那白如云朵的羊群，黑似珍珠的牦牛，还有机灵的小野鼠，它们都是草原的精灵，草原因它们而有了生气，有了烟火味。 雪山就站在高处，巍峨神圣，守护着他怀中这天堂一样的美。

　　当双脚抵达远方后，即可明白人之所以要去远方，不单单是因为美景和诗意吧。 更重要的是去体会行走的过程，也可以说是对生到死的过程的尊重吧。 从关中平原到青藏高原，从大秦岭到草原、雪山、冰川，这就是在经历，让生命在活着的过程中获取更多见识，让灵魂在行走中得到净化。

　　车子转过一座山头，眼前惊现一片白色，是山顶的雪，是青藏高原的雪山！ 终于近距离看见了，有些小激动哦，就像北方的旱鸭子第一次看见南方的大海时激动的心情。

　　顺着山路再往上走不远，看到路被挖断，深深的坑旁竖着一块木牌，上面写道:禁止车行。 便见左侧山峦的一片平地处停了好些车，原是到了冰川下的停车场。 冰川虽已看得见一角，不过还是有些远的，目测四五里地的样子，看来剩下的路只能徒步了。 要知道，在海拔近4900米的地区行走可是考验体力和耐力的事情。走之前，有人就在坑旁的帐篷里买了氧气罐，像超市货架上的灭蚊灵那么大一桶50元。两个帐篷，分别卖氧气罐和特产，听口音看长相，都是当地人。

海拔高的地区不能做剧烈运动，不能大步走，这是常识。那就一步当两步走吧，遇见急性子走着走着就不自觉又快走起来，结果没走几步，开始喘了，便意识到，路还长，真得慢慢地走。

眼看着冰川越来越近了，可路是弯的，绕得就远，途中又遇到几个大坑，人得走下坑再翻上坑，加上海拔不断增高缺氧，走走歇歇，这四五里地竟走了2个多小时，途中多有人因体力不支而放弃。

站在冰川前仰望这规整又独特的自然景观时，真叫人惊奇地吸了几口气。冰川高数10米，正面冰层整齐、坚硬。

冰川上风大天冷，七月的风穿透棉衣钻进了人骨头里。那厚实的云层被冷风撕开一道口子，天就露出了一块蓝，是很深很深的蓝，阳光便泻了下来，恰落在了冰川的一角，那段冰川就揭去了一层灰白色的纱，冰层和顶上的雪立刻就变得亮晶晶。

看到蓝天和阳光下的冰川一角，叫人惊叹不已，若冰川尽现阳光之下，想那气势定是震撼人心。只是今日运气不好，山上云层厚了些，那气势是看不到了。即便如此，以高海拔上一百多分钟艰难地行走换得亿万年后的遇见，是值得的。便惋惜那些半途下山的人无福饱览自然胜景。在这胜景下有人激动地光着膀子挥舞双臂，做出各种拍照的姿势；有人则顺着冰层裂缝攀爬。

祁连雪山滋养了草原，也生成了冰川，冰川又化为水源，流成了养育河西走廊的黑河。古称弱水的黑河，正是源自这冰封雪岭的祁连八一冰川。黑河是青海、甘肃、内蒙古三省的母亲河，而祁连雪山下的草原又是黑河的河床。若说河流是高原的血液，那草原就是高原的皮肤，只有绿色的皮肤长到哪里，血液才会流到哪里，野花也就开到哪里，牛羊就会放牧到哪里，所以，只要

艾 语

亿年的冰川在，美丽的祁连草原在，黑河就在。只要黑河不干涸，大美青海就在，五彩张掖就在，额齐纳旗的胡杨就在。

有资料记录，近些年，由于受气候变暖和人为活动加剧等影响，黑河上游的生态在继续恶化，冰川也在逐渐缩小。这是让人担忧的情况。

7月，行走青藏线，第一次看到草原、雪山，还有卧龙一样的冰川，看到它们时就想放声歌唱，就如站在大秦岭上唱着山路十八弯，扯开嗓子喊那么一调调，赞这祁连山造就了神圣的草原、雪山、冰川。也为这仙境般的祁连山祈福，愿它草常绿、水长流。

我是北方的特产

海是南方的特产,黄土地是北方的特产,它们都是广阔且寻常的。 不同的是黄土地上可以生出五颜六色来,色彩多了,四季也就丰富饱满了;而海上只有纯净的蓝色,蓝色是永恒而幽深的,所以海总是神秘的。

海还是动感的,不比黄土地稳固,稍起一丝风,就可以迭出层层波浪,它可以唯美调皮,也可以惊涛骇浪。 北方人看惯了结实的黄土地,对于海总是心存新鲜。

一

到达日照时,天已经黑透了。 一下车,就被到处弥漫的鱼腥味刺激到,不由得捂捂鼻子,而后再深呼吸几口,相比之下便感觉泥土的味道还是芳香一些。 忽然间,不禁觉着我和孩子们就像是北方的特产,跋山涉水被运到南方的海边,来接受一次海味的腌制。

歇脚的地方是海边简约的渔村,一户四周都是板房的院子,住宿条件很普通,但离海近,便于出行。 这很好,是我想要的。 整顿好后看休息时间尚早,便不顾旅途疲劳和孩子们兴冲冲地向海边奔去。

出了院子大门,在夜色下仔细打量这个梦里都有的字眼——渔村。 一排排低矮的板房横在眼前,密密麻麻地排列成一条条街

艾 语

道，每个方向都可以通向海边，家家门口都摆放着高桌低凳，门楣上高悬着明亮醒目的灯箱，灯箱上印着各种关于海鲜烹调的字样，同古城咸阳街道上的"凉皮""肉夹馍"招牌一般寻常。

来到海边吃海鲜那是不可少的事了，烤的、涮的，边吃边走边打量眼前这个渔村，不管是家门口乘凉的老人，还是招待游客的年轻人，都显得随性、安然。其实，渔村和乡村是一样的，只是一个被海水滋养着，另一个被土地养育着。

走完百多米的街道就来到了海边的马路上，过了马路就是高高的堤坝，堤坝下面就是大海。因为感觉到海风了，凉爽中夹杂着浓郁的咸涩味，望得见远方漆黑中闪闪的塔灯。孩子们已经有些兴奋了。

要走到海滩上必须通过一片灯火通明的海滩夜市，夜市一半卖小吃，一半卖海产纪念品。跟着孩子们走进了琳琅满目的小商品街，像是进了海底的水晶宫！各式各样的海螺、珊瑚，还有形色不一的贝壳制作的风铃、饰品等，在灯光的映射下闪烁着微光，海风吹过，叮当作响，声音清脆悦耳。

大海，终于出现在眼前了，像个最后登场的主角。

第一眼看到的是晚上的海，所以只能听到浪涛汹涌的声音，巨大的声响淹没了游人兴奋的叫喊声。昏黄的灯光下，浪花是灰白的，一层层卷来又退回，褐色的沙滩就暴露在灯光下，深深浅浅的脚印被潮水抹得平平的。

虽然孩子们第一次看到海，而且还是夜晚的海，但他们玩得还是那么开心。我独自在沙滩上散步，沙滩很绵软，踩上去很舒服，踏着浪花不由走得很远。

头一次真实地听海，立于海水中听着浪涛的声音是有些激动的，远处除了几点渔火什么也看不见。借着灯光，看见前方的水面上长出一层白色的浪潮，是断开的，缓缓地袭来，眼看着就要到身前了却合在一起，拉成一道白色的水墙，扑也似的直面而来，被立在水中的双腿击碎，一滩滩地趴在我身后的沙滩上，那种碰撞的感觉是从来不曾有过的，不是惧怕，不是刺激。

一波波浪花不断地对着我袭来又碎去，而后再冲到沙滩上后，我恍然明白，那是一种力量，一种可以把礁石摔打成碎砾的柔韧的力量！而我却窃喜它们被我血肉的躯体击碎了。世人常说的大智慧是什么？柔韧应该是其一。

在海水中摸出一些贝壳片和小石头片，这些东西常年被海水冲刷，已经被打磨的光亮圆润了。那圆润使我想起了南京的雨花石，想起了曾经告诉女儿人生只有走在海边才有寻得珍珠的机会。

二

向院主打听到东岸有礁石，早上可以赶小海还可以看到日出。海边的日头落得早自然也就升得早。要想看日出、捉螃蟹还不能误了一天的行程，那就只能早起了，于是和孩子们说好次日早四点半去看日出。

凌晨时，我们走向礁石岸，离礁石岸的这段路似乎还不短，步行约15分钟出了村子，到礁石岸边的方位还不是很清楚，看到前面有四五个人朝一个路口走去，估计也是看日出的，便跟在其后，当转过一个弯后看见了去海滩的小路。此时，天已开始泛白了。

远远地就看见黑乎乎的礁石林立岸滩。礁石堆里有不少人影在晃动，有坐在礁石上的，有在石间转悠的，想必都是赶海和看日出的。踩着湿滑的石头走到海边，站在最高的一块石头上，极目远眺，前方是一片灰白，分不清哪是天哪是水。朦胧中，看见远处一叶小舟，才分辨出水天相接的水平线。面对海的宽阔，天的无际，真觉着，人难比一滴水、一块石头的恒久！

有礁石的海岸是立体的，涛声也显得雄厚有力，比起沙滩要

艾 语

符合海的气势。这样相比我倒是偏好这礁石的质感美。

天亮透了，才看清石头远不止是黑灰色的还有褐色的，大大小小立满了海滩，总觉得这些天地间的物种不是死气沉沉的，它们也是有生命的，它们也会浑身长满绿色的生命，因为海水，海水给了它们灵性。三毛就说过石头都有魂的，懂石头的人你看它，细细地看它，就会看出它的灵魂是什么形状。而每一块石头或许都有一个故事，一个守望和期盼的故事，比如望夫石，比如阿诗玛。

早潮前的海水是微澜迭起，海面上雾蒙蒙的湿气，隐没了太阳的光芒，也隐没了望向远方的视线，我在静静地等着第一缕光芒是如何映红海面。一个摄影者坐在一块巨大的礁石上，身旁定立着相机的三脚架，沉静地观望着无边的海面，他也在捕捉初升太阳的画面。

起风了，海浪开始用力拍打礁石，白天的浪花要比灯光下的浪花透亮得多，有气势得多。要涨潮了，潮水的涨是可以看得见的，石磨大的石头只几分钟就被潮水吞没了，海岸线缩短了一截距离，大浪一个接一个地摔打在礁石上，摔碎的水浪回落到海里再推起一层巨浪汹涌而来，低处的人们本能地后退了一些。昨晚享受了海的温柔，今早又见识了海的小嘶，便对神秘的大海多了畏惧感。

风越来越大了，浪潮涌动得更厉害了，海面上的雾气已渐渐散开，太阳露出羞涩的脸。慢慢的海面上泛起了红光，终于在我们离开前能够看到海上第一缕阳光了。瞬间，海水、礁石都笼罩在一层霞光里，海面波涛起伏，光影点点，虽然有些朦胧但还算得上是一幅壮阔的美图吧。海上的日出也许就是这般样子吧，因了这浩瀚水面，但总觉着不如华山的日出壮观。

三

青岛是个美丽的城市，像个有经历的女子，优雅却不沧桑，时尚却不时髦。青岛的海也一样,清澈、干净、碧蓝。平坦的海岸边几乎都是红砖白墙的花园洋房,数百年以来一直保留着欧式风格的建筑。红砖绿树,碧海蓝天,正是对青岛这座城真实的写照,这也是青岛人引以为荣的市容。

帆船离岸越来越远时,海就广阔了,蓝色也更深了,日照的海与这蓝是差多了。如果把日照的海与青岛的海相比,日照的海就是从渔村走出来的渔女,质朴而随意,不娇柔不做作,添加一些惰性也不为过,因为日照海边的环境实是让人感觉有些寒碜。而青岛的海就如青岛的城,是一个优雅的成熟女性,衣着得体,明媚艳丽,让人赏心悦目。

目睹了大海后,才能悟出心比海阔需要多少岁月的修行。那碧波岂止万里的浩渺,海一样蓝的天上白鸥自由飞旋,坚强的羽翼划破万里长空;天一样蓝的海上,白帆悠悠,或近或远,像天上落下的云朵漂浮在无际的海面。于这碧海蓝天,千帆相竞时,人心是敞开的,是豁亮的。

从日照到青岛再返回日照,奔波了一天,总算可以在傍晚时放松一下了。趿拉着人字拖,悠闲地走着,那样闲散的样子在海边是不用担心影响到形象的,反而西装革履在这里会受关注,海边就是用来放松的。

沙滩上,琳琅满目的海产品中,一堆黏着泥沙的壳类产品吸引了我的视线。那些贝壳以各种姿态挤在一片被剔了骨架的旧伞布上,旧伞布铺在满是沙子的石板上,旁边坐着一个老妈妈,花白的头发蓬松着,海风在她褐色的脸上写满了岁月的答案;一双眼睛干枯得像是滴了咸涩的海水,她迟缓的目光在过往的人流中搜寻着。

我上前一步,蹲下,拿起一个不知名的海螺在看,老人赶紧说这些一个2块钱,两个3块钱。

问:"为什么是沙土色的而不是白色的?"

答:"那些白色的看起来干净的壳类都是专业清洗的,自己这些是家人出海打捞的原样,颜色不好卖相就不是很好,所以卖得就便宜了。"

问:"一天能卖多少个?"

答:"看运气了。"

听到这,想起美女导游说过一句话,自古渔民父子兄弟不同船。

看看老人,再掂着灰溜溜的贝壳,觉着很美也很沉重,像是看到了码头上父与子、夫与妻的送别。一条条船载着一家人的生计和期望,航行在烈日与风雨中,虽然现代化的设备可以减少许多意外的发生,但却减不去亲情的期盼和担忧。

大海远不是我想的那么浪漫,自古以来它带给渔民的很多,但必定也会带走很多,这便是人生取与舍的撕扯。

月下兄说得对,海,给人的东西太多了,而北方人虽对海敏感却感觉不深,你也深入不到海里去,总是蜻蜓点水的。

很赞成他对海的这个看法。这个城市,这个渔村,夏日每天要接待数以万计的看海人,不知有几个能看透三分,也许,根本没有人想要看透,毕竟生存的不是这一片海域,都是过客而已,又怎能对海了解更多,懂海的也便只有它滋养的人了。

四

每遇一处心悦之地,浅浅几日的停留总是不过瘾的,当离去的时候带走的除了美好的记忆还有些许憾意。最后一个傍晚,又来到海滩,光着脚再在沙滩上走走,听听浪声。

白色的长裙随海风飘舞着,被浪花描上了无色的水墨,走得再远点,让爽爽的海风把长发吹到咸涩。夜幕下,浪花从不远处的海面上不断地长出来,还是那么洁白洁净。它一次次扑来舔舐着肌肤,脚底下明显感觉到匋去的海水把细软的沙子一点一点地掏空，渐渐地，一双脚被埋进了沙子里。就那样平静地站着，再次凝视远方的渔火。这海是动的，不如抓在手里的黄土实在，我是踏着厚实的黄土地长大的，而绵软的沙子和一朵朵净透的浪花是承受不了我一步一个脚印的分量的。有朝一日，我若幻化成一物离开这个世间，也一定会是一粒黄土，宁静安然地归于我深爱的土地，而绝不是此刻我欢喜的晶莹的一朵浪花。

海，是渔人的海，他们可以世世代代在海里讨生活，可以听海的声音，看纯净的浪花，而我只能以过客的方式浅留几日。我能听得懂大秦岭的夜语却看不透海的神秘，这一切，只因我是北方的特产。转身后，海水也会将我的足迹冲刷得干干净净，就像我不曾来过。而透亮的日出还在北方日日等着我，在厚实广袤的黄土地上有我深深的足迹。那足迹，即使卷起狂浪的大风也吹不掉！

那晚，临回住处，对着宽广、神秘的大海说了声"再见"。

艾 语

新城小镇

　　夏日，于某个晴朗的日子，去了一座镇子，是咸阳北塬上的一座乡村小镇。

　　小镇距离咸阳市区 12 千米，北依泾阳县，西接秦都区，西安航空港咸阳机场就坐落在镇南。这座小镇于我，留存着年少的熟悉和阔别多年后的陌生，本以为在余下的年月里它只是回忆中的一部分，却不想二十年后还能再次回望这座小镇。

　　当再次走进小镇时，它依然是记忆中的宁静和纯朴，但在这宁静与纯朴中又迸发着与时俱进的气息。久违的小镇，以丰富的内涵和跨时代的大视角再一次吸引着我去欣赏她、解读她。她就是咸阳北塬上古老又年轻的北杜镇。

　　记忆中，那些青瓦土墙、矮门小窗的房屋早已成为旧事，也成了农家人的历史。拔地而起的一排排小楼，明亮宽敞的屋舍，家家户户朱红大门，庭前花木簇拥。平坦干净的水泥街道代替了往昔的泥泞土路。如今的小镇整洁文明，生机盎然。漫步小镇中，点点滴滴回忆涌上心头。

　　小镇同我成长的村庄一样，传统而不失现代感。而它之所以能够在 20 年后再次吸引我，正是因为勤劳的人们让小镇有了自己的亮点。小镇年年有新意，四季有景观。春来，梨花妩媚、桃花灼灼，想那三千亩桃花盛开时的浪漫又何止是寻常的惊艳啊！那时的小镇宛如一个诗意的女子，在粉白间欢喜着春光的美好；

夏日，桃李飘香，麦浪起伏，还有那惊艳了北塬的格桑花；秋天，红红的苹果挂满枝头，如孩童喜悦的脸；冬季落雪时，广阔的渭北平原则是一片纯净天地，一切都回归自然的本真。

行走于小镇，会看到它美丽的身姿。若用心，自会体味到它丰富的内涵和悠久的历史。

镇上有座铁塔，不仅是陕西境内唯一的铁塔，还是我们国家现存铁塔中最早的一座。铁塔修建于明代，出资人是南书房太监杜茂。他出资在家乡修了一座福昌寺，并铸造了一座铁塔，取名为北杜铁塔。铁塔为十级方形，高33米，边宽3米，纯铁铸成，层层有窗，门南向，中空有木梯可攀登，四角柱铸造成金刚力士像，顶立层楼，各层环周有铸铁佛像多尊，所以又名千佛塔。铁塔上铸造的奇花异草、珍禽怪兽，会使你不禁赞叹古人的智慧。

如果这座铁塔让北杜镇有了历史，那么，一座翠柏掩映近千年的古刹更是增加了北杜镇历史的厚度。

位于北杜镇龙岩村的龙华寺，历史更为久远。龙华寺一名于我并不陌生，当初对其名好奇过，但未深究，时至今日才知其意。寺院初称龙岩寺，后称龙华寺，寺为金大定三年（1163）行倍作建。明时邑之安业里（东北乡）隐士魏浩隐居于此。寺内外广植松柏，郁然成景。龙岩翠柏，为古时咸阳八景。诗曰："古刹龙岩一径奇，森森翠柏更参差；柴扉寂静僧归处，烟景苍茫鸟宿时；法鼓诵钟窥色象，澄辉明月照禅师；等闲欲向空门语，脱却尘埃日夜思。"如今，龙岩翠柏虽已不再，但龙华寺仍是清净禅意之地。我想，若来小镇，不去寺院走走，听听诵经声，多少会生出些憾意。

咸阳是历史文化名城。城北五陵原上分布着数量众多的帝陵。如汉高祖长陵、汉武帝茂陵、汉景帝阳陵、唐太宗昭陵、唐高宗李治和女皇武则天合葬墓乾陵等。而北杜镇恰好位于渭北塬上，它的脚下必不会少了惊奇。2013年9月在修筑空港新城的

艾 语

大道时,就挖出了一座古墓,考古专家据墓志内容断定,乃唐代著名女政治家上官婉儿陵墓。

上官婉儿,"两唐书"有传:上官婉儿是盛唐时代著名诗人、文学家,其诗风承袭祖父上官仪,在中国古代文学史上具有一定的地位。目前墓地已修整完毕,对外开放。上官婉儿墓地的发现,给北杜镇的历史又增添了些许厚度。

近代,北杜镇也出了两名文学艺术家,同时他们也是革命先驱。

第一位是李敷仁(1899—1958),名文会,北杜镇人。生前先为咸阳县立高等小学(今中山街渭城区第二初级中学内)教师,后任校长。办过报刊,赴日留过学。曾遭国民党特务秘密枪杀,大难不死后赴延安,被边区政府任命为延安大学校长。后延安大学改名为西北人民革命大学,迁入泾阳县永乐镇,他先后担任副校长、校长,兼任西安军管会委员、陕西省人民政府委员、西北军政委员会文化部副主任委员。1954年,当选为第一届全国人民代表大会代表、民盟中央委员、西安市政协副主席等。1958年2月19日逝世,被中央人民政府授予"革命烈士"称号。留有著作《中华民族革命歌》《关中歌谣集锦》《抗战歌谣》等。

另一位是杜德夫(1918—1983),著名电影演员,北杜镇人。1937年从西安中学奔赴延安参加革命。1938年加入中国共产党。自延安鲁迅艺术学院毕业后一直参与革命文化艺术活动,是新中国培养起来的第一代电影演员,曾在电影《白毛女》《钢铁战士》《沙家店粮站》《平原游击队》等20多部影片中塑造了生动逼真的艺术形象,受到周总理等党和国家领导人的接见。

小镇在不同的历史时代承担着不同的使命。在过去的历史中,它是个不能被小觑的镇子,现在和未来,它依然是西部大开发的重要枢纽。

小时候,看天上的飞机很好奇,觉得飞机就像一只神奇的大鸟，肚子里还能装好多人，就常常在想象，飞机落下来会有多大啊？它又是怎么飞起来的呢？1984年，西安咸阳国际机场在小镇附近开始建设，1991年9月正式通航。待近观后，脑子里才不再有儿时的困惑。

机场的建设给北杜镇注入了新鲜的血液。带给北杜镇的发展是空前的。

在机场的西北方向，有座新建筑的很抢眼，外表为银灰色，"鸟巢"造型，这就是西咸空港综合保税区大楼，被称为"西北鸟巢"，是空港新城第一地标性建筑。

西北"鸟巢"看起来就像客家围屋，流畅的环形艺术线条，视觉上给人以舒适感，安全性亦良好。2104年春末，这栋彰显着艺术的建筑终于肩负起它的使命，被冠名为"自贸大都汇"，是空港保税区的免税店，店内容纳了诸多进口免税商品，包括食品和日用生活品等，物美价廉，市场潜力巨大。

与西北"鸟巢"紧邻的是西咸空港保税物流园区，也是依托西安咸阳国际机场建设发展空港物流产业和航空经济，促进航空产业集群发展并带动区域外向经济发展的举措之一。园区内设计现代，布局宽敞实用。

智慧的北杜人，现在应该说是智慧的空港人，在经济发展的同时，并没有忽略掉对文化的弘扬。

镇上有个靳里村，距离机场不远。村上有个文学馆，叫咸阳秦汉文学馆。文学馆有个门楼，很气派，门楼上书"城市门"3个字。这3个字是当代作家、学者王蒙先生所题。说门楼气派，这字写得更气派，一时间，竟分不清是门楼气派了字，还是字气派了门楼。

"进了'城市门'，才是城里人。"城市门的里墙上写着这句话。"城市门"就是一道朱红大门，两手推门的位置刻有一对掌印，一门一个，是文学大师贾平凹先生的掌印。若与掌印相合

艾 语

就算与文学结缘，你若是文学爱好者，便能感知到那双手掌为陕西文学乃至中国文学所创造的文化价值。城市门里是咸阳文学的新天地，它展示着咸阳文学的光辉历史，也担负着咸阳文学的现代重任。

不知不觉中，已将小镇转了一大圈，认真地探索了它的历史，观赏了它夏花般的美，也见识了它的与时俱进，还有超越城市和城市所缺失的美。

面对着一种恬静、一片灿烂、一段回忆，与小镇的再度重逢犹如细品茗茶。如今的小镇已不只是纯粹意义上的美丽小镇了，在空港新城的发展中，它日日有新气象，年年有新样，散发着属于自己的光芒，书写着自己的历史。

蜀中行·南部

春节去了四川的南部县,县城不算大,但民俗味极浓。可以品尝到特色的川味食物,了解川人的生活习俗,还能一览嘉陵江的美景。蜀中行走,见闻略记如下。

一 风 味

四川人喜食肉,顿顿不离肉。腌制的腊肉、熏肉可在潮湿环境中保存数月,而烹调方法简单,吃着肥而不腻,干而不柴。不管是酒宴还是家宴都是七盘八碗的上肉,而且家宴双份上菜居多,让一些食素者看着犯晕。一桌十多个菜只有两三道素菜,在这几个素菜中最有特色的算是清汤豌豆苗。

鲜嫩的豌豆苗采于自家的菜地,放进清汤里稍煮几分钟,加适量盐,几滴香油,养眼又可口。这豌豆苗汤菜脆嫩、汤清淡,对于一桌大鱼大肉而言是极爽口的。

此地有一种算是主食的食物叫"抄手",乍一听以为是什么新鲜吃食,实则却是像馄饨的面食,但比馄饨饱满。当地朋友说"抄手"和陕西的饺子差不多。可"抄手"不如陕西的饺子精致,又比馄饨显得大气,你竟分不出它到底算啥,正因此,其才是川人的特色吃食。

南部县人习惯把米饭叫"干饭",在老城区的古街里就有一个主营干饭和米粉的美食街。当地人早饭大多吃"肥肠干饭",

艾 语

拌着绿菜蒸的米饭和一碗肥肠萝卜海带丝的烩菜，汤上洒着香菜和葱末，爱吃辣的给来上一勺红油，看着都好吃，吃起来更是汤浓味美。尤其秋冬两季，吃干饭喝热汤，既暖胃又暖心。

说到萝卜，四川的萝卜色白透亮，生吃爽口不辣，比陕西的萝卜水分多，这和地域、气候绝对有关。

这里的米粉不错，细软筋道。牛肉的、肥肠的，品种多样，再配上一碟四川泡菜，爽口，管保你吃了还想吃。

四川的气候温湿，饮食以辣为主，菜做得色香味俱全，就连生蔬菜也一样色彩诱人。在我没去四川之前，夫就说那里菜市场上的菜都比咱这干净新鲜，就连葱须也洗得白生生的。只因看惯了家门口菜市场那挤压无形、烂叶居多的菜品，倒是不信了究竟什么样的蔬菜能让极少进菜市场的夫夸赞。带着这样的疑惑，去了一处菜市场。

菜市场在陵江边的街道里，走近时，就闻到蔬菜清新的味道，完全没有家门口市场的腐烂菜味。街两边整齐地放着大小箩筐，筐里是多种多样的菜，干净新鲜，色彩鲜艳，那葱果然是白白的须，青绿的叶；翠嫩的笋还带着土里的生气，还有带着露珠的豌豆苗等，整齐地躺在箩筐里让人喜爱。这些蔬菜大多都是村民自家所种，每日早早采好，带到清澈的嘉陵江里洗涮干净，所以绿色又新鲜。难怪这里的菜会让在千里之外的夫念叨。

二　婚　俗

四川的少数民族多，各民族都有自己的风俗，这里的人接人待客热情诚恳。朋友对初来乍到的我表现出的热情，叫我有点受宠若惊，感到了人的纯朴和厚道。尤其婚礼和寿宴上的礼仪更是隆重。此次到南部是要感受与陕西不同的婚礼习俗的。

陕西人办喜事讲究三六九，川人则是习惯选双日，图个好事成双，大吉大利。所以朋友把嫁女的日子定在了正月初十，举行的是北川传统婚礼，婚礼过程要两天才能完成。

第一天，新郎与迎娶的亲朋好友一行四五人，带上备好的礼品去女方家举行结婚仪式，新人双双穿喜服，设宴鸣炮，以流水席方式招待女方的亲戚宾客，席面仍以肉食为主，烟酒档次以女方经济条件确定。宴席散后，路途近的连夜迎娶新娘，路途远的就在女方家住一宿，第二天一大早把新娘接走，而陪同新娘去婆家的只有伴娘和几个亲人。到新郎家后必须再举行一次更为隆重的婚礼，包括各种传统的习俗和礼仪，当然同样是流水席形式招待男方嘉宾，第三天新人回门。

办喜事就图个热闹，南部的传统婚礼形式很有喜庆气氛。随着社会的发展演变，婚礼仪式也在慢慢简化，城里已省去了很多程序，都是一天办完图省事，而喜庆氛围也随之减少。其实，各地都有各自的风俗，能够保持传统风俗的地方才不失地方特色。

三 古 街

北川多山丘，村落都是散落的，极少有中原那样的百亩平原，即使在城市，街道也多是在上下坡道里。

南部县新城区道路还算宽敞，老城区街道都是双向行驶的老路，十字路口也没有红绿灯，但交通秩序良好，没有拥堵。

近些年，南部县由于山里移民迁入量增加，加上县城地势很陡，高层建筑不多，造成民居密集，空间紧张。随着县城经济的发展，有车族越来越多，停车位紧张成了县城的一大问题。春节是外地务工人员回潮的时候，这里外出人员又特别多，所以这时的南部县真是人车稠密，热闹非凡。

从路边停放的车辆看，几乎都是高档车。朋友说，南部县虽小，但"悍马"就有八九辆。若细心些就会发现，南部县城满街跑

艾 语

的车竟是全国各地都有，车牌有京、粤、闽、青、陕、新……其实这些车都是在外的本地人的车，回到家乡就成了"外地车"。在这些车牌中，尤其陕 A、陕 D 车牌最多，四川与陕西是邻省，西部大开发以来，前往陕西的川人越来越多，西安、咸阳两座城市到处都会听到川妹子如歌般的声音，看到北川汉子辛劳的汗水。

四川的气候湿润少尘，植被常年碧翠，故而这里的女子生就水灵。在老街口有一道别景，一排排擦鞋凳，一个个工具箱，一双双充满渴求的眼神，坐等着穿梭在街上的行人留步，这样的场景让人想起意大利电影《擦鞋童》。可惜在我们停留的那几天都是细雨绵绵，无法给他们支持。

南部地处嘉陵江边，景色秀美，充满现代气息却不喧嚣，这是一座留守之城。别看此时县城里人流熙熙攘攘，一旦近了正月二十，该忙的就要忙，该走的就要走了，嘈杂沉寂了，县城又恢复往日的慢生活，只有在下一个新年里，再迎来它的儿女们归来，再次进入新的活跃状态。

南部虽小，却有小的好处，它不因奢华而迷惘，不因时代的前行而丢失本色。南部人的生活状态是安宁纯朴的，嘉陵江边的茶楼便是安逸生活的体现。时逢寒冬，人们坐于暖暖的茶楼内饮茶、下棋、打牌，若是天热之时，则坐于水岸边，任江上凉风吹拂，天南地北侃，自是逍遥。北川人一年四季就那么闲散、惬意地度日，在那样的日子里待久了，方能体会到慢生活的真正含义。

清秀的嘉陵江就像一条碧翠的锦绸，绕着美丽的南部，源源不断地输送着滋养生命的血液，养育着一代又一代的北川人。

在清寒的初春中，在细雨蒙蒙的烟雨里，一个人游走江边，来回地走。看那搁浅的渔舟装满了飘忽的目光，看那江上水鸟自由飞翔，还有对岸火烽山的竹，用绿色的情怀守望着嘉陵江。

我喜欢那样的闲散和纯真，便留恋那短暂停留的日子。

第四章

半卷闲书

若与悠闲舒适的生活相比,

我更喜欢在文字的黑洞里挣扎。

因为每一次挣扎后,

灵魂就会轻灵一些。

轻灵地歌唱,

唱给那些灵魂醒着的人。

艾 语

我妈说我不懂蒜

我妈说，我不懂蒜！

对，不是"装蒜"，是不懂蒜！我妈的话新鲜有趣，说我不懂某人、不懂为人处世还可以，咋说我不懂蒜呢！

我妈的话源于一盆发了芽的大蒜。大蒜和小麦一样，都在秋时种，但大蒜和小麦又不一样，即便是播种时节，小麦不入土不发芽，大蒜可不管有土无土照样发芽。所以初秋时，为防止蒜发芽，我就把暂时食不完的大蒜（蒜是今年在我妈菜地里挖的）放在了冰箱冷藏室，想着温度低大蒜就不会发芽了。可是，没放多长时间，就发现冰箱里的大蒜竟也生出了黄嫩的芽，有些比常温下的绿芽长得还长。

前几天，我妈来看我，也就看见生了芽的蒜，问我蒜芽咋还是黄的呢？我说放在冰箱冷藏室才拿出的芽是黄的。我妈一手端着盆，一手在盆里翻腾着蒜，随口就说："这娃瓜的，你不懂蒜，蒜是越凉出芽越快。"

我妈一句话瞬间将我遭到无知年岁。

送走我妈后，我就查阅了相关资料，原来大蒜在经历一个低温休眠阶段后，在 5～18℃ 环境中迅速发芽。要是把大蒜一直放在 30～34℃ 高温环境中反而可保鲜一年以上。原来我妈说的越凉蒜长芽越快还真是有依据的。难怪冰箱里的蒜芽比常温下的蒜芽长得快，因为冰箱冷藏温度一般不会低于 5℃，对喜冷凉的大蒜来说，冷藏室就是它的育苗温室呀。

这几天，每每想起我妈说"你不懂蒜"，就会笑，觉着我妈像个哲人。但笑过后，脑子里就有些东西在跳跃，总压不下去，但又说不清是啥。恰好近期正在读台湾作家陈冠学的散文集《大地的事》，脑子里暮然清晰多了，就联想到一些见惯不怪的事，就此闲扯一下，心里会舒坦些。

《大地的事》为陈冠学皈依田园后，以自在的闲心记录的田园生活。文字在作者笔下成了解读大自然本质的密码，山林虫鸟，各有个性，神采逼人。陈冠学可以在猫头鹰的叫声里听出诗意，并为此停下手中的一切，一心沉迷在他认为好听的声音中。他在初秋听到土蟋的叫声而心里一震，随即像和老友道别一样，向传来叫声的地方挥一挥手。

窗外是大片草地，还有许多树木。每年初夏，就会有那么一个傍晚，忽然听到好多蛐蛐的叫声，它们仿佛是约好了从地里一起钻出来，那叫声真就是在唱歌，此起彼伏，婉转萦绕，饶有韵味，它们会一直唱到深秋。要是逢着雨夜，蛐声、雨声，声声入耳，人就仿若身栖田园。如此，日子久了，就会成为习惯，以至于会因蛐蛐的歌声突止于深秋的某一天，而有一段时日很不适应夜晚的寂。尽管每年都有很不适应的时日，但从未想到像陈冠学那样对小小生命挥一挥手。

大雾初散，日光洒下，沙原仍旧一片雪白，无数芒花开得正好。陈冠学写凤凰花虽红得显眼，但不及芒花的壮观。也写"在朝阳中，芒花绢缯似的闪着白釉彩光，衬着浅蓝的天空，说不出的一种轻柔感"，然后以明净的心，明净的身，静坐在明净的阳光，明净的空气里，久久地观望明净的蓝天和明净的芒花。他写"这不是天国是什么？这片刻不是永恒是什么？"

我住在渭河边已有25年了，年年秋天去河边看芦花，有白色和灰白中带些浅褐色两种颜色，形状有蓬松向上的，有线条分明

艾 语

轻垂的，都如羽毛般在秋风中摇曳着。今日，陈冠学才告诉我，那种白色的、线条分明轻垂的、优雅轻柔的叫芒花；另一种叫芦花。

  天哪，这是不是有些太滑稽呢。25年了，不，应该再加上我的童年和少年的时光，我竟一直把芒花当成芦花。现在，我家中的陶缸里还插着一大把莲蓬和我当成芦花折回来的两支芒花。合上书，我必须对陈冠学客气一下，谢谢他阻止了我继续错下去。我也及时告诉了女儿她折的是芦花，我折的是芒花。面对蓝天和芒花时，陈冠学愿意腾出时间久久地观望，他把片刻当成恒久，去感受自然，感受明净的一切。因为他认为"在自然里，在田园里，人和物毕竟是一气共流转，显现着和谐的步调"。

  对自然里那些有生命的、无生命的，陈冠学都会记下它们，他可以叫出很多虫鸟和花草的名字，每有照面时，便像遇见好友一样和它们打招呼。

  当我走进大自然时，会看到花在开、叶在落、水在流，鸟在天上飞、虫在地上爬，那样和谐的景致常常令我兴奋。当我静坐原野或河边时，或者在我妈的菜地里忙活时，我也思考过，在这广博神奇的大自然中，每一个物种包括人类都有自己存在的一方天地和生命的价值，甚至思想。即便来得匆忙，走得寂寥。黄土地里走出来的人，都知道土地里种啥就长啥。人活到一定年龄，就明白了土地里不管生出啥，长出啥，都是大地的孩子，包括依赖大地生存的人，彼此之间应该有感应，是熟知，而不应该是"你不懂蒜"。

  今这么一闲扯，倒觉着我妈说得不是新鲜有趣了，而是极对的，我不仅不懂蒜，也不懂草木、鸟虫，更不懂田园，还成天说自己是村里出来的孩子。这要是叫承载着乡愁的我的村庄知道了，它一定在播种和收获的时节发着牢骚，它白养大了我。

第四章 半卷闲书

 虾趣

喜欢养鱼,但不喜欢把鱼养在玻璃缸里,觉着不够自然,又因有盖子感觉鱼会很闷。人虽然住在断了地气的高楼中,可还是想让鱼儿们敞开了游,人也方便观看和喂养,便费神费力地搬回一个青石的水槽当鱼缸。

往青石槽里注满水,也放了喜水的绿植,还有以往在山里捡回的大大小小的石头,然后再放进几条小锦鲤,有红色的、黑色的、金黄色的;石槽一边再放个小石磨,高低错落,有了层次感。打开小水泵,一股细流就从石磨上缓缓流进水槽,像山中溪水那样哗啦啦地响。有了水声就有了山野之声;有了水草石鱼,这一米见方的青石槽就有了自然的趣意,给断了地气的楼屋也添了些生气。闲时,撒几粒食,看着鱼儿们争食而心生喜悦。如此,可谓观鱼自在而自在也。

春末,夫从渭河边散步回来,说是遇见钓友了,送他两只野生的青虾和一条小泥鳅。泥鳅一指长,行动灵活,小虾寸把样,有着长长的须。青虾的身体是透明的,它沉在水底,与石的青色很难分辨。

青虾不喜光,白天多在暗处,夜间才出来活动,所以极少看见它们在水里游动。喂鱼时偶尔会看到青虾浮上水面抢食吃,就伸了手指探试,虾儿竟不像鱼们一哄而散,而是抱着我的手指毫不惧怕,指尖就传来酥酥的感觉,也有被钳子夹着的轻微刺痛

219

艾 语

感，想必这体小胆大的虾儿将我的手指当成了食物。

网上买花种送了几颗碗莲籽，就用清水泡了莲籽，生芽的有三颗，便埋在了装着泥沙的玻璃瓶里，再装满水，一夜过后，三个芽竟长出了半指高，虽细弱可顶端的叶包也饱满，欣欣然一副欲出水的姿态。

莲叶长得很快，担忧着因为细弱长得太高会倒下去，或者离开了水会枯萎。便想了个好法子，将养莲的瓶子连同莲一起放进了青石水槽，恰好那瓶的高度低了水面半指，适合了莲的生长需求。

莲在水槽中放了两日，一片叶儿就先露出了水面，细细的叶秆轻浮，那叶盘倒像个梭子，似开非开地浮在水上。池水清澈，也见另外两个莲叶长势喜人，估计不得几日也会冒出水面。

早起，就去看莲，发现少了一个，那个长得最慢的、还未出水的莲芽不见了！扫视了水槽一圈，看到水草旁有一截细弱的黄绿的叶秆，是那个莲芽，一头还在上下动着呢。仔细看，发现是小青虾，它正用钳子和多只脚抱着叶秆一浮一沉，再细看，原是在吃呢！这小东西竟能把那绳子般粗的叶秆咬断。是饿着它呢，还是怎的，竟顽皮如此！它又是如何发现莲的，且进了瓶里，又是如何出得瓶来？都叫我不曾想到，只可惜了我那还未出水的莲呀！

失了一莲便留意起来。忙活家事顺带瞅瞅水中，或是忙完就席地而坐，趴于凉凉的石槽边观察。终是看到了青虾进出瓶里的全过程。它游到瓶子下方，再顺着瓶身游到了瓶口处，一对钳子就像人的两只手，抓着瓶口，然后纵身一跃，就轻巧地进到了瓶里。就想那一块粉白色的脑子里竟也有些智慧的。瓶中，青虾只是用它长长的钳子碰触着莲根，一进一退反复着，好似在玩耍，并未咬噬。一阵后，它又是同样的动作翻出了瓶口。

第二个莲叶也长出了水面，亭立水中，两个莲若纤弱的女子。鱼儿和青虾在它们脚下嬉戏。

过了几日，不幸的是，我又看到一个莲叶断了根，漂在水面上，也看见了还是之前那只小青虾，它沉在水底又抱着一截莲叶秆在吃。不用说，它又进了瓶里咬断了第二个莲。看来这莲的味道应该是比鱼食的味道好。这样下去第三个莲也会成为它的美食。

青虾为了吃食进到瓶里，叫我想起了一件关于虾的趣事。孩子们小的时候，和夫一起带他们去河里捞虾，给虾笼里放了肉末作诱饵，再把笼子放入水中，间隔半小时或时间再长些，提起笼子就会有几只活蹦乱跳的小青虾，如此多次后竟捞了许多只小青虾。回家后，挑了几只个头大、有精神的养在盆里，剩下的就成了孩子们最爱吃的油炸脆虾。便想今天这小青虾定也是早年的方法进了渭河里的虾笼子又辗转到了我这青石的水槽里，又进了瓶子吃了我的莲。若要捉它还不容易，只是我不想要了它的小命，才容它一次又一次自由进出。也想到那句俗语："人为财死，鸟为食亡。"这虾亦是为了食物极易被捉。

《舌尖上的中国》有一期节目讲的是地方特色美食黄鳝的做法，其间就录制了黄鳝是怎样被人引诱到特制的竹笼里而成了人们餐桌上的美味。也记着小时候逮麻雀的法子，找个竹编的筛子扣在院子里，底下撒着玉米粒或者其他麻雀喜欢的吃食，贪吃的麻雀多半会被扣在筛子里。

作为一个生命体，食是首要，刚出生的婴儿离开母体就知道寻找乳汁，何况低智商的动物呢，这是生命存活的本能。而人类惯以动物的本能来显示自己的智慧，反说鸟为食亡。

人类在自然界诱惑猎取的方法举不胜举。那么，人类在诱捕猎物的同时，有没有想过大自然也是个大笼子，人类和动物一样，也常常被诱惑，而自己并不认为是诱惑。比如，食物、矿藏、能源等自然财富，人类都想占为己有，不按自然规律正确面

艾 语

对，没有处理好人与物之间的关系，而导致各种意想不到的危机和灾祸。

人类的确比动物更具有智慧，更具有分析事物的能力，但是在看透事物本质后仍会被名利诱惑而以身试法，其结果和笼中的虾，筛中的麻雀没什么不同，只是，鸟为食亡是本性，人为财死是自作。

佛说一花一草一世界。 眼下这青石槽里水、草、鱼、虾、石皆有，它是否包罗了世间万象？

一张标签的启示

> 我愿做你身边的一棵树/守望你处子般的宁静/看着你优柔的影子/闻着你那清丽的水香/听着那微微如歌的轻语/感受着你清纯的情怀/曾几何时/我看着自己的影子在你的怀中/是那样的多姿多彩/在清丽的水香中/我沉醉了/在你面前/似乎万物的动态都在你的眼中/而你表达出来的却是那样的娇柔迷人和诗意
>
> ——水清丽影

因为喜欢水喜欢文字,所以在看到这首清新的小诗的瞬间,就喜欢上了它。

小诗写在一张三寸见方的硬纸卡上,卡是新买的一件布衣长裙上的吊牌,用几缕天然细麻坠在衣服上。这米白色小卡,正面是水墨写意图案,山水若隐若现;背面便散落着那几行纯净的文字,字是深紫色的娟秀小楷,这般用心的设计让卡片看起来非常文雅。和小卡坠在一起的还有块长方形小竹板,长约一指,宽约两指。光滑的竹纹上浮雕着"水清丽影"4个字,方寸间体现出细腻和质感。这小小的纸卡搭配着精致的竹刻,恰好衬托出布衣的自然格调。静观之,脑海中便会浮现出一幅恬静的画面,令人沉醉。或是春阳秋暖,或是桑田荷月,身着素衣的窈窕女子立于水边,风起,衣裙、长发随风飘飞……那样的娴雅是褪去繁华后

艾 语

的纯与真，是忙碌中寻求的闲逸。它可以是江南水岸的缱绻，也可以是北国江边的风情，不论是哪一种画面，都会让你遐想关于流水的清灵和水边的倩影，还有它所讲述的那个布衣的故事。

美感又雅致的小小标签，清新的小诗都叫人过目不忘，因之，在众多的布衣中唯独记下了"水清丽影"。

由此，联想到人。一个人行走在社会中，在稠密的人群中，什么才是自己的标签，又有什么能够长久地吸引他人的关注呢，是华丽的妆饰？还是美丽的容颜？想想，这两样的确可以吸引人的眼球，可也都是难以持久的。随着时光的消磨，妆饰会淡、容颜会老。这么想来，能够留给他人长久的美好印象和深刻记忆的，大概也只有人们常说的由内至外的气质美吧。

气质美不仅仅是单一的视觉美，气质包含很多，它可以从一个人的语言和举止中凸显出来，也可以从日常的为人处世中流露出来，那种高洁幽静、举止得体、善解人意、待人礼貌大方等，就是气质所在了。因此，人在社会中表现出来的人格魅力的高低，正显示了一个人的气质。

气质，是一个抽象无形的概念，既无高低之分，也无好坏评说。气质也不全是与生俱来的，也不是随口说出来的，而是后天长久的，内在的平衡修养和文化修养的结合，是持之以恒的结果，而不是东施效颦的做作。气质是一个人内在素养的外在体现。

良好气质的形成也需要很多外在因素。比如环境，什么样的环境造就出什么样的人。看过一则新闻报道，一对双胞胎被抱错，哥哥在书香门第长大，弟弟从小看惯杀猪宰羊，三十年后，哥哥是高级白领，弟弟却是个屠户。这充分说明，即使两个人拥有相同的智商，如果被置于不同的环境中，接受不同环境的熏染和教育，就会出现两种不同的人生。所谓"近朱者赤，近墨者黑"，就是如是道理。

再如情趣和品位，一个人的情趣是高雅还是低俗，对于气质都有着直接的影响。人的经历、兴趣、情操不同，都会有不同的情趣表现，而每个人的品位也受环境和情趣的决定。试想，一个从小在麻将的噼啪声中长大的孩子，和在音乐熏陶中长大的孩子会有相同的审美和情趣吗？

良好气质的形成自然不能缺失了兴趣。高雅的兴趣就是气质美的一种表现。例如读书，古语云："腹有诗书气自华。"多看书、多思考，就有助于思想的升华，如果有文字表达能力那是锦上添花。虽然有学历不一定有气质，但读书一定是充实思想的基础。

再有，多听音乐，用音乐去渲染思想，音乐不但可以舒展身心，还能够提高修养，天长日久，心性自会脱俗静雅。

总而言之，培养气质两点不可缺失，一则修心，二则养性。当然，这也只是一家之言，不过，若以此来论布衣标签的设计者，如果设计者本身不具备高雅情操和脱俗的思想，那就不可能设计出诗中有画、画中有诗的标签，更不可使人记住那个在诸多品牌中的"水清丽影"。

那么，一个人行走在社会中，若想要留给他人印象深刻的标签，就必须认真地、正气地去修养身心，充实灵魂，莫把时间虚度在渐变的躯壳上，那就相当于用大好的年华在筑造一座金碧辉煌的空城堡，当城堡的大门被打开的那一刻，空洞就会占据一切。那么，去寻求一些气质的资助吧！武装起思想，只有那种

艾 语

自骨子里散发出来的气质才是人格的魅力所在,才会留给人深刻印象。那么去学习吧! 所谓活到老学到老。

如果,你能够与那些气质的资助一路同行,就不必担心时间会带走青春年华,相反,时间会让气质越来越迷人。

如,世纪老人冰心;如,作家张爱玲;如,文学家鲁迅。

新时代的乡村

7月,骄阳似火,跟随咸阳市文联组织的"文化扶贫"志愿小组去旬邑县土桥镇镇头村参加文化扶贫活动。

常说"要想富先修路"。下了高速路,当车子驶入村路,见到的是一条平坦干净的水泥路,全然不是预想中的乡间土路。也瞧见路两边的果树、庄稼长势旺盛,丰收在望。

车子开进村里,透过车窗看到一排排两层楼房,宽度高度、户型门窗,包括楼体颜色都是统一的。车外有音乐声,车里是"啧啧"声,有人惊叹,这哪是农村啊,简直就是别墅区嘛!

走下车,一眼望去,宽敞的街道绿松成行,时尚的民居格调清雅,村口的小型公园刚刚竣工,设计贴心舒适。村内中心广场绿荫如伞,不亚于城市的休闲广场。于这般环境中,只有感叹农村的变化真是翻天覆地。

居住的环境好了,人就活得舒心了。广场树荫下,小院门前,老人们坐在一起有一句没一句地闲谝着(方言意为聊天),他们感慨,贫苦了一辈子,没想到老了还能过上这么舒坦自在的日子。一群小孩在一起玩耍打闹,绕着大树转圈圈,脆生生的笑声里尽是快乐。

咸阳市北部有5个县:永寿、彬县(今彬州)、旬邑、淳化以及长武,共称北五县。因都是黄土高原沟壑地区,所以土地贫瘠,水源缺乏,加上昼夜温差大等原因,经济落后,发展缓慢。

艾 语

还记得三十年前,父亲在家乡开办砖厂的时候,每年都有来自北五县的工人,他们穿着破旧,为吃饭养娃发愁,家乡的贫苦,逼迫他们出来讨生活。所以,印象里的北五县人是可怜的,他们的家乡是贫穷的。

2015年春节前路过彬县(今彬州),在城里小转一番,看到高楼林立,车辆穿梭,一派都市繁华景象,就在赞叹如今的县域经济发展迅速,社会的和谐富强为老百姓敲开了好日子的大门。今日又来了旬邑,是初次来,且是来了乡村,却是吃惊不小。原本以为我那离咸阳市区仅有三十里地、位居旱涝保收的平原的家乡,如今已发展得相当好了,哪里料到这个远离旬邑县城的村子竟然是这般的光鲜靓丽。"镇头社区"四个大红字醒目地矗在社区办公楼上,镇头村不再是村子了,昔日贫困的村落蜕变成今时全新的乡镇社区。近几年,在国家精准扶贫政策的支持下,在扶贫干部的帮扶下,村民日子过得滋润了,就渴望精神生活的丰富。而文化下乡恰又丰富了村民的精神生活,进一步提升了新时代农民的幸福指数。

7月的阳光饱含热情,乡村的天空湛蓝干净,云朵像棉絮一样飘浮在空中。镇头社区的农人幸福地生活在新时代,享受着好政策带来的福祉。

白云深处品百味

汤峪是个地名，在秦岭北麓，因为风景秀丽，有天然温泉，故而成为秦岭关中地段的一处胜景。那里夏季可纳凉，冬季有温汤沐浴，引得山南山北的游人流连忘返。说实话，秦岭去得多了，回回都是进山后不想出山，想搭个茅草棚过"隐士"的日子，只因身在红尘，甩不掉一身俗气，放不下情感和责任，也只能把山水情怀藏心间，偶得半日闲。虽知汤峪景美水温，但因距我甚远，这许多年倒是没认真感受过。仅去的一次，还是在景区门口匆忙转悠了一圈就离开了，更谈不上进峪里赏景泡热汤了。俗话说人杰地灵，秦岭山青水绿，晨雾如纱幔，暮霭似仙境，滋润的石头都有了灵性，何况生长在山水中的人呢！两年前与汤峪的一面之缘，正是因为汤峪的一个人。

在汤峪，我就认识一个人，人家可是真正的山里生山里长，还是个走出大山的文化人。他听得懂河流的歌，看得见花草鱼鸟的欢畅，汤峪有几条山道，他都再熟悉不过，当然他也深知父辈生活的艰辛，便以勤奋改变了自己的命运。他教了半辈子书，"承包"校长近20年，亦能写作，静心创作10多年，天命之年，作品一鸣惊人，令长安城里的文学大家对其刮目相看。所以认识一个有文化的汤峪人，即便不去汤峪，还愁不能了解汤峪吗？仅在微信朋友圈看他晒老家的景色照片，就已经领略了汤峪山的四季风光，走进他的文字里，那更是知表知里，对汤峪的景色也就迷恋了。去年初夏，因了他的图文就互动了一篇小文。

过去，人们管教书人叫先生。现在也有这么叫的。我认识的这个人姓白名玉稳，人称"白先生"。白玉稳也接受这叫法，且自称"汤峪白先生"。他是担得起这个称号的，他涉猎广，知识面宽泛，爱好文学，同时钻研玄学、孝歌、佛学等，虽不能样样精通，却也摸到门道，懂得三五分。白先生自我调侃说他是杂家。

先生人长得健壮，外相敦厚，给人淳朴踏实的感觉。几年过去了，初见他时的记忆不曾消失，因为太深刻。当时我的脑子都有些拐不过弯，实在不能把眼前典型的那个北方男人和文字里才情敏捷洒脱的白先生等同于一人，熟识后，便发现老天最是公平，不给你一副好看的皮囊，必会给你一个有趣的灵魂。

今年冬至那天，作家杭盖先生以其小说《浚稽山》获渭南杜鹏程文学奖的名义，邀约了一群文朋好友相聚古城长安。在一家名为"多年后"的餐厅里，大家相互交流。其间，先生发表了一番讲话，大约半小时的讲话中，句子不重复、不打绊子，还趣味连连，惹得席间笑声不断。认识先生好几年了，曾结伴游白鹿原，也对饮交谈过，但听他场面上的讲话还是第一次，确有深度、有水准。那日，算是见识了他的校长风度，思量着，几十年的教育工作练就了他出口成章的水平。

蓝田的玉好，汤峪的水温，结果还出了个厉害的白先生，尤其是文笔好，号称"快手"。2017年12月，先生的散文集《白云深处》出版，30万字。次年3月我拿到书，因琐事较多，用了一个夏天才消化完。时隔七个月，他冷不丁又出了第二部散文集《百味》，20万字。说啥来着，这人要是肚里有货，就不怕倒么！叫我这挤牙膏式的写作情何以堪。

先生说《白云深处》是自说自话。我读完后，感觉如他所言。在先生的"赏景"里，我看到了《汤峪河的春色》是他童年的天堂,是中年的梦园,也领略了汤峪的秀美之景;看到了《汤峪河的水》温柔也凶猛,水是神仙圣水,是思念双亲的思绪,河是承载两岸子民喜怒哀乐的大河。 在他的《品人》里,我看到了他对亲人的感恩和责任,对朋友的大义和诚挚。 而在他的"怡情"和"思慧"中,我又看到了他把尘世的恩怨纠葛《放在肚子里消化》的智慧和细腻,亦看到了一个北方男人埋下《落英》后柔软动情的内心。 所以,感觉读《白云深处》就是听先生讲心事。 他就坐在你对面缓缓地,东拉西扯地散开了讲,讲述他的成长,讲述他在鬼门关走一回后的彻悟,也讲述生活、人生,但你不用担心,他放得开,就收得住,不会任你天马行空地漫游。

那日在"多年后"的小店里,先生签名的《百味》已经再版了,换了先前的蓝白色封面,纯色印花素雅、精致。 回家后,将其他书本先推至一旁,腾出时日细品《百味》。 常说文如其人,尤其读散文,就是在读作者的内心,一本书读完,便对先生有了更深入的了解。

《百味》的章节比较有意思,"男人的风度""女人的微笑""生活的味道""天堂的路口"。 先生自己都说这个取名很有意思。 他认为尘世是由男人和女人构成,他们的爱恨交织,就是一幅幅活色生香的浮世图。 在男人眼里,女人应该是啥样子;在女人心里,男人应该是什么样。 也认为男人女人得过日子,生活的味道该怎么品尝。 还有日子好了,饭饱就会生事,就会想一些过去不想的东西,譬如人死后有没有天堂地狱,如果有,天堂的路在哪里? 地狱的门在何方? 一个有思想的人,面对生活审视生命,就有自己的思考和观点。 于是乎,人间就有了《百味》。 全书 101 篇文章,文章短小精悍,通俗易懂。 都说文人多思虑,很多时候,一句话,或者一首歌都可引出一种想法,便可成文。先生脑子里的想法更稠,估计他一天坐在办公室里没事了脑子就在转弯弯,要不咋字如水流呢。 在先生笔下,有形无形的、有气

艾 语

没气的，都有了生命。身为男人，说他明白《男人需要孤独》那是深有体会，可他还看得透《女人的幸福十年》是哪段光阴。先生说自己没谈过恋爱，直奔婚姻，却也体会到《爱到深处人孤独》的寂寥。就连一碗《刀削面》都有话可说，且说得热乎可口。这思维，这文学素养，能不叫人咂舌！

前边说读《白云深处》是和白先生对坐而谈，那么，读过《百味》后，就感觉得仰望先生了，他保持着秦人的耿直脾性，凭借自己丰富的阅历，阐明自己对身边人、物、是、非的观点，既奉劝世人，又反躬自省，引导读者对生命、对生活、对疾病，甚至死亡，都应以从容坦然的态度积极面对，并以豁达乐观的心胸去接纳尘世的浮华纷扰。

在文学界，一再强调作家要深入生活，才能让文学创作有生命。那么能否说那些从生活中摸爬滚打出来的文学创作都是具有生命的呢？答案是不一定。读过先生的作品，有气息感，亲切又接地气，字里行间有阳光、有清风，亦有理有情。其文风也是多变的，既有北方的粗犷，亦有南方的细柔，走进先生的文字里就像泡在汤峪的一池温汤里，岸上即使有风，即使有雪，池水始终温和。

前几日，与先生闲聊时，他说《白云深处》和《百味》收录的文章并不是他的满意之作，他说不打紧，他的文章多很，好东西在后头呢。瞧瞧，充满自信的先生这是自个给自个抛砖呢！新的一年开始了，我们就等着再赏先生的精美之"玉"吧。

第四章 半卷闲书

八月的玉兰花

窗户外有 2 棵玉兰树,每年的 5 月到 8 月间,那些绿叶簇拥的枝上,隔三岔五便会生出三两朵花儿,洁白的瓣、鹅黄的蕊,迎着热风盛开着,不空缺一年。

此玉兰花,形似荷般优雅,色如雪般洁白。也许,你会质疑,玉兰不是开在春天吗,已近初秋,怎会还有玉兰花。

听说过广玉兰吗?一种挺拔雄伟,四季常青的树木,其花不与百花争春,只为盛夏而开,花瓣在艳阳的焦烁中,柔美坚韧。时下,正开在窗外的便是被世人冠名"芬芳的陆地莲花"的广玉兰。

说起广玉兰树,那可是历史悠久,承载荣耀的神圣之树。在安徽合肥市就有着许多棵百年以上的广玉兰树,历经百年仍旧生生不息,蓬勃向上,四季油亮的叶子与松柏傲霜雪。

这广玉兰树,和晚清名臣李鸿章还有着重要关系哩。在中法战争中,淮军大将刘铭传率领的淮军将士浴血奋战,在台湾打退了法军。慈禧太后得知后大喜,遂以金银珠宝犒赏将士,而李鸿章不愿意让在朝廷居官众多的合肥人再得重赏而招来妒意,就提议朝廷可以另赏将士,他上书慈禧太后,请求将美国使臣刚进贡来的 108 棵广玉兰树作为奖赏赐给淮军,就算是朝廷对将士们的恩德了。

慈禧太后听言满怀欣喜,分文不花就能把事办了,岂有不准

艾 语

之理。于是，那108棵广玉兰树就被运回了淮军的老家合肥。立功的将领们就将领到的广玉兰树种在自家庭院里。这广玉兰树挺拔雄伟，叶厚光亮，每个人看了都赞声好，说这树漂亮，连带着夸李中堂会办事。李鸿章的庭院里也栽了两棵广玉兰树和两棵石榴树。巧的是，一百多年以后，合肥市的市树就是广玉兰树，而市花就是石榴花。

由此可见，广玉兰树在晚清时就是一种名贵的树种了。清朝沈同在其《咏玉兰》中说："翠条多力引风长，点破银花玉雪香。韵友自知人意好，隔帘轻解白霓裳。"

观花知由来，睹物思万物。花与人相生于自然之中，花是物，人自脱不了万物之宗。花，能开得如牡丹般富贵绚烂，亦能开得如广玉兰般静雅。而贵为万物之首、有着万物之灵气的人，又该如何去绽放自己的生命，去修为自身的德性呢？

回头再看百年前那场中法战争，虽然软弱无能的清政府最终以一纸不平等条约，使原本获胜的中国不败而败，法国不胜而胜，给历史抹上了难以去掉的污点。但历史不会忘记，那些在战场上奋勇的淮军将士，他们血洒澎湖，驱逐外敌，用生命捍卫了祖国的土地。说到这里，倒觉得李鸿章的那个以广玉兰树来犒赏三军的主意真是天意，玉兰的坚韧不就是将士们高贵情操的最好写照吗？

再看70多年前，在国共合作全民团结下，中国人民的抗日战争持续14年。在这场战争中，中国军民死伤数千万，那些抛头颅洒热血的中华儿女，用大无畏的精神和坚定的信念把敌人从中国大地上赶出去，同样用生命和鲜血捍卫了国土，他们的壮烈不屈标志着一个民族的尊严和生命的意义。

远去的历史中，发生在中华土地上两场不同时期的战役，却有着相同的目标：驱逐敌寇，护我疆土。回望战争的残酷，再回想那些死去的先烈们，是他们守卫了祖国的疆土；是他们的热血让五星红旗更鲜艳；是他们的精神鼓舞着中华儿女向前，向前！

生命是庄重的，要活出尊严才不至于卑微；生命亦可以是花，但要绽放出精彩才算得上美丽。我们的先辈用行动把生命活成了一座座山，是雄伟的山，他们永驻后人心中；我们的先辈亦把生命活成了灿烂的花，是高洁的广玉兰，传递着生生不息、坚韧不屈的精神。

回望古今，那些英雄贤达皆受人尊崇，那是因为他们活出了血性，活出了生命的精彩，为人格和精神树立了不可跨越的丰碑。既然每个生命只有一次，那何不将它活得阳光，活得正义，即使平庸也要如玉兰那样，干净地开，静雅地落。

初秋的风真好，吹来了清爽，吹散了夏末的余温，把思绪也吹得千丝万缕。瞧，就这么一棵玉兰树，在 8 月又开了几朵花，竟能使我东拉西扯了这么多，倒显得碎语了些。

艾 语

我们应该给土地下跪

收到一本杂志《渭城文化》，看后其中有 3 篇文章记忆犹新，遂记录如下。

一

看到题目《我们都该向土地下跪》，瞬间感觉是触心刺目的。许是因自己是从厚实的黄土地中走出来的人，对土地有着深深的眷恋，所以才会产生共鸣。

林杰荣，80 后，却写出了 70 后甚至 60 后对土地的那份热爱和珍惜、敬畏和无奈。他试图用真诚的文字唤醒人们的良知，减少人们对土地的浪费和破坏。

"土地是万物生长的根本，土地是人类发展的根基，我们有什么理由不敬畏土地呢？"文章一开始就以反问的语气，把读者引向思考和反省中，从而激发他们的阅读兴趣。至少我有继续读下去的兴趣。

"我想我的眼中也应当是满含泪水的，尽管我对这土地未必爱得深沉，但那只是因为我对她理解得不够深刻。"土地就如母亲，人类是依赖土地生存的孩子，母亲给予的爱都是无私的。大多时候，孩子会认为母亲的爱是宽裕的，却忽略了无私的爱总有枯竭的时候，更忽略了母亲也需要呵护。所以，人类总是在不断地向土地索取，"挖采取土，占耕伐林，违填违建，破坏植被，丑陋的现代化一览无遗"。

耕地的流失和荒废让土地变得孤独，没有了生命力。那些像树林一般的水泥大厦成群地矗立在曾经的耕地上。"该拿什么拯救她呢，我曾不止一次对自己发问。我想保护土地，保护耕地，我渴望家乡的耕地重新焕发荣光，但我羽翼不够丰满。"这是作者内心深处的呐喊和无奈，作为一粒微尘，作者只能以书写的方式唤醒行走匆忙的人们。"是时候该停下脚步，回头看一看走过的路了，看一看我们当初开垦土地的本心了。"社会仍在发展，地球已是千疮百孔，发展中的人类似乎已经忘记了发展的初心。发展社会为的是让人们过上舒适美好的生活，而随着社会的发展，初心已背离，生活的舒适与美好也因为背离而降质。面对土地的流失和荒废，每个珍惜土地的人心里必都装满疼痛。想起了二十年前，我的村子外还有几分地可以种瓜种豆，后来，种子被铲掉，埋下水泥和砖块，垒起了高高的楼群，农民成了无地可种的失业者。

"我们应该给土地下跪，如同跪拜父母，如同跪拜祖先，以一颗感恩的心和一丝虔诚的念来祈求她的宽恕，为我们曾经对她造成的伤害忏悔，为我们曾经受她哺育的恩情赞颂。"文章首尾呼应，有条不紊，具有感染力。

是的，我们应该给土地下跪，不但是因为曾经的伤害和土地的给予，更因为现在的继续伤害和土地无私的爱。土地，这个胸怀宽广的母亲，不但哺育着一代又一代人成长，还要背负着回收一代又一代人的尸骨，我们不能让土地继续缩小，继续变得僵硬，否则我们和我们的后辈们尸骨何存？这篇《我们都该向土地下跪》的文章让我的心情久久不能平复。

二

读《壮士惊天地》，我的心里泛起了沉寂已久的英雄情结。为攻打三个阵地，一三五团六连几乎伤亡殆尽，就在危急时刻，为了完成上级交给的任务，也为了保全六连最后的实力，通信员

艾 语

黄继光向营参谋长请求去破开敌人的封锁线，战友吴三羊和肖登良也奋勇相随。3名战士在执行任务中机智果敢，他们推着敌人的尸体与枪林弹雨抗衡；想尽一切办法突破敌人的各个火力点。不幸的是，紧要关头，吴三羊牺牲了，肖登良身负重伤，而左臂也受伤的黄继光在敌军猛烈地阻击下，也只是艰难地炸毁了敌人一半的中心火力点。在没有子弹手雷的最后时刻，他毅然选择了用自己的身体堵上了另一半喷吐的火舌，为大部队破开了敌人最后一道封锁线。

黄继光的故事不陌生，上学时，老师在课堂上就讲过。那时候，小小心灵中就树立起英雄的榜样，也指引着一颗童心向着红星闪闪。后来，在书本上又知道了董存瑞、刘胡兰，再后来又从电视、电影中知道了更多的革命英雄。奇怪的是，年少时走入心中的英雄形象始终是清晰、深刻的。时至今日，当看到这篇《壮士惊天地》时，我瞬间忆起当年语文老师讲黄继光时，我心中的那股激动和敬仰。

再读经典，重温旧事，作者通过语言、动作以及场景的生动、细腻描写，清晰再现了战场上的紧张激烈，逼真地刻画出革命军人坚毅勇敢的英雄形象时，并没有忽略他们细微的心理活动。

"忽然，黄继光像想起什么似的，他急忙从口袋掏出一个小红包，双手交给营参谋长。张广生打开一看，见里面是一枚金光闪闪的抗美援朝纪念章、一份写好的入党申请书和黄妈妈的来信。"通过这个细节描写，使读者可以延伸想象，面对敌人即将冲锋时黄继光的内心活动。也为结尾"火红的太阳升起来了，灿烂的阳光照着英雄的遗体，英雄胸前那枚纪念章毛主席像放射着万丈光芒"做了铺垫。

黄继光看着吴三羊倒下，"他没有掉泪，直瞪瞪地盯着敌人的中心火力点，胸部不停起伏着，用手使劲攥起一把灼热的焦土，又狠狠地朝地上砸去，嘴里说：'炸掉它，一定要炸掉它，为吴三羊报仇，为那些牺牲的战友报仇！'"作者把人物的愤怒情绪和与战友之间的战友情表达得真实感人，富有渲染力。

"突然，一件气壮山河的事情发生了，一曲壮丽的无产阶级革命英雄主义的凯歌响彻云霄：冲着那狂喷火舌的枪口，黄继光跃身而起；冲着那侵略者的顽固堡垒，黄继光挺起那宽阔的胸膛，张开双臂，扑了过去……"悲壮时刻的到来，将全文升华到高潮，将伟大的英雄形象定格在读者眼前。英雄用生命在向侵略者庄严宣布："中国志愿英雄战士什么样的堡垒都可以摧毁，什么样的敌人都能够战胜！"

人是需要有信仰的，有信仰的人才活得明白活得有价值；一个民族更需要有信仰，有信仰的民族才能团结在一起，变得更强大。在和平年代，我们不能忘却历史；在缺乏信仰的现在，我们的社会需要正能量的作品去引导读者；需要更多富有时代使命感的文学创造者去创造更多的好作品。袁银波的《壮士惊天地》就是一部好作品。

三

好文章不在于篇幅长短。《策杖而行》字数不多却精彩。作者游黄山时，遇一小贩出售手杖，见他迟疑不决，小贩意味笑曰："山高路险，策杖而行要轻松得多。"莫说这句话让作者感到诧异，换作是我也会因了这句文绉绉的话而诧异地买他一根手杖。也许小贩的这番话为会对经过身边的每个游人说一遍，但并不是每个听到的人都能够领悟其中深意，这就是说者无心听者有意的效果。如此，这"策杖而行"在作者这里就引出了不同寻常地思考和参悟。

作者首先从手杖材质说起，到古今手杖的用法，又延伸至古人与手杖。"孔子蚤作，负手曳杖，逍遥于门。"圣人孔子周游列国，偶尔也会曳杖闲庭信步；苏轼在《定风波》中写道："竹

艾 语

杖芒鞋轻胜马,谁怕? 一蓑烟雨任平生",表现出诗人被贬后依然能够笑傲人生的豪迈之情,也蕴藏着面对人生浮沉淡然的态度。正如文中所写:"人生,要想继续前行,必须有精神力量的支撑,而一副超然情怀,不就是支撑人在风雨中前行的手杖吗?"由此,作者联想到自己手中的笔正是他精神的手杖,写作时敲击键盘的"噔噔"声正是自我行走中的杖音。

　　文章最后很巧妙地将日常之物手杖与精神联系一起,给读者以启迪。结尾一句更是画龙点睛:"每个人都应该有一支精神的手杖,在风雨人生中,策杖而行。"王征桦带来的这篇小文短小精悍,可谓浓缩的精华。

一方庭院深幽处
半卷闲书一壶茶
——记画家秋苇

今年点瓜种豆的时候,画家秋苇送给我五颗乳白色的花种子,说是多层的牵牛花种子,比普通牵牛花好看。

牵牛花我打小就知道,那首《小小牵牛花》小学时就会唱,现在还能哼上几句呢,多层的牵牛花倒是没见过。回到家就找盆,翻土,用心种下,浇足水,就等着种子破土发芽。

半月后,盆里先后长出了两颗小芽,黄黄嫩嫩的,有新生的力量。春天就是万物生长的时节,两株花苗像是比赛一样,一个比一个长得快,长出四五片叶子后,弯弯的藤蔓就顺着窗栏攀爬了。只是遗憾其他3颗种子沉寂在了土里。就这样吧,能出来两颗就已经很给面子啦,"友谊之花"也不是那么好种的。

初夏时,花蔓上长出了花苞,先如绿豆小,后渐渐鼓起来,再如花生粒大,绿中泛着粉白色。再几日,花苞膨大的像动画片里鼓鼓的小炮仗,蓄势待发。我期待看到它层层叠叠的姿态。

一日早上,忽见花苞绽开了一层,花瓣丝丝缕缕,大小不一,似粉色丝绸一样薄薄的、皱皱的,很是好看。下午时,又绽开了一层,同样模样的花瓣,只是这层花瓣比第一层花瓣略大,

艾 语

托着待放的主花苞。那主花苞若一个精灵，娉婷于层层花瓣之中，神气极了。看样子要迎着朝阳开呢。

次日早上，在朝阳里，主花苞露出了透亮艳丽的模样，似一个小喇叭，还卷着荷叶边，娇媚、灵动。整朵花就是缩小版的牡丹，但比牡丹多了几许精致、秀雅。面对这么个小花仙，不由得让人多看几眼，也赞叹自然生命真是奇妙，怎就把一个寻常的花儿创造得这般俏丽、妖娆。欢喜的同时，便想到了送我花种的秋苇。吃水不忘打井人，得感谢他送我的花种。

这么一想，倒想得更有意思了，秋苇不就像这一层一层绽开的牵牛花嘛。

按常理，说一个男人像花，似乎有些不妥。一个大男人就算美成李玉刚也美不过一朵花儿，还别说是一个粗犷的关中男人。之所以说秋苇像这多层的牵牛花，是针对我对他的认知过程。从相识到现在，每见他一次，就如花开一层，总有不同的精彩呈现，叫我这个俗人总有意外收获。

我喜欢听轻音乐，尤其是陶笛和埙吹奏的乐曲。去年春，在咸阳市渭城区书协的换届大会上，有一个助兴节目，埙乐吹奏。那次是我第一次现场听埙曲。台上，吹埙的人着青衫长袍，方圆脸，光头，只见他将黑色的埙轻放唇边，就那么轻松一吹，《故土》中那绵绵不尽的思恋就回荡在大礼堂的每个角落。闭上眼，我像是站在老家的田野上，守望着亲情和年华。那日，喜欢上了埙曲《故土》，却不知道吹者姓甚名谁。

初夏又去武功县参加一个文化活动，去的都是咸阳文化界的名家，活动议程最后安排有现场书画交流。一大群文化人中，有一半人我不熟知，其中有一个男士看着很眼熟，一向健忘的我想不起来在哪里见过他。他个高微胖,身着黑色中式布衣,头戴深灰色印花棒球帽,方圆的脸上一双不大的眼睛,但眼神富有情趣。初看粗犷,再看,骨子里透着雅气。用陕西话说,这人气派。

围观的人群中,见他提笔蘸墨,落笔如行云流水,作品气韵不俗,引得围观人一片赞叹声。便问身旁的董信义老师,董老师说他是咸阳有名的画家,叫秋苇。随后介绍我们认识。互相聊了后才知道他原是书协换届会上吹埙之人。那天,知道了他本名孙琪,老家在咸阳礼泉县。这么巧,我们相距不过十来里地,他回老家就路过我的老家呢,加上又是同龄人,感觉一下子亲近了许多,彼此留了联系方式。通过微信朋友圈,看到了秋苇年轻时的照片,那时小伙可是眉清目秀、潇洒帅气。今至中年,光头圆脸、将军肚圆,我就惊奇20多年的光阴使他判若两人。还好,那不变的眼神让我相信是同一人。关于头发,用他的话说,也曾想留个长发扎个厥厥充当个艺术家,然而头发却在岁月的袭击下日渐稀疏已成不了气候,索性剃了光头。就这么,光头反成了他的亮点。我曾在旧文中写道:"岁月是把杀猪刀,剐了女人的青春,男人的相貌。"一个人外在的变化无法抵挡,可内在的素养恰好相反。所以,皮囊可以庸俗,但灵魂必须高贵。秋苇在咸阳城有个工作室,名曰"集贤堂",常与书画同道聚集在此切磋画意。集贤堂布置文雅、富有禅意。那些旁人废弃的旧物,摆放在集贤堂就有了艺术的灵气。

秋苇在故里有老宅"集贤草堂"。一方庭院深幽处,半卷闲书一壶茶,这是他对草堂生活的写照。集贤草堂在九嵕山下的阡东镇,位于关中平原中部。阡东镇为礼泉县三大古镇之一,是一个沐浴唐文化而生的老镇子。秋苇移居咸阳后,老宅闲置了

艾 语

20 余年，后空闲时，他栽花种草，愣是把老屋侍弄成了一处充满田园诗意的养心之地。阳春，院里玉兰无尘，紫藤素雅；盛夏，黄花吐蕊，蔷薇繁茂；金秋，红枣甜脆，柿子黄软；寒冬，翠竹雪落，蜡梅吐蕊。

秋苇擅长画人物画，他的人物画生动传神，在注意气韵的同时，在形与神的表达上也下足了功夫。他说："气者，生之元气也；韵者，美之谓也。只有把握了事物内在与外在的规律与联系，作品才能显露出一种强大的气场，才能创造出一种另样的艺术氛围。"他还说："画作中要不遗余力地以形写神，传神写照，才能气象盎然，形神毕肖。有了神，画作才会有神姿、神韵、神采、神貌。当然，也不可忽视了形，以形写神方能形神兼备。"

去年 7 月初，咸阳市文联组织了一次文化下乡活动。顶着炎炎烈日，文艺志愿组一行 30 余人去了旬邑县土桥镇的一个村子，把丰富多样的文化活动送到了老百姓身边，我和秋苇也在其中。因平日里生活在城市，来到这美丽的乡村就想走走看看，感受田园生活。随行的几个人就利用活动前的空闲去村里转转。

那日，我穿了一件白色长裙，外搭青蓝色绣花长袍，长发披肩，脚穿绣花鞋。当走到村外，看到农家门口太阳花色彩绚烂，园里果子挂满树，路边晾晒着金黄的玉米粒，一切都呈现着纯朴和安逸，叫人心生归复感。大概是我的衣着恰好吻合了眼前的田园景致，就勾起了秋苇的创作灵感，他说我可以当一次他的画模，但不一定成功，可以试试。

平日里，摄友为我拍的图，好多朋友都说"景如画，人入画，"不想今日真要做一回画中之人，一定别有意境。我便坐在一块石上，双手放于膝上，配合秋苇作画。那日活动后一别，作画的事就如骄阳下的水滴，从我的脑子里蒸发得干干净净。时隔3个月，收到秋苇发来的一张图，画面上，远处山林层叠，云雾缭绕；近处，一个女子端坐石上，身着青衣长裙，长发披肩，目光柔和，眺望远方。那神态，在我骨子里待了几十年，熟悉到不能再熟悉。厉害，秋苇成功了！

秋苇却说不太满意，有瑕疵。对于画，我不懂，但外行有外行的观点，只要作品能带给观者感染力和思考就是成功的作品。

秋苇的山水花鸟画很有特色，用笔洒脱，色彩淡雅，可以看出其画作格调高雅，意境深远。秋苇懂得取舍，惜墨如金，懂得哪里该浓墨重彩，以突出"神"，哪里该大笔写意，有其"形"达其意即可。

但凡艺术都是相通的。秋苇在文学上资质也颇高，读过他的随笔后，我就一句话，他行文如流水时，我还徘徊在文学的千里之外，文学路上他是老师，我是学生。

秋苇的《童梦》描述了童年时物质上的贫瘠和精神上的富足，文字流畅灵动、富含深情；《活着》就有迷茫，可一旦清醒了，就一定要寻到灵魂的栖居地；《艺人》以调侃的手法抒发了秋苇对艺术界存在现象的个人见解，引导艺人们要以内在修养为主；他写青年书法家四徒，笔法新意，以风趣诙谐的描述手法，勾画出一个立体饱满的人物形象。这些篇章看似随意，却富有生活和人生哲理，也隐含了艺术创作的绝妙和无奈。

秋苇还喜好作诗，发微信朋友圈从不复制他人句子，都是自作诗句配美图，形成个人特色。秋苇的画作大都有自题诗，诗画相解。顺便提下，秋苇画作上的各种印章也是他自己篆刻，所以，原创的诗、画、印就使他的画作有了很高的欣赏、研究和收

艾 语

藏价值。秋苇在博客签名:"青砚孤灯写丹青,素纸残墨一秋泓。千年风雅古塬幽,秦地寻风寄乡愁",一首诗概括了他的才情。

  陕西人把多才多艺的人叫"能行人",秋苇既懂琴棋书画,还会拳脚功夫,双节棍在他手里玩得出神入化。年少时,他也曾"金钟罩铁布衫""少林拳九节鞭"。如今没当成江湖大侠,但也算得上是古城的一个能人。

  咸阳于九嵕山之南、渭河之北,山水俱阳,是块宝地,古时帝王将相辈出,今者贤达能者颇多。论从事与从艺,秋苇都沉得住气、稳得住心,若仅观其外,一无花之美形,二无艺术之相,然,解其内者,皆知性情率直,兴致广博,艺术修为深厚。

行走在文字的黑洞里

人这一生，很多事情都是想不到的，更别说做了，可是，到头来竟又做了自己想不到的事情，这人生也便有了戏剧性的趣味。

如我，已近中年，怎么就爱上了写作，这可是活了半辈子连梦里都没有的事，如今却真实地充盈了我的生活。那么，写作于我到底有多大意义呢？最初我心里也是模糊的，全当是和自己说话，或是愉悦生活的工具，直到后来读了一篇文章，文中有句话："人生，最终是一种悲剧，我只是在悲剧的底色下寻求些安静、饱满、自在罢了，写作就是这样一些作用。"

一语点破梦中人。这不就是我爱上写作的缘由嘛！先不论人生最终是否是悲剧，就说我提笔写文，那就是在寻求安静和自在呀。便想这说话的人活得比我透亮，更使我弄清了写作不仅可以诠释心境、愉悦生活，也可净化灵魂。曾和甘肃的马有常老师交谈，他说，文字是一个人灵魂的裸露，你的灵魂有多美、多真，你的文字就有多美、多真。

文字，可以记录生命里的花开花落，可以记录生活中的风风雨雨。文字是有分量的，它神圣、广博；文字是有生命的，它能让笔者雕琢出眼中的黑白美丑，看到自己活生生的思想。因此，

艾 语

很欣慰爱上文字并将它写下来，将部分精神和生活的情趣转嫁于文字，抵消生活中的虚华，扼杀那些忽然从脑子里冒出来的无聊杂念。

今要谈论文字，便忆起去年初夏的南湖旧事。那日天气晴好，风轻云淡，与月下兄闲游曲江南湖，走一路谈一路，待傍晚临别时还觉交谈时间太短。回到家后竟想不起来今时的南湖相比八年前有了多少变化。说到月下兄，那可称得上是个散文大家。他是个地道的长安人，受古城文化的熏陶，月下兄文字功底扎实，文笔细腻，文章有思想耐品咂。他写作二十余年，早在20世纪80年代末就得贾平凹先生看重，并与其深交。所以，与兄交谈，忘乎美景当属正常。

我们从文学价值谈到人生价值；从写作的意义谈到人活着的意义，最后论定同一观点，喜欢写作和艺术的灵魂都是醒着的。当然，这只是相对而言。

月下兄说爱上文学，就是行走在黑洞的边缘，爱得越深就离黑洞越近，终有一日，因深爱而陷入黑洞。被卷入黑色旋涡的你就是一颗石子，如果具有文学天赋，或者对文字具有极好的驾驭能力，或许你就会蜕变成一颗星子，在黑洞中闪耀光芒，否则，就算你耗尽一生的精力也只能在黑洞的旋涡里磨砺、挣扎。

听完月下兄的一番话，犹如醍醐灌顶，顿时让我的心如南湖水般澄澈，确定自己已经跌进了黑洞里，且是心甘情愿地挣扎着，而这挣扎可否说成是一件有意义的事情呢？我觉着完全可以。如，贾平凹先生和离世的陈忠实先生、路遥先生，他们必都是先爱上文学，而后从文学的黑洞中升起的星子。如果，他们当初选择放弃，那么就不会有后来的成就，自然也就没了各自的经典之作。自古至今，甘愿行走在文字黑洞中的爱好者有千千万，他们虽然苦楚，但灵魂是明亮圣洁的，精神是充实富裕的。所以说，这种磨砺和挣扎对生命是一种修为，是有意义的。

我热爱生活的美好，也在意生活的轻松，但面对文字的枯燥和寂寞却不在乎，好像只有行走在文字里，才能体会到生命真正的愉悦感和幸福。若与悠闲舒适的生活相比，我更喜欢黑洞里的挣扎，因为每一次挣扎后，我的灵魂就会轻灵一些，轻灵地放声歌唱，唱给那些灵魂醒着的人。

文学不只是黑洞，也是一片密林，林中大树参天，群木蔽日，而我只是一株草，一株无花的艾草，汲取大地的养分，在阳光和雨露的滋养下不断地成长，静静地散发自己的芳香，说着自己的话，由此，便有了这部《艾语》。

《艾语》从整理到出版，我一直不认为其是一部文学作品。它只是我爱上写作的一段总结，是给自己的一个交代。它的诞生便于我回顾不足，是我争向阳光的阶梯，是文学路上我继续远行的动力，所以，我不叫它是文学作品。

最后，我想说当一个人喜欢并坚持做好一件事情时，必是离不开亲人和友人们的关心和帮助。所以在此，我要感谢并感恩我的亲人和文朋师友，如果没有他们的理解、支持，文学路上，我是不可能顺利成长的，更不可能将这部含着微香的《艾语》呈现在大家面前。此书便是我对亲人和友人们一直以来对我的支持的回报。

张艾

写于2019年3月